ADRIAAN VAN DIS
IK KOM TERUG

ROMAN

Uitgeverij Augustus
Amsterdam · Antwerpen

Eerste druk november 2014
Zesentwintigste druk juni 2016

Copyright © 2014 Adriaan van Dis en uitgeverij Augustus, Amsterdam
Omslagtekening Peter ter Mors
Omslagontwerp Tessa van der Waals
Foto van de auteur Annaleen Louwes
Vormgeving binnenwerk Suzan Beijer
Drukkerij Koninklijke Wöhrmann, Zutphen

ISBN 978 90 254 4889 9
D/2016/0108/733
NUR 301

www.adriaanvandis.nl
www.atlascontact.nl

You must sacrifice your family on the altar of fiction.

DAVID VANN

All sorrows can be borne if you put them into a story or tell a story about them.

KAREN BLIXEN

1

We stonden tegenover elkaar, mijn moeder en ik. Zij aan de ene kant van de kist, ik aan de andere. We rukten aan de hengsels. Zij droeg sloffen, ik schoenen. Ze gleed weg en ik zette haar klem. Gewonnen.

De sleutel stak nog in het slot. Hij had erom gevraagd gestolen te worden, het was een geheime sleutel – gekruld en grof gesmeed –, mijn moeder droeg hem aan een zilveren ketting om haar nek, als een sieraad. Geen van haar kinderen kreeg ooit de kans hem in de hand te wegen.

Op een luie zondag lag ie op haar nachtkastje. Ze zat in het bad, de boiler loeide en mijn hand sloop waar hij niet mocht gaan. Toen ze hem bij het aankleden miste, stormde ze in haar ochtendjas naar beneden, waar ze me gebukt voor de kist vond, wrikkend in het roestige slot.

Zo begon het duwen en trekken en vechten.

De zilveren ketting klotste tegen het hout. Ik boog me weer naar de sleutel. Beet – maar mijn moeder dook naar mijn pols. Haar vingers schroefden om mijn vel. Prikkeldraad. Ik gilde het uit en liet de sleutel met ketting en al in haar machtige hand vallen om toe te zien hoe hij tussen haar dampende borsten verdween. Een vernedering die me zoveel kracht gaf dat ik de kist vloekend over het zeil trok – tot zeker tachtig kilo moeder zich op het deksel wierp. 'Het is mijn kist,' krijste ze. Alsof ik dat niet wist, haar naam stond erop, in druipend witte letters, ze had hem na de oorlog uit Palembang mee naar Nederland verscheept – te log voor een dame, alleen te tillen door koelies en dan nog vroeg ie om een zweep. Zolang ik me kon herinneren stond hij in een hoek van de eetkamer onder een batik lap te smeulen.

Het hengsel kraakte van opwinding – of was het een zucht van verlangen? –, een koperen nagel schoot los. 'Mijn kist, je molt mijn kist!' Nog een ruk en het leer brak. Een wolkje stoof op – bruin pulver. In de stilte van de schrik kieperde ik mijn moeder op de grond... en daar lag ze, met een klapperend gebit. Haar badjas hing open en de sleutel hijgde. De naakte sleutel. Ze bedekte zich en haar ogen – bruin, met een vleugje geel – spatten woede. Twee grote tranen gleden langs haar neusvleugels, links een, rechts een, heel traag – een beeld dat zich brandde in mijn geheugen: mijn moeder kon huilen!

Mijn armen omklemden de kist, ik trok hem naar de openslaande deuren, schurend over zeil en kleed, maar het kleed schoof mee, de tafel schoof mee, boeken vielen op de grond. Mijn moeder krabbelde op en ging breed voor de dubbele tuindeur staan.

Ik deed een stap terug, zette af, bokte mijn hoofd in haar buik en daar ging ze, krakend door het glas in lood. En nou opzij, gooi de deuren open, over de drempel met dat ding, het gazon op (haar trots, zonder ook maar een plukje mos, wekelijks door mij gemaaid), de bodem kraste het gras open, aarde spatte op – een tank was er niks bij. Dit was mijn veldslag. Ik wist niet dat een vrouw zo kon gillen.

We woonden in een buitenwijk, de meidoornhaag was nog jong, maar de tuin breed en lang, overlopend in een bos – je kon er doen en laten wat je wou. De kranten hadden net vol gestaan over een moordzaak niet ver uit de buurt, waarbij een paar keurige jongens met wie ik op dansles zat het lijk van een lastig vriendje in een waterput hadden gedumpt – pas na een jaar ontdekt. Wij hadden geen waterput, wel een composthoop en een diepe kuil, broeiend van gemaaid gras. Maar zover kwam ik niet, bij de seringenboom bleef ik steken. Mijn moeder hing aan mijn rug, maar ik schudde haar van me af en klom op de kist. Sigaretje erbij en doodkalm puffen. Rook in, rook uit. Mijn oorlogssignaal. Zestien jaar oud.

Kom maar op als je durft.

Op een middag, na het uitvallen van een les op school, had ik haar bij de kist betrapt. Ik liep bij toeval langs de tuindeuren en zag haar hoofd boven het geopende deksel uitsteken. Mijn adem stokte, ik deed een stap naar voren. Ze zat geknield, met haar billen op haar hakken, de rug kaarsrecht – ja, ik had een yogamoeder in die tijd, stevig en lenig. Haar handen woelden door paperassen, ze hield een map op. Door het gekleurde glas in lood kon ik niet goed zien wat erin zat. Haar lippen bewogen, ze verscheurde iets. Voelde ze mijn schaduw? Of mijn brandende nieuwsgierigheid... ineens draaide ze zich om en zag mij staan, ik zwaaide verlegen, maar ze negeerde me en klapte het deksel dicht. Toen ik binnenkwam lag de batik er keurig overheen, de droogbloemen in de gemberpot trilden nog na – de enige opwinding in de kamer –, mijn moeder zat rustig aan tafel, met haar neus in een boek.

Geen woord over wat ik had gezien. De kist bestond niet. Het was een bijzettafel, een kruk op verjaardagen, een voetenbank desnoods, maar geen onderwerp van gesprek, gewoon een ding dat voor mij altijd op slot bleef.

'Ik haat die kist, ik haat die kist, haat die kist.' Dat was mijn mantra, die dag in de tuin, en ik wist dondersgoed wat een mantra was. Zeg het duizend keer en je stijgt op. Ikhaatdiekistkhaatdiekistkhaatdiekistkhaatdiekistkhaatdiekistkhaatdiekist.

Tot ik hees was en high.

Mijn moeder liep jammerend naar de schuur en kwam terug met een bijl. 'Ga van die kist af.' Ik lachte haar uit, sprong op de grond en drukte haar in de seringen. (Geef me één sering en ik ruik die dag.) Hier die bijl. Ik rukte hem uit haar hand en gaf een beuk op het deksel. Met de botte kant en ook nog een keep met de scherpe. Het tropenhout spleet. Mijn moeder dook boven op me.

'Ik onterf je. Ik onterf je.'

Haar nagels krasten in mijn nek en om mijn strot. De tijgerin.

Mijn adem piepte.

Ze won.

De kist werd weer naar binnen gesleept.

Lap erover.

2

Een maand na de dood van mijn vader hield mijn moeder grote schoonmaak. Zijn geur moest worden weggeschrobd, zijn geest verjaagd. Ze zeulde de matras van zijn ziekbed naar buiten en gaf hem er stevig van langs met de mattenklopper. Scheerkwast, nagelborstel, tandenborstel, klerenborstel – de brand erin, zuiveren en de resten in een diepe kuil begraven – geen haar of schilfer mocht er van hem achterblijven. Na een dag luchten, waarbij de ramen in hun haakjes huilden, stak ze een kaars aan en liepen we samen drie keer met een bibbervlam om het huis, daarmee sneden we de negatieve krachten die ons omsingelden voorgoed af. Voortaan zou zijn woede de deur van ons huis niet meer kunnen vinden en zijn geschreeuw ons niet meer uit de slaap houden. Zo bande ze mijn driftige vader uit – met dweil, luiwagen, mattenklopper en lucifers. En door de tafel zo tegen de muur te schuiven dat alleen zij nog aan het hoofd kon zitten.

Daarna was ik aan de beurt, de zoon, besmet door de boze gal van zijn verwekker. Een zuiveringsdieet zou mij helpen: rauwkost, tarwekiemen, met biergist versterkte yoghurt, komkommerbouillon, gepureerde geelwortel en liters rodebietensap. Zo spoelde ik mijn darmen, plaste ik me schoon en groeide ik uit mijn lager zelf.

Na het lichaam de geest. Een nieuwe levenswijze werd

mij opgelegd. Om mijn drift te beteugelen verdiepte mijn moeder zich in de schriftelijke cursus *Praktische Hypnose. Het verdrijven van kwade gedachten, overal en altijd aan te wenden.* Aan de hand van instructies wilde ze proberen mijn onderbewustzijn tot kalmte te manen – een beproefde methode in haar occulte vriendinnenkring. De stroom naar mijn hoger zelf was gestremd en als ik mijn geest maar openstelde zouden de goede krachten vanzelf weer bovenkomen.

Onder het eten sprak ze in de taal van de cursus: de magnetische centraalblik is de zender van het verstand... Na een week studie gebood ze me recht tegenover haar te komen zitten en legde haar handen plechtig op mijn schouders. Tegenstribbelen had geen zin, ik was gewend haar proefkonijn te zijn. Voor we overgingen tot een kalmerende hypnose moesten we eerst onze energiestromen in elkaar laten overvloeien – hoe minder weerstand hoe beter. Haar mouwen kriebelden tegen mijn wang. Het hypnosecahier lag naast haar op tafel. Mijn moeder tekende met houtskool een stip op de brug van mijn neus. Ik keek naar haar op en telde de plooitjes om haar mond, haar rimpels, haar zorgen. Ze deed haar best mij 'diep en nauw' aan te kijken, maar halverwege vluchtte haar blik naar de instructies.

'Het is de bedoeling dat je nu vanzelf je ogen sluit.'

Ik kneep ze stijf dicht.

'Denk positief,' zei ze met een zware stem.

Ik deed mijn best om aan neuken te denken – een fluisterwoord op school.

'Geef je over.'

Ik klemde mijn tanden op elkaar. Ik kon mijn lachen niet houden.

Naarstig geblader. 'Je kijkt me aan, dat mag niet.' De magnetische centraalblik liet haar ogen tranen, maar met mij gebeurde niks. 'Pure onwil.'

Met de kat lukte het wel. Dieren waren heel gemakkelijk te hypnotiseren, vogels, slangen, 'allemaal wetenschappelijk bewezen'. Ze had in de tuin een muis uit de bek van de kat bevrijd – alleen maar door hem aan te staren. De beledigde onschuld kwam zelfs tegen zijn gewoonte in deemoedig kopjes geven. Mijn moeder kon zo naar het circus.

Nieuwe boeken kwamen ter tafel: over heilmagnetisme, positief denken, de sympathische zenuwvlecht. Haar lezen werd studeren. Ze maakte aantekeningen en tikte ze na het avondeten uit op een zachtgroene typemachine met tweekleurig lint. Na een dag of wat kwam ze met de diagnose: ik liet me te snel afleiden.

We legden ons toe op concentratieoefeningen. Horloge op tafel en alleen naar de secondewijzer kijken, je alleen op die ene wijzer richten en elke keer dat je gedachten afdwaalden een streepje zetten. Je moest lang oefenen om binnen de vijf streepjes per minuut te blijven; lukte het, dan was je op de goede weg. Ze leerde me in de stilte te stappen door me alleen op mijn ademhaling te concentreren en zo geluiden uit te bannen. Kwam te pas bij het huiswerk en bij het lezen. In die zelfgeschapen cocon van stilte was het maar een kleine stap om dingen te zien die er niet waren. Nu haar dochters het huis uit waren – twee van hen hadden zelfs het land verlaten – zag ze haar kans schoon ook mij in de zweefkunst in te wijden.

Ze leerde me kaartleggen, we raadpleegden samen de I Tjing en namen wekelijks mijn toekomst door. Zorgelijk, zorgelijk, maar er was nog wat aan te doen. Ze trok me steeds dieper haar wereld in. Ik wou het en ik wou het niet. Ze hield me in haar ban. We gingen samen in gebed. Nee, we kletsen niet met God, aan de Bijbel deden we niet. God zat in jezelf. We vroegen om kracht. Ik diende mij te wapenen, tegen lust en ongeduld, tegen mijn kwetsbare drift en tegen de onwil en de roddel. ('Wij zijn anders, wees daar trots op!') En in dat wapenen moest je vrede zoeken, met jezelf, met je naasten. Het klonk tegenstrijdig, maar toen niet (en nog zie ik de logica in haar onlogica).

Voor het slapen drukten we onze vingertoppen tegen elkaar, een voor een. Ik voelde de warmte van haar droge hand en de kloven van het werken in de tuin. Onze vingers ademden – 'vrede in, vrede uit' – en zo banden we de negatieve energie uit. Onderwijl riep zij de rivieren te hulp, om ons innerlijke vuil af te voeren, het water stroomde in een meer en om dat meer lag de rimboe (die ik zwart-wit uit het fotoalbum kende). Ik moest me de oranje gloed van een ondergaande zon voor de geest halen – oranje boven veel groen.

Terwijl zij de lof zong op een sereen bestaan, zag ik boven op mijn slaapkamerkast de vluchtkoffer liggen – verschoten canvas, met koperen hoeken die glommen als het maanlicht kierde. Hij was gevuld met noodwaar, Sunlightzeep, ontsmettingsalcohol, voor als het oorlog werd. Sprak de radionieuwslezer over Sovjet-tanks in Honga-

rije, dan haalde zij de koffer van de kast en vulde hem aan met bederfelijker waar: cacaopoeder, druivensuiker, aspirine, levertraan, en een blik Nivea. 'Daar denk je niet een-twee-drie aan, maar oorlog is slecht voor je huid.'
Zij prentte mij onwaarneembare uitzichten in, vruchtbaar, welig en veilig: 'Groen groen. Oranje oranje.' Maar ik, het proefkonijn, zag een ander groen: mijn uit een militaire jas geknipte korte broek, prikkend en hard, tot de eerste sneeuw te dragen, om sterk te worden. Klaar voor de Rus. Gehard voor Siberië. En ik zag een ander oranje: de medaillelinten voor moed, beleid en trouw aan Koningin en Vaderland die mijn gedecoreerde vader na een slapeloze week met zijn tanden verscheurde en na een dwaas saluut op mijn pyjamajasje speldde. Mijn moeder hoorde geen schreeuw. Ze liep de kamer uit, weg van het bloed op mijn borst – vol hoger vrede.

Vermorzel de drift. Hunker naar verbetering. Laat het positieve winnen. Ram het erin. We speelden hamer en aambeeld, en vonden elkaar in tegenkracht.

3

Op mijn negentiende verliet ik het ouderlijk huis en likte de wonden van de moederliefde. Sindsdien hield ik afstand, als ik iets van haar had geleerd was het dat wel. Ze verzette zich niet, haar taak zat erop – ik was gevormd. Bovendien handelde ik volstrekt in overeenstemming met mijn door haar getrokken horoscopen. De pijl van de boogschutter schiet voorbij het eigen erf. Zo nu en dan bellen was genoeg, en drie keer per jaar op bezoek.

Na haar vijfentachtigste betrok mijn moeder een ouderwets rusthuis niet ver van de kust. Misschien kwam het door mijn verhuizing naar Parijs of door mijn vele reizen, maar een bezoek aan haar nieuwe onderkomen schoot er telkens bij in, en ik voelde me ook niet schuldig, de weinige keren dat ik even bij haar binnenwipte en zij me lauwe thee voorzette, keek ze nauwelijks op uit haar boek. Ik leek haar te storen. Ze kon zich prima alleen redden. Twee dochters overleden en eentje in het buitenland – nooit een klacht. ('Nee hoor, jullie hoeven niet te komen, ik heb het zelf ook veel te druk. Zie maar.') Helder van geest en naar eigen zeggen 'niet dood te krijgen'. Kom eens om zo'n moeder. Nee, veeleisend kon ik haar niet noemen. Tot die dag dat ze mij belde: 'Wanneer ben je weer eens in Holland? Je moet iets voor me doen.'

Ze was niet veel veranderd toen ze de deur voor me opendeed, hooguit iets gekrompen. Ze liep belabberd, wankelend zocht ze houvast aan deurkruk en handschoenenkastje. Er stond een rollator in de hoek van de *hall* – de plinten en de oude pers in de zitkamer droegen de sporen van krassende wieltjes. Geen stoel was vrij, behalve de hare, een houten troon met een verlept kussen – elke zitplaats werd bezet door boeken en kranten. ('Beter een boek op bezoek dan een mens' – een van haar favoriete gezegdes.) De grote eettafel lag bezaaid met boeken en papieren, de helft geopend en gelardeerd met opengescheurde enveloppen, pennenbekers stonden links en rechts van haar stoel, een fruitschaal, een jaden kom gevuld met halfedelstenen en een hazenpoot tegen de reumatiek – onder handbereik een knoestige wandelstok, krom als een sabel. Het was een familiestuk uit eigen boom gesneden, in mijn jongensjaren nog goed om mee te slaan, maar sinds de verhuizing naar het rusthuis vooral in gebruik als stampstok tegen dove buren die de televisie te hard lieten tetteren – zo was het bij eerder bezoek. Nu diende hij haar om naar de keuken te lopen. Ze helde voorover, zag ik, en hield wandelend een dikke buik in bedwang – een gezwel leek het wel. 'Wat heb je daar?' vroeg ik. 'Niets, ze mesten me hier vet.' Ik wou haar helpen. Nee, geen arm. 'Flinkzijn, flinkzijn.' Haar stok maakte lange dagen ('Een goeie stok kent geen pensioen'). Ze liet me trots zien hoe je met de punt, zonder te bukken, een op de grond gevallen krant kon oprapen, hoe een tussen ijskast en tegelmuur gevallen lepel zich naar voren liet schuiven en hoe je met deze derde arm het hoge keukenraam open en dicht kon doen. Zie je wel, ze had niemand nodig! Al kon de theepot die ze schuifelend van aanrecht naar tafel bracht beslist een sopje gebruiken, het Wedgwoodporselein – zo oud als haar leven – zag zwart van de waxinelichtjes en het ketelsteen koekte aan de tuit... maar gelukkig, de thee was lauw. Altijd lauw. Ik was even bang dat ze haar oude gewoontes kwijt was.

Het tafelkleed zat onder de vlekken. Vooral bij haar stoel kon ik zien waar ze zich opduwde, waar ze haar placemat uitvouwde, waar ze dagelijks haar tarotkaarten legde en koperen I Tjingmuntjes gooide – ook de toekomst laat sporen na. Het was bovenal haar leesplaats, met slijtplekken van spanning en verveling: ze las nog altijd drie, vier boeken per week. Ook dat was een oude gewoonte.

Na een ronde om de tafel besteeg ze met moeite haar troon, plantte het kussen voor haar buik en gebood me 'nu eindelijk eens' te gaan zitten. Ik maakte een stoel naast haar vrij – 'nee, niet naast me, recht tegenover en kijk me niet zo aan.'

'Ja, mammie.'

Ze trok haar schapenwollen vest recht en schikte de ketting op haar borst – met zorg gekozen uit haar verzameling. Elke kwaal, dag of activiteit vroeg om een speciale steen. Ditmaal had ze een snoer versteende hars uit de Oostzee opgevist, ook al vloekte het goudgeel bij het rood van haar blouse: barnsteen was haar reissteen.

En reizen wou ze. Al weken had ze met het idee rondgelopen en nu moest het eruit, zonder gedraai: 'Ik wil mijn geboortehuis nog een keer zien. En snel.'

Ze wreef het barnsteen op. 'De tijd dringt.'

'Wat is er dan?' vroeg ik bezorgd.

'Niks, maar mijn handen verlangen naar klei en ik zou zo graag de dijk op willen.'

'Maar je kan nauwelijks lopen.'

'Je duwt me maar.'

'En daar kom je nu mee. Je wou toch niks meer van de boeren weten?'

'Ik droom van het fort. De soldaten marcheerden op ons erf.'

'Oorlog,' verzuchtte ik, 'we zijn weer thuis.'

'Het wordt mijn laatste reis.'

'Hoe kom je daarbij?'

'Dat is mij aangezegd.' Ze keek me triomfantelijk aan, treiterend bijna.

'Aangezegd, aangezegd, door wie, de dokter?'

'Nee, stemmen, oude stemmen.' Ach, wanneer was ze er voor het laatst geweest, vijftig, zestig jaar geleden misschien?

'Kijk, nieuwe schoenen, speciaal aangeschaft.' Twee klittenbandstappers piepten onder het tafelkleed. Ik stelde voor de volgende keer mijn laptop mee te nemen en met Google Earth boven het boerenland te zweven. En klei kon ik overal opspitten.

Haar wandelstok tikte op het tafelblad. 'Nee, je snapt het niet, ik heb daar stappen liggen, mijn vroegste ik, mijn eerste oorlog...' Ze brak haar zin af en bladerde woest door haar kunstagenda. De dag van vertrek stond al aangestreept: haar verjaardag.

'Maar dat is al heel gauw, dan kan ik helemaal niet.'

'Kom zeg, een dagje voor je ouwe moeder. Ik word achtennegentig, verdorie.'

We kibbelden, maar ik had niets in te brengen ('Wat doe je daar eigenlijk in Parijs?'). Een betere dag om te reizen zat er trouwens voorlopig niet in. Ze had de efemeriden er zorgvuldig op nageslagen – het lichtblauwe boekje met de sterrenstanden lag als bewijs op tafel –, een rolstoel was al geregeld.

Jaren was ze niet achter haar tafel weg te branden, wou ze van een autotochtje niets weten, en nu had ze de mond vol over hoe we zouden rijden en hoe lang en hoe ver. Ja, we gingen er een mooie dag van maken, weg van de verplichte feestelijkheden, het felicitatiepraatje van de directrice en taart in de conversatiezaal.

'Je denkt toch niet dat ik mijn verjaardag tussen die oudjes ga vieren?'

4

Het motregende toen ik haar een week later kwam ophalen. Het rusthuis rook naar koffie, de ochtendkranten lagen uitgevouwen op de leestafel naast de ontvangstbalie, ergens ver weg klonk een piano en dames met gebakken haren rolden hun rollator behendig naar de conversatiezaal – hun stuurkunst ontroerde me, ooit waren het steppende meisjes geweest, je zag het aan hun knuisten. Maar waar waren de mannen, werden hier alleen maar weduwen opgeborgen? Ik had er mijn moeder al eens eerder naar gevraagd. 'Vrouwen zijn sterker,' zei ze, 'dat weet je toch?' Het maakte haar altijd vrolijk mannen te bespotten: 'In gevangenschap gingen ze er ook het eerste aan.' Ik dacht aan mijn conditie en nam de trap.

Het was warm en benauwd in de bovengang, alle ramen waren dicht. Sommige bewoners hadden schilderijen in hun voorportaal gehangen, veel landschappen, kunst waar je niemand mee kon beledigen, hooguit de goede smaak – visitekaartjes van keurigheid. Op elke mat stond een vuilniszakje, het afval werd die ochtend kennelijk opgehaald. Een weeë lucht hing om de deuren. Lekluiers, de geur van ouderdom.

Mijn moeders appartement keek uit op de tuin, je moest remonstrants wezen om zo mooi te mogen wonen, een bezwaar dat ze licht nam: ze was lid van wel vijf geloven, al ging ze nooit naar de kerk. ('Ik heb geen dominee nodig om God te vinden.') Haar deur stond op een kier, ze zat me op te wachten in de hall, rijklaar in een rolstoel van het huis – de jas dichtgeknoopt en tas op schoot, stok in de hand. Ik hoefde haar alleen nog maar naar buiten te duwen, via de leveranciersingang graag en niet langs de balie – ze wilde de directrice ontwijken.

De rolstoel paste nauwelijks in de kofferbak. Mijn moeder liet zich nog moeilijker de auto in krijgen. De veiligheidsriem benauwde haar. 'Wat is dat voor onzin, het lijkt wel een dwangbuis.'

'Het is de wet, mammie.'

'Ik leg het de agent wel uit.'

Opgelucht reden we de parkeerplaats af. Ontsnapt aan taart en toespraak. Zo, nu kon ze los en breed jarig wezen, in een jas van bonkig tweed, wandelstok tussen haar knieën, tas op schoot.

'Leg die stok op de grond.'

'Nee.'

'Zet die tas dan weg.'

'Nee.'

'En doe die lelijke sjaal af.' Nou, vooruit, omdat ik zo aanhield.

Na een uurtje knoopte ze eindelijk haar jas open en sloeg hem half over de versnelling. Ze raakte niet uitgekeken op de verkeersborden boven de weg en trok geregeld aan mijn arm om me te wijzen op verwarrende klaverbladen. We reden langs nieuwe buitenwijken, industrieterreinen en linten van beton en glas, nergens lag nog een stukje vrije horizon. 'Het is wel erg vol geworden,' zei ze teleurgesteld.

Na jaren Parijs moest ook ik aan voortbouwend Nederland wennen. De Randstad was bijna klaar, nog een paar kilometer geluidswal eromheen en er kon een deksel op. Ik had zojuist in de krant gelezen dat de Nederlanders, na de Denen, het gelukkigste volk van Europa waren. De Fransen scoorden veel lager, die slikten en masse zenuwpillen.

'Er zit vaak niks anders op dan je gelukkig te liegen.' Mijn moeder zei het zachtjes, onnadenkend bijna, ze zocht iets in haar tas.

'Ben jij gelukkig?' vroeg ik.

Ze draaide zich verbaasd naar me toe. 'Zoiets vraag je niet aan een moeder.'

'En aan een zoon?'

'Je hebt toch niet te klagen?'

Ze verwachtte geen antwoord, de inhoud van haar tas was belangrijker, een bruinleren zak waar de poes nog zijn nagels aan had gescherpt – een poes die al twintig jaar dood was. Waar kon die verdomde kaart nou zijn gebleven? Hè, hè, na veel gewroet kwam hij boven. Ze vouwde hem uit over knie en stuur. Niet een stukje, maar heel Nederland, vol rode kronkelwegen die ze zestig jaar geleden met de solex had bereden. De Afsluitdijk stond er nog net op, maar de nieuwe polders en de Deltawerken hadden het niet gehaald. Ik sloeg Zuid-Holland van me af. Haar vinger zocht de weg in vroeger ('Waar rijden we nu? Waar zijn we?') – ze had een andere kaart in haar hoofd.

We raasden over een brug, kilometerslang ('Dit noemden wij zee, in mijn tijd was dit een dagreis') en namen de nieuwe weg naar het zuiden ('Dwars over ons land verdomme').

We sloegen af, minderden vaart en reden door slaperige dorpen, vaak niet breder dan een modderige weg met links en rechts wat landarbeidershuisjes. De suikerbieten staken al mooi de kop op, hier en daar lagen velden braak, plassen glinsterden in de voren. Ja, soms moest de grond rusten, wist mijn moeder. Een smalle weg, mooi nat zwart in bruine klei, voerde ons langs een provinciepaal met een verweerd wapen, het loof sloeg tegen onze wielen, ik moest vaart minderen uit respect voor het gewas (een eis!), looptempo moest ik rijden. Maar ik kon niet schakelen, haar jas zat weer in de weg en na een por en gedoe met haar stok doemde plotseling een groene muur op – aarden wallen, vervallen vestingwerken en een kop van steen. Kijk, dat was nu het fort – hoog was het, om tegen op te zien. Ze probeerde de kaart op te vouwen en tegelijk naar buiten te kijken. Opgewonden verfrommelde ze de polder tot een prop. Mijn god, wat was het vervallen. Ze wees naar twee holle ogen. Daar, daar zwaaide vroeger de loop, de IJzer, zo heette het kanon. In haar tijd kon het nog knallen, om indruk te maken. In haar tijd wees de loop naar het zuiden om de oprukkende Duitsers achter de Belgische grens af te schrikken. 'We moesten onze neutraliteit bewaken. Nederland was laf en onpartijdig, maar de oorlog kon zo overslaan.'

Ze miste de vlaggen, de vaandels bij de poort, en de mooie wilgen: allemaal gekapt. In haar tijd... Ze wilde haar raampje openen. ('Hoe werkt dat?') Ik liet het zakken, een vlaag motregen sloeg naar binnen, de wind plette haar dunne haar, maar ze snoof lachend de dampende aarde op en de zee achter de dijk. 'Ruik je?'

Haar vader boerde tussen bieten en soldaten, maar de soldaten zongen niet meer. In de Eerste Wereldoorlog telde het fort er vele honderden. Kerels die naar haar zwaaiden, die de ophaalbrug voor haar lieten zakken als ze voor het donker een fles brandewijn voor de commandant kwam brengen, met de complimenten van haar vader. Eén keer kwam ze de hospik halen, toen een knecht zich lelijk had verwond, en op haar achtste verjaardag kreeg ze een matrozenpakje van de legerkleermaker, en de kooksters kookten soep voor de Belgische vluchtelingen. Ze hadden thuis een schuur vol. Mijn moeder ratelde maar door, vol van haar boerenjeugd. Ik had haar nog nooit zo over de polder horen praten. Vreemd ook, hoe een oude oorlog helder werd, terwijl in eerdere verhalen over haar familie die tijd als een vaag avontuur werd afgedaan.

Een druk op de knop en de raampjes zoefden weer dicht. We reden langzaam langs het fort, op zoek naar haar geboortehuis – het moest vlakbij zijn, ze was er kind geweest, jong meisje, tot haar vader de boel verpachtte en zich terugtrok in zijn hoge huis naast de kerk –, ver van de modder en de mest.

Kijk, daar, daar, over die dijk had ze gelopen, toen hij nog leeg was en strak en niet zo breed misschien. Elke dag zes kilometer naar school, ook als het sneeuwde. Op klompen. Sloeg ze katholieke jongens mee op hun kop. En als het even kon, een halve koekenpan paling voor ontbijt, nooit met een lege maag op pad. Haar vader ving ze zelf in de sloten om het erf. Het levend villen deden ze samen – werd je sterk van.

Ze had nog altijd flinke kuiten van het lopen en een

trotse kin en nek. Ik zocht het buitenleven in het craquelé van haar gelooide huid, in de diepe plooien om haar scherpe mond. Zo dicht had ik in jaren niet naast mijn moeder gezeten. Ik wou haar aanraken, maar ze schoof op naar het portier en zette haar tas tussen ons in.

Ze zag het. Ze zag het niet.

Mijn opgetrokken knieën beroerden haar jas, in de bochten van de verzakte polderwegen viel contact niet te vermijden. We zochten evenwicht, onze schouders schampten elkaar, schrokken, en toen ik mijn armen naast de hare zag, onze lompe armen, besefte ik eens te meer dat ik haar bouw had – de boerenbouw. Hoe breed we ook waren, we werden allebei kind op deze reis...

Ik sloop weer door het huis van mijn grootvader – groot en statig, met een brede trap en geheime kamers waar stoelen en banken onder lakens stonden. Mijn grootvader lachte zelden. Na de geboorte van zijn zoon rouwde hij een leven lang om zijn in het kraambed gestorven vrouw, een voor mij onbekende oma van wie ik zelfs nooit een foto had gezien.

Grootvaders horizon was zo strak als een dijk. Een afgebakend ritme bepaalde zijn doen en laten: koud stortbad bij zonsopgang, radionieuwsdienst om twaalf en zes uur, warme maaltijd tussen de middag, kleine wandeling om drie uur, en klokslag vijf de eerste brandewijn. 's Zomers woonde hij aan de schaduwkant, 's winters aan de zonkant. De verhuizing werd op de kalender aangestreept. En hij liep altijd in driedelig zwart. Geharnast door de vier r's in zijn leven: regelmaat, rust, reinheid, en rendement –

couponknipper die hij was. Hij had aandelen in alles en nam nergens aan deel. Gezeten op de hoge houten stoel (die later naar zijn dochter zou gaan) las hij rokend zijn krant, in een doodstil huis, zonder me een blik waardig te keuren, maar als ik met mijn been zat te wippen, hoorde ik hem grommen. Ik durfde me niet te verroeren. Boven zijn hoofd loerde een kwaaie vrouwenkop van Rembrandt: die voor de zomer was nog enger dan die voor de winter.

Pas later begreep ik dat die angstaanjagende schilderijen negentiende-eeuwse kopieën waren, maar ze gingen door voor echt. Eens zouden we al die dure rommel erven en niet alleen van hem: elk jaar werd ik meegesleept naar twee ongetrouwde tantes aan wie ik mijn beste kant moest laten zien en mijn gepoetste schoenen, schone kraag en goede manieren. 'Zeg geen jeetje, dat vinden ze een vloek.' Jammer dat ze aan moederskant zo akelig oud werden.

We verkenden de horizon van de polder, plat en weids, met rijen populieren in de coulissen. Waar stond nu dat geboortehuis? Konden we niet de dijk op om verder te zien? We zochten naar een trap of opgang en stopten bij een tractorpad. Het miezerde nog altijd, lauwe spatjes, maar dat weerhield ons er niet van om de rolstoel uit te vouwen. De tas moest mee. 'Geef hier dat ding.' 'Nee!' Hoe kreeg ik haar naar boven? Ze leunde achterover, keek op naar de grijze wolken en de druppels liepen langs haar wangen. Goed voor de huid. Vroeger danste ze in de regen, nu tolden twee rolstoelwielen. Het gras glibberde.

Een boer op een tractor met mestkar zag ons gemodder en bracht verlossing door de rolstoel met moeder en al naar boven te tillen, zonder ook maar te hijgen, al was hij niet de jongste meer. Eenmaal op de dijk stapte ze uit en gebruikte hem als wandelstok. Hij kon erom lachen: 'Ik heb zelf zo'n moeder.' Ze keek even angstig naar beneden en wees naar de tractorsporen in de klei. 'Wij hadden vroeger een rode McCormick, de eerste bietenrooier in de polder.'

'Ja, dat zal gescheeld hebben,' zei de boer, 'want in de rooitijd kom je altijd handen tekort.' Hij sprak het dialect van mijn grootvader, maar zijn stem klonk zacht, vriendelijk, en hij droeg een spijkerbroek – geen man voor stijve kragen en Bijbelzwarte kousen.

Het veld trok, mijn moeder boog zich steunend op zijn arm voorover, alsof ze haar grond wilde toespreken: 'Met de McCormick was het ruwer koppen hoor, je verloor veel biet. De knechten en de meiden waren het mes gewend en de handschop, als kind liep ik in hun klompenpaadjes.'

'Ja, ja, maar ze stonden mooi de hele dag krom.'

Mankracht of machines, ze kwamen er niet uit. De laatste oogst werd doorgenomen, de suikerprijs, de winterschade, en het slik op de weg na het peeën rijden. Die twee begrepen elkaar. Mijn moeder sprak met een accent, ik wist niet eens dat ze het kon. De zachte g gaf haar een glimlach terug.

Ze keken als kenners naar het wuivend loof en volgden een zwerm kraaien tot aan het eind van het veld. Mijn moeder wees naar een boerderij die schuilging achter een haag populieren. De gevel was wit gepleisterd, maar het dak... Ze kromp ineen, was het vroeger niet groter? Maar wie anders had zo'n breed dak, hoger dan de dijk. Ach, het bovenraam zat er nog. Ja, het moest haar geboortehuis wel zijn. 'Als ik vroeger een stoof voor de vensterbank zette, kon ik de zee zien en de bruine zeilen van de kotters.'

De boer sloeg zijn arm om haar heen en duwde me zachtjes opzij. 'Nu zie je vanuit dat raam de coasters varen.' Hij glunderde.

Mijn moeder klapte van verbazing in haar handen. Kende hij dat huis vanbinnen?

Nou en of, hij woonde er, hij was de kleinzoon van de eerste pachter!

Mijn moeder deed een stap opzij en keek hem nog eens goed aan. Verdomd, de spitse kin, het lange voorhoofd: een echte Hopstake.

Het suikerland was klein, de polder was klein. Namen vielen, van buren, verre ooms, tantes en neven die met nichten waren getrouwd. Zo bleef het land in één familie. Ook de pachters hechtten aan de grond, generatie op generatie, tot ze geld konden lenen en kopen. 'Rente voor trots,' zei de boer.

Mijn grootvader kwam ter sprake, zijn naam had nog klank in de polder. De Taaie werd ie genoemd, jong weduwnaar en bulkend van het land. De boer maakte een weids gebaar, tot ver achter de slaperdijk. Zulke herenboeren bestonden niet meer. Zijn vader moest twee keer per jaar naar het Hoge Huis (ik hoorde de hoofdletters in zijn stem) om de pacht te betalen, in de pronkkamer, voor ieder honderdje een brandewijn. Pachtdag was dronkendag. Hij kwam altijd terug met verhalen.

'O, ja?' Mijn moeder keek zuinig.

'Eerste pachter, dan ben je toch bijna familie,' zei de boer.

Zo was het. En ik stond daar maar, zonder mee te kunnen praten, al droeg ik een boerennaam. Die man aan haar arm had haar zoon kunnen zijn, zo vertrouwd als ze daar liepen. De wanhoop uit mijn jongensjaren kwam terug.

Grootvader las de beursberichten met een dun ijzeren latje – een ernstig ritueel waarbij je hem niet mocht storen. Zijn vergeelde snor rook al naar brandewijn en de vonken schoten uit zijn stenen pijp, toch durfde ik hem onder het krantlezen één keer te besluipen. Ik wilde toneelspeler worden en dat moest de hele wereld weten. Alleen met spel zou ik het in het leven redden (ook in de oorlog, want ik zou me nooit laten vangen en me verkleed onder de vijand begeven) en dus wilde ik bij ons jaarlijks paasbezoek mijn grootvader verrassen met een gedicht van Vasalis dat ik speciaal voor de gelegenheid uit mijn hoofd had geleerd: *De idioot in het bad*. Misschien was het te hoog gegrepen, maar een van mijn veel oudere halfzusters, de lerares die mij m'n hele schooltijd van goede boeken voorzag – boven mijn niveau want een kind moet stijgen –, had het voor mij overgeschreven. Vasalis was volgens haar niet alleen een grote Nederlandse dichteres, maar ook psychiater, zij kon 'in de ziel van zenuwzieken kijken'. Toen ik het gedicht voor het eerst las dacht ik dat ze stiekem door het sleutelgat van onze badkamer had zitten loeren...
   De zuster laat hem in het water glijden,
   Hij vouwt zijn dunne armen op zijn borst,
   Hij zucht, als bij het lessen van zijn eerste dorst
   En om zijn mond gloort langzaam aan een groot verblijden.

Ik herkende meteen mijn vader in die gek, wanneer mijn moeder hem na een uitbarsting in het bad zette. Een ritueel waar hij kalmer van werd: in het water werd een andere man geboren.

Het leek me wel wat voor een voordracht in de familie. *De idioot in het bad...* ik ging recht voor zijn krant staan en speelde het eerste couplet (misschien zou hij me met een rijksdaalder belonen): '*Met opgetrokken schouders...*'

Mijn grootvader liet zijn krant zakken en keek me stomverbaasd aan.

'*toegeknepen ogen, haast dravend en vaak...*'

'Wat gaan we nou beleven?'

'*hakend in de mat, lelijk en...*'

Ineens jankte de lucht, terwijl ik daar zo trots en breed voor hem stond, een scherp geluid zwiepte langs mijn oren, wind langs mijn wimpers... Het ijzeren latje, hij verjoeg me met zijn ijzeren latje. Ik sprong achteruit.

En toen volgde een tekst die beter zou blijven hangen dan welk gedicht ook, uitgesproken met bevende hand en een half oog op de lijst uitgelote obligaties: 'Je hebt een vreemde jongen, Marie.'

Het klonk als een vloek.

'Hij draagt anders uw naam,' zei mijn moeder.

Meer troost had ze niet in huis. De acteur ging af.

Het hield op met motregenen, een schraal zonnetje brak door. Mijn moeder liet zich naar de rolstoel leiden en sloeg de druppels van haar tas. De kogellagers kraakten. Kon ze maar even bukken en de klei in haar handen voelen, of ik niet... Ik schopte een kluit los en legde die in haar uitgestrekte handen. Ze kneep erin. 'Zou hier nog iets van mij in zitten, een voetstap, een atoom?' vroeg ze zacht. De boer gaf me een knipoog en stak een sigaret op.

Mijn moeder staarde naar het dak van haar geboortehuis, ze sprak weer dialect en zag zich zitten voor een open raam, laat op een zomeravond, bedtijd voorbij, haar broertje lag al te slapen, maar de warmte had haar wakker gehouden en ze was naar beneden geslopen om haar vader gezelschap te houden. Hij zat rokend in zijn stoel en hield de kop van zijn pijp in zijn vuist verborgen, zelfs opgloeiende tabak kon gevaarlijk zijn. Het was mobilisatietijd en de polder moest verduisteren, de lampen waren blauw geschilderd en onder de tafel klemde een geweer. De knecht en de meid sliepen in het achterhuis, de Belgen zaten in de schuur, gevluchte soldaten, meegesmokkeld uit oorlogsgebied en door schippers op de dijk afgezet.

De brug van het fort was opgehaald, na zonsondergang moesten de boeren zichzelf bewaken. Hun buurman, de fortwachter, had niet eens een geweer, maar op de dijk kon je 's avonds de hemel boven Antwerpen zien branden, en bij zuidenwind hoorde je een diep gedreun.

De kluit viel op de grond, mijn moeders jas zat vol modder, maar het deerde haar niet. Ze speelde met een schelp die uit de aarde was losgekomen.

'Het was vollemaan... had ik dat al verteld? Een prachtige maan. Ineens zagen we een ruiter te paard opdoemen. Onder aan de dijk. Mijn vader greep zijn geweer en liep naar buiten.'

De kleine Marie moest binnen blijven, ze zette de stoel voor het raam, ging op de zitting staan. Het maanlicht maakte alles groter. Haar vader stond achter een boom, geweer in de aanslag. De laarzen van de ruiter glommen in het licht. Hij kwam steeds dichterbij. Haar vader riep: Werda? 'Net als de schildwachten op het fort.' De ruiter bukte, greep naar iets. Een schot. Het echode tegen de muren. Vader dook weg. Marie gilde achter haar hand, een straaltje sijpelde langs haar dij. Er gebeurde van alles tegelijk: het paard steigerde, de kraaien vlogen uit de populieren, de hond roetsjte aan zijn ketting en blafte, de vluchtelingen stommelden in de schuur, de knecht en de meid kwamen kijken, het licht bij de fortwachter sprong aan – zwakblauw – en de meid krijste: 'Scheer je weg, je had allang moeten slapen.' Maar boven had ze nog beter zicht: de ruiter was van zijn paard gevallen en met een voet in de stijgbeugel blijven hangen, het paard sleurde hem mee. De fortwachter en haar vader renden erachteraan; de knecht stoof door de bieten. De ruiter wist zich los te rukken en strompelde de dijk op. Een tweede schot, verder weg. In het fort werd alarm geslagen, maar Marie kon niks meer zien. De dijk bleef leeg. Ook de volgende morgen mocht ze niet weten wat daarachter was gebeurd, ze had al veel te veel gezien. Haar vader zei alleen dat het een schoft was, een verklikker op zoek naar ondergedoken Belgen.

    Maar waar was hij gebleven?
    Geen woord.
    En het paard?
    Afgemaakt.
    De knecht wist meer. Er was een mes aan te pas gekomen.

We stonden stil om haar heen, ietwat verlegen met de bloederige afloop. De boer keek hoofdschuddend naar zijn schuldige grond, ik legde mijn hand op haar schouder, maar ze rilde zich los en pulkte de modder onder haar nagels. Was dit mijn moeder? De vrouw die zich nooit meer wilde herinneren dan een paar versleten anekdotes en nu ineens veranderde in een meisje dat nieuwsgierig uit een open raam hing en ons liet meekijken. Haar geboortehuis speelde niet eerder een rol in haar verhalen. Haalde ze huizen, streken en gebeurtenissen door elkaar?

Ik vroeg haar of die geschiedenis haar lang had dwarsgezeten.

'Nee hoor, het kwam zomaar boven, ik heb nergens last van als je dat soms bedoelt.'

'Heeft je vader die man echt doodgestoken?' (Ik kon het woord 'opa' niet uit mijn bek krijgen.)

'De knecht is de volgende dag opgepakt.' Ze staarde over de dijk en hapte in de zilte wind.

Haar tas gleed op de grond. 'Kom, we gaan.' De boer tilde de rolstoel op en droeg haar naar de auto. Ze leunde schommelend tegen zijn schouder, weer zochten haar ogen het veld af. Pas toen ze op eigen benen stond, vroeg ze: 'Waar zijn de schuren gebleven? En het huis van de fortwachter?'

De boer keek haar vragend aan, hij kende het niet anders dan zo. Maar over de fortwachter had ie horen praten, dat huis was weggeslagen in de Watersnoodramp, lang voor zijn geboorte. Hij wees haar waar de dijk was doorgebroken, bij grote droogte wilde het land nog wel eens verkleuren – na meer dan een halve eeuw! – en ook het zout glinsterde nog op de muren, maar daar moest je oog voor hebben. 'Alleen onze boerderij is gespaard gebleven, zo breed en hoog als ie was.' Het fort had de golven gebroken. Mijn moeder draaide zich om en keek naar een bedwongen zee.

'Kom, u ziet bleek van de kou,' zei de boer. 'Koffie zal u goeddoen, ik laat u de boerderij zien, dan kunt u mijn moeder ontmoeten, die woont bij ons in, ze moet uw vader nog hebben gekend.'

Ze wou niet, nee, echt niet. Maar wij drongen aan, de boer en ik. Ja toe, ja toe.

Ik startte de auto en volgde de tractor. Voor ons slingerde de mestkar modder en stront tegen de voorruit. Haar stok bonkte kwaad tegen de ruit. 'We gaan niet, gewoon doorrijden.'

'Waarom? Jij wou hierheen.'

'Het is een donker hol.'

'Kom op, ik wil ook wel eens zien waar je geboren bent. Misschien mag ik foto's maken.'

'Mijn moeder is onder dat dak gestorven.'

De mestkar blokkeerde de weg. We moesten wel uitstappen.

We dronken koffie aan een blankhouten tafel, in een zonnige keuken, naar de laatste mode ingericht. Grote ramen keken uit op akkers en populieren, de blaadjes ruisten en speelden hun schaduw op de gele tegels boven het fornuis, binnen was het zomers warm, maar mijn moeder hield er de jas bij aan en dat terwijl de Aga zacht brandde en de geur van versgebakken brood door het huis trok. Ze verkende misprijzend het interieur: twee witte lege vazen in de ene vensterbank, in de andere twee plastic ganzen met een strik – het gelukkige landleven dampte tegen het glas. 'Tja,' zei ze, 'twee geeft rust.'

Na drie keer roepen kwam eindelijk de moeder van de boer tevoorschijn, naar binnen geduwd door haar schoondochter, die zich meteen weer uit de voeten maakte. Er lag een lam te blèren en de veearts had zich gemeld.

Een felle kop staarde ons aan – zwarte ogen en een paar borstelwenkbrauwen waar geen haartje grijs in zat –, zo woest dat ook mijn moeder ervan schrok. Ze kon een Spaanse zijn, zonder opsmuk. In niks haar zoon. Ze stelde zich voor als Cor. Mijn moeder mompelde ook haar voornaam, maar Cor noemde haar koel mevrouw.

De boer sneed koek en maakte grapjes om het ijs te breken. 'Zo meiskes, kennen jullie mekaar nou of niet?'

Een bruine labrador kwispelde binnen en ging geeuwend onder tafel liggen.

'Misschien van het veld hé,' zei mijn moeder in de zingende toon van de streek, 'je werd al vroeg aan het werk gezet.'

Cor piepte, ze draaide aan haar gehoorapparaat. 'Werk? Maar u hoefde toch niet krom? Uw pa gaf de boel al snel uit handen.'

'Ja, maar van stilzitters hield hij niet, het was een harde hoor.'

Cor beet in haar koek. In het zwijgend kauwen hoorde ik een oorverdovend ja.

De dames namen elkaar wantrouwend op.

'Van wie is hij d'r nou een?' vroeg Cor met een knik naar mij.

'Van Just.'
'Maar dat was toch een zwarte?'
Mijn moeder blies van zich af: 'Bruin zal je bedoelen, hij was in Indië geboren, een officier, je hebt hem toch gezien?'
'Meiskes, meiskes,' suste de boer.
'Ik ben van haar tweede man, die heette ook Just,' zei ik zo vriendelijk mogelijk.
O ja, er was iets ingewikkelds... een tweede man. Maar de hele polder was vol van de eerste geweest, tja, hoe oud was ze toen mijn moeder trouwde, een jaar of tien? 'Het stond rijen dik bij de kerk, we waren het niet gewoon, hé.'
Mijn moeder zette haar tas met een bonk op tafel en probeerde overeind te komen. Haar jas rook klam.
'En de eigen familie?' Cor knikte weer naar mij.
Ik begreep haar niet. 'Mijn halfzusters?'
'Nee, hier in de polder?'
Ik keek mijn moeder vragend aan. 'Door Indië is veel verwaterd.' Ik moest me vooroverbuigen om haar te verstaan, ze sprak heel zacht. 'En het lot stuurt ook.'
'Wablief?' zei Cor.
'Het contact is verwaterd,' schreeuwde ik.
'Ja, wij hebben het zwaar gehad hoor. Het stond hier tot boven je hoofd, alles water, alles plat, maar de muren hielden het. Bij ons broer spoelde de voordeur eruit. Alles weg – huis, vee, de mooie kast.'
'Laat nou moeder.' De boer stak zijn zoveelste sigaret op.
Maar Cor liet niet, ze ging er goed voor zitten, stoel naar voren, wijdbeens, als een kwaaie meid, de handen trillend op haar knieën en ze snauwde: 'Nee, ze moet het

maar eens weten. Waar bleef meneer je vader na de vloed? En jij? Ik heb je hier niet mogen zien. Jullie zaten op 't droge deel, maar wij' – ze slikte iets weg, een hap koek, een traan, of woede – 'buiten op het veld, tegen de dijk, zagen we de tweede dag een schoentje uit de modder steken. Mijn nichtje.'

Mijn moeder staarde naar haar tas. 'Ons vader is op de motor langsgereden, hij heeft mijn tantes in huis genomen.'

'Maar bij ons is hij niet afgestapt,' brieste Cor, 'hij koos voor de centen, ja, altijd de centen.'

Ik gaf meelevende kreetjes.

Cor wees me op de zoutrand boven de keukendeur – een litteken van de vloed. 'Het zweet elke zomer uit.' En wist 'mevrouw' dat Meeuwis en zijn zoon van de dijk waren afgespoeld? Tussen z'n vee gevonden, zo'n trouwe man.

'Wie was Meeuwis?' vroeg ik.

'Een volle neef van Lijntje! Maar geen woord hé, geen hulp, niks.'

'En Lijntje?'

'En nu is het klaar.' Mijn moeder trok zich op aan de tafel. Ik was te verbouwereerd om haar te helpen.

'Vraag het d'r straks maar.' Cor schudde haar hoofd. 'Is het zo verwaterd.'

De boer bood mijn moeder zijn arm aan, maar ze sloeg zijn hulp af. Ik mocht haar tas dragen. Tien kilo, schatte ik. Ze wankelde van fornuis naar keukendeur, een rechte rug was haar groet.

De hond liep mee naar de auto. De boer maakte het pad vrij. Voor we instapten keek ze nog een keer op naar het dak.

We verlieten de polder en spraken geen woord.
'Wie was Lijntje?' vroeg ik toen we over de brug reden.
'Mijn moeder.'
Voor het eerst hoorde ik haar naam. 'Wat weet je nog van d'r?' Ze perste haar lippen op elkaar. Heb je een foto, lijk je op haar? Waarom heb je dat allemaal verzwegen?'
'Verzwegen? Je hebt me er nooit naar gevraagd.'

5

Eerlijk zijn.
Eerlijk zijn.
Eerlijk zijn.
Het zinnetje rammelde met de auto mee. Waarom logen we zo graag in de familie? Waarom dekten we toe wat stonk? Op weg naar Parijs overdacht ik ons tochtje naar het suikerland, haar leugenland, hoe was het mogelijk dat ik al die keren richting Belgische grens zo dicht langs haar geboortegrond scheerde zonder ooit een keer af te slaan. Nu keek ik anders naar de borden langs de weg – plaatsen waar ik een week geleden achteloos aan voorbijreed, hadden onverwacht betekenis gekregen. Het stadje waar mijn moeder zo jong met haar bruine officier trouwde, lag maar een paar kilometer achter de snelweg. Vreemd hoe haar boerenverleden zich zo door Indië had laten verdringen. Haar Tweede Land, zoals ze het noemde, speelde een voorname rol in mijn romans, niet dat zíj er zoveel over sprak, nee, nooit, bedacht ik me, mijn op Java geboren vader dicteerde thuis de verhalen. Ik had me zijn leugens toegeëigend en er nieuwe aan toegevoegd. Mijn moeder was de grote zwijger thuis.
   Misschien werd ze ook overschaduwd door het leven in het repatriantenhuis, waar ze na de oorlog een aantal jaren met haar gehavende gezin moest doorbrengen. Ik had

veel over die tijd geschreven, juist omdat ik niet bij Indië hoorde, niet bij hun oorlog, niet bij de kleur van mijn halfzusters en de andere kinderen in het huis, niet bij de sambal en de rijsttafel en het Maleis van de tafelmopjes; daarom zong ik als vredeskind en rossige sproetenkoning hun kampliedjes uit volle borst mee en haatte ik net als zij de jappen die hen hadden vernederd. Ik zou de schatbewaarder van hun trauma's worden.

Maar de boeren, kregen die een verhaal? We hadden van ze geërfd, na lang en geduldig wachten, ik had hun geld en geloof bespot en me vrolijk gemaakt over mijn lelijke ongetrouwde tantes. Hun landhonger was hooguit een paar bladzijden waard.

En wat wist ik van de Watersnood? Ik herinnerde me de zondagochtend met mijn vader en moeder aan de radio, de dijken waren doorgebroken, een deel van de familieboerderijen liep gevaar. Mijn moeder belde en belde, maar kon niemand bereiken. We stuurden kleren naar de slachtoffers – ik moest mijn zwart-geel geblokte lievelingsjekker afstaan. Een offer, maar offeren was goed.

En nu bleek haar geboortegrond onder water te hebben gestaan, de pachter was getroffen, mensen die ze kende, en er was een achteroom verzopen en weet ik wat voor familie nog meer.

Laat ik het anders vertellen. Eerlijk zijn.

We waren in alle staten. De stormvloed raakte ook ons dorp, er was een gat in de duinen geslagen en het water stond tot aan ons huis. Mijn vader wist zeker dat de Russen erachter zaten, ze roerden in de kosmos, beïnvloedden het weer en gebruikten geheime atoomwapens, ja, de Russen waren verder dan de Amerikanen, nog even en de bommen vlogen om de aarde en ploften in de Atlantische Oceaan – New York en Londen zouden onderspoelen. Mijn moeder stelde hem gerust, haar sterren stonden anders, heus, vredige conjuncties gloorden, er kwam een stilte na deze storm. Reden voor mijn vader om nog harder te razen: de Russen wilden de Vrije Wereld vernietigen. De bom, de bom, een oud verhaal waar we allang niet meer wakker van lagen, maar die winter was hij op andere wapens gestuit, hij had honderden kranten uitgespeld aan de leestafel van het Badhotel, waar hij voor de prijs van één kop koffie zo lang mocht zitten als hij wou. (Hij was niet alleen de best geklede werkloze uit het dorp maar ook veruit de meest belezen.) Wisten wij dat ze achter de Oeral mensen met apen kruisten om zo een onverslaanbaar leger op te bouwen? Ook was er achter het IJzeren Gordijn een elixer gebrouwen dat mensen langer in leven kon houden! De Russen zouden ons massaal overleven. En dan de laboratoria waar dodelijke bacteriën werden ontwikkeld... Op de uitgevouwen wereldkaart trok mijn vader de stippellijnen om de Oeral, waar duivelse geleerden hoog in de bergen wolken met chemicaliën bestookten en lagedrukgebieden tegen elkaar opzetten die vernietigende orkanen en stormen veroorzaakten.

Mijn moeder kon nog zo sussen, mijn vader riep ook haar boeken op om te getuigen van een ophanden zijnde wereldramp: Nostradamus had het allemaal voorzien en de kaarten voorspelden ook al weinig goeds. De werelden waren in botsing. Mijn vader wist niet meer wat hij gelezen, gehoord of verzonnen had, hij verbeterde zich al pratend en bladerde door schriften vol aantekeningen. Geloofden wij hem niet? Nee? Dan zou hij het neergeschreven kwaad in de brand steken. En wel meteen, op de grote tafel! Mijn moeder stond al klaar met emmer en washand, niet om een binnenbrand te blussen maar om zijn gloeiende hoofd af te koelen – na flink deppen voerde ze hem af naar de badkuip, in de klem van haar handen. De storm hield nog dagen aan en ik lag bibberend in mijn bed.

De vloed?

Niet bij ons. Wij dachten niet aan de boeren, wij stroomden vol van onszelf.

Eerlijk zijn. Misschien wordt het tijd een herinnering op te schrijven – een gebeurtenis die ik nooit een notitie waardig heb geacht.

Het moet in mijn tweede jaar in Parijs zijn geweest. Mijn uitgever stuurde mij een brief door van de Plattelandsvrouwenvereniging in het stadje S., met het verzoek daar een lezing te komen houden. Plattelandsvrouwen, wat een eer. Op het platteland werd meer gelezen dan in de stad. In de stad grossierden ze in meningen, telden ze de stippen van een recensie en waaiden ze mee met de laatste mode, maar waar geen vertier was en de duisternis na het avondeten over de beemden trok, en de glasvezelkabel niet was doorgetrokken zodat de televisie geen donder te bieden had – in die stilte van tikkende klokken en blaffende hofhonden zat er vaak niks anders op dan een boek ter hand te nemen. Een ouderwets papieren boek. Dat dacht ik, al was die mening nergens op gebaseerd, zoals zoveel meningen. Ik haatte de zelfgenoegzaamheid van Amsterdam. De literaire krabbenmand. Onzin. Eerlijk zijn. Mijn vriendin woonde in Amsterdam, ze had een drukke advocatenpraktijk en wilde met me samenwonen. Ik durfde niet. Al dertig jaar niet. Ik durfde haar niet met mijzelf te delen. Niet dag en nacht. Ze hield aan: 'We worden oud, straks lukt het ons niet meer.' Daarom was ik naar Parijs gevlucht, om jong te blijven, hoe alleen ook – dood alleen en afgesneden, maar dat schreef beter. Om de maand stapte ze op de trein en bleef een week. Onbereikbaarheid deed onze liefde goed.

Een schrijver moet zijn handen vuilmaken – in zijn hoofd. Hij heeft achter zijn tafel reizen gemaakt, moorden gepleegd, verkracht en bemind, hij is de dader én het slachtoffer, pik en kut, zwaard en hals. Ervaring voedt zijn verbeelding en als hij de kans krijgt, moet hij zich het ruwe materiaal niet laten ontglippen, anders worden zijn verhalen te steriel. Ruw materiaal – familie, gekken (voor zover dat niet hetzelfde is), roddels, vrienden, andermans huwelijksproblemen, de straat, de provincie –, mensen nog niet gepolijst met de pen. Ik zei dus 'ja' tegen de plattelandsvrouwen en meldde me op de afgesproken plaats in Het Wapen van S. Het bleek een café te zijn, met een zaaltje voorbij de toog, bruin van de rook en een houten vloer versleten onder bruiloften en partijen.

Alle stoelen waren bezet – de helft vrouwen, de helft mannen. De plaatselijke boekhandel had mijn werk op een tafel uitgestald. 'Hé Arjaan, wat kosten die boeken van jou duur!' riep een man met een bierglas in de hand me toe. 'Als wij zulke prijzen vroegen, dee niemand nog suiker in z'n koffie.' Een bietenboer. Het zei me niks toen. Ik schudde talloze handen en deed mijn best heel gewoon te doen.

Ik sprak over schrijven in Parijs. Hoe belangrijk het is om uit je kooi te stappen en buiten je eigen, veilige kring mensen te ontmoeten. We wandelden door de banlieue aan de hand van mijn illegale werkster. Ik voorspelde de opstand. De zaal gaapte.

'En wat vindt je moeder d'r allemaal van? Die ging toch ook zo ver van huis?' De bietenboer ging erbij staan: 'Jullie komen toch van hier?'

Ik was verrast. Hij stelde zich voor als Van Dis, de halve zaal bleek vol Van Dissen te zitten. En toen vertelde ik maar over mijn moeder, het buitenbeentje uit de polder, de Wilde Marie die over de kleurlijn trouwde en jong naar Indië vertrok, zonder om te kijken. Na de oorlog keerde ze terug naar Nederland, verdoofd door drieënhalf jaar jappenkamp en de wrede dood van haar man. Voor het eerst kon ze de boerenfamilie haar drie prachtige bruine dochters tonen en om de moed erin te houden: een nieuwe, lichtgekleurde minnaar die ze in een evacuatiekamp op Sumatra had ontmoet – hij zou de rol van nieuwe vader voor de meisjes op zich nemen. Waar niemand op gerekend had – en wat de familie ook voorlopig niet te zien kreeg – was de baby, die als smokkelwaar onder haar hongeroedeem mee aan boord was gekropen. Een aap uit de mouw van de kleine tropenman die nooit haar wettige echtgenoot zou worden. Bij haar vader hoefde ze toen niet meer aan te komen. Zonder een rooie rotcent betrok ze een paar kamers in een opvanghuis voor verjaagde

Indischgasten aan de Noord-Hollandse kust. Wel gaf ze mij zijn naam, als pion in een weerbarstig familiespel. Flinkzijn. Flinkzijn was haar lievelingswoord. Een week na mijn geboorte lieten door vitaminegebrek haar tanden los.

Beet. Ze zaten allemaal rechtop.

In de pauze werd ik terzijde genomen door een vrouw die de dochter bleek te zijn van een van mijn grootvaders andere pachters, een boerin ten oosten van de streek waar mijn moeder opgroeide, maar uiteindelijk 'in de Van Dissen getrouwd'. Het bewijs glansde dof om een vinger: de zegelring van haar onlangs overleden man. Ultieme wraak. Ze overhandigde me een genealogisch blaadje. Ons familiewapen prijkte op de kaft, haar man stond erin, en mijn moeder: een dwarstak aan een heuse stamboom – ik bungelde onderaan, een appeltje zonder nageslacht.

'Je hebt maar één voornaam,' zei de pachtersdochter, 'de wettige zonen kregen er allemaal twee. Je grootvader wou dat niet hebben, omdat je een bastaard bent.'

Bastaard, een scheldwoord waar ik van mijn moeder trots op moest zijn.

Het was warm in Het Wapen van S. Na mijn lezing werd ik bestormd door een groep scholieren die ieder afzonderlijk met me op de foto wilden – met het bijwonen van een literaire lezing konden ze punten verdienen voor het vak Culturele Vorming. Wie er sprak deed er niet toe en ze hoefden er gelukkig niets voor te lezen. De mannen waren ondertussen naar de bierpomp gevlucht en de dames drentelden voor de tafel van de lokale boekhandel. Ze wilden een handtekening. Of ik er iets leuks bij wou schrijven. Van Dis tekende voor Van Dis. Ze wilden allemaal familie van me zijn. Pronte vrouwen, in mijn moeders maten. Soms hoorde ik haar stem in hen. En ik, stadse man met witte kraag en manchetknopen, voelde hun ogen langs mijn lichaam gaan. 'Waarom draag je onze zegelring niet?' 'Je hebt echte Van Dissenhanden.' Ik hield afstand en wilde bij ze horen.

De pachtersdochter week niet van mijn zijde, ze had nog een verrassing voor me: de koopakte van een boerderij. 'Heb ik in 1978 van je moeder gekocht.'

Bezaten we toen nog land? Ik kreeg de kopieën mee.

Het was een gedenkwaardige avond.

De volgende dag belde ik mijn moeder op. 'Je moet de groeten hebben van een hele zooi Van Dissen.'

'Hoe kan dat? We zijn bijna uitgestorven.'

'Ze weten alles... In '78 heb je nog een boerderij verkocht.' Het werd even stil aan de andere kant van de lijn, ik hoorde haar ketting tegen de hoorn krassen.

'Ja, van dat geld heb ik je studie betaald.'

'Maar toen was ik allang afgestudeerd.'

Oeps. Een leugentje.

Weer een stilte. De opbrengst was bestemd voor mijn halfzus in Canada.

Ik ben er nooit meer op teruggekomen. Het was haar geld.

Eerlijk zijn. Nu.

Jaloers? Nee, erger: buitengesloten.

6

Mijn moeder liet me niet met rust. Ze begon me te bellen, voorzichtig, aftastend, minstens één keer in de maand. Ik wist niet wat me overkwam, ze was altijd kortaf door de telefoon, helemaal als ik in het buitenland zat, maar ineens speelden tijd en geld geen rol. Ze klaagde niet, vroeg ook niet hoe het met me ging, maar vertelde een verhaaltje. Over vroeger, over de boerderij, over het fort en hoe ze genoot als de vaandels met mooi weer naar buiten werden gedragen en hoe het commando klonk en de soldaten het geweer presenteerden. Ze hield van de lange officiersjassen, grijs met een groene bies en de commandant had blauwe epauletten of rooie, dat wist ze niet meer, maar die bies zat ook in zijn pet. En de hoornblazer was haar wekker, vroeger dan de hanen.

Een maand later was haar Maleis teruggekomen. Zomaar na een doorwaakte nacht. Ze was het jaren kwijt geweest, met wie had ze het nog kunnen spreken? Toen ze zachtjes een paar zinnetjes fluisterde, om te horen of ze niet had gedroomd, zag ze ook ineens haar baboe voor zich en de zusters van de missiepost, gezichten die ze totaal vergeten was. Het waren geen wanen, als ik dat soms dacht, en beslist geen dromen, dat kon ook niet als je rechtop in je bed zat, het was alsof ze in die dunne uren tussen licht en donker door haar leven bladerde, zoals je ook een boek las waarbij geuren loskwamen en de karakters stemmen kregen en de omgeving kleur. Het lukte haar niet die beelden te verjagen, ze verdwenen pas als het licht werd en ze in slaap viel.

Eerst dacht ze dat het verzinsels waren, maar alles wat 's nachts aan haar verscheen, vond ze terug op de foto's die ze voor de oorlog naar haar vader stuurde en later had weggestopt om te vergeten. Het nachtbezoek kon ze elke keer aanwijzen en ook het decor klopte telkens: de huizen, de waranda's, de tuinen, de heuvel met uitzicht op de binnenbaai, de buitenbaai... 'Raar hè?'

Nou en of. Mijn oren gloeiden van al haar verhalen. Uitkijkend op de zinken daken van Saint-Germain kwamen ook bij mij oude beelden terug: ik zag een moeder voor me die weigerde een fotoalbum open te slaan, die niet meer Indisch wou koken en die nooit over het kamp of over haar leven vóór mijn vader wilde praten – hoe vaak ik daar als jongen ook naar vroeg. Nee, Indië zat in een kist, die verdomde kraakkist vol papieren en geheimen. Hield ik aan, dan kon ze zich niks herinneren. Soedah, laat maar. Maar nu was het alsof haar geheugen overliep.

Het waren aardige gesprekken, al had ik niks in te brengen. Ze koos voor de monoloog. Niet alles klopte, ze haalde jaartallen, plaatsen en eilanden door elkaar, maar daar mocht ik niks van zeggen. ('Nee later, later, niet nu.') De kleinste afleiding stoorde en deed haar herinnering haperen. Soms wist ze niet hoe ze verder moest en verbrak ze de verbinding. Terugbellen had geen zin. Als ik dat deed, speelde ze de afwezige. 'Ach, al die vragen, ik ben alles vergeten.'

Eén keer belde ze me wakker. Halfzeven in de ochtend. Ze had toch zo'n vreeslijke nacht achter de rug. Uren met een bijl voor het aanrecht gezeten, oog in oog met een python die zich achter de oven had genesteld, loerend, zacht ademend ('als een oud mannetje'), maar onbeweeglijk. De baboe zag hem naar binnen glippen, net na het donker, terwijl ze met de meisjes buiten op de waranda zat. 'O de angst joh, ze wurgen je voor je het beseft, verjagen of lokken helpt niet. Het zijn slimme beesten hoor, ze houden je maanden in de gaten, elke beweging, waar je zit, waar je slaapt, hoe laat je naar bed gaat en opstaat, je plekje in de keuken, ze beloeren je en als ze je ritme kennen, slaan ze toe.'

'En kon je hem vangen?' Ik keek op de wekker, ze was al zeker tien minuten onafgebroken aan het woord.

Ze hoorde me niet en klaagde over een baboe die het tafelzilver met tandpasta had gepoetst.

Maar wat gebeurde er met die slang?

En dan terloops, alsof ze vergeten was waarom ze belde: 'O die kwam pas tegen de ochtend achter de oven vandaan en toen heb ik zijn kop eraf gehakt.'

Aan het hoe kwam ze niet toe. Het theewater kookte droog.

Ik besloot de slang op papier te laten kronkelen. Die dag kocht ik een vers aantekenboekje.

De telefoontjes namen toe, vrijwel altijd net na zonsopgang en meestal begon ze over een hervonden brief, een flits op het televisiejournaal of een passage in een boek, brokkelige berichten die de tropen bij haar hadden opgeroepen. Hoe diep ze de binnenlanden wel niet in was geweest, hoe het klamboegaas kleefde en dat ze wakker was geworden met de smaak van kinine in haar mond. Raar hè!

Mijn verzoek om niet meer zo vroeg te bellen, werd genegeerd. De voicemail was geduldiger. Ik geloof niet dat ze merkte dat een ingeblikte stem verzocht een bericht in te spreken. Ze praatte zonder probleem mijn voicemailbox vol.

Het aantekenboekje kreeg een titel: Telefoonmonologen.

Soms was ze kort van stof: 'Moet je eens luisteren. Kan jij makkelijk aan slaappillen komen? Neem eens een doosje voor me mee.'

Na zo'n bericht belde ik terug: 'Slaap je zo slecht?'

'Ja, de dokter geeft me slap spul.'

'Maar...'

'Sorry, het eten wordt bezorgd.' Hoorn erop.

Een dag later op de voicemail. 'Luister, kom je wel eens in Zwitserland? Daar kan je heel makkelijk aan pillen komen. Zonder recept.'

Ik begon me zorgen te maken.

7

Mijn moeder kwam dichterbij – door de telefoon. Ze sprak te snel voor mijn pen en fladderde alle kanten op, vaak viel ze zomaar met de deur in huis. 'Je hebt geen idee hoe moeilijk het was om aan blauwsel te komen en ze stuurden het ook niet mee. Te onbelangrijk. Wel jenever natuurlijk.' En dan volgde een verhaal over klerenwassen in de tropen. Blauwsel hield de hemden wit. Vragen stelde ik allang niet meer, vragen blokkeerden de stroom. Ze moest praten. Iets zat haar hoog. Maar wat?

Het deed me goed naar haar te luisteren, ik leerde een andere moeder kennen, niet aardiger en nog altijd afstandelijk, maar ze nam me meer in vertrouwen.

Na een maand of wat vroeg ze plompverloren: 'Zeg, kan jij niet eens met mijn dokter praten?' Ze was lid van de euthanasieclub, maar de man had haar codicil niet eens willen inzien: 'U bent kerngezond, we gaan u niet vermoorden.' Wat een gedoe. 'Hoe lang moet dit nog duren? Ik ben toch echt niet van plan honderd te worden.'

Als ik nog meer van haar wou weten, moest ik opschieten.

De financiële crisis schoot ons te hulp. Parijs was niet meer te betalen en ik verhuisde terug naar Nederland. Mijn geld was bijna op. Het was kiezen tussen armoe en literair aanzien of m'n reet incrèmen en de baan op om mezelf uit te venten. Het laatste natuurlijk.

De uitgever gaf me een voorschot voor een roman waarvan de eerste regel nog moest worden geschreven en ik kocht een houten huis in de Achterhoek. Stilte, isolement, waardeloos internet, boswandelingen met mijn vriendin, steenmarters die de bedrading van de auto kapot knauwden en tweehonderd kilometer naar het westen een moeder die dood wou. Wie zeurde over afstand? In de grootstad Parijs deed een uur meer of minder reizen er niet toe, maar ik merkte algauw dat in het verzadigd wegennet van Nederland diezelfde kilometers veel langer werden. Ik was dus even ver van huis. Toch had ik beloofd elke week langs te komen. Iemand van de familie moest haar bijstaan die laatste jaren. (Eerlijk zijn. Niet uit goedheid, ik wilde het raadsel moeder ontwarren. Ruw materiaal!) Bovendien was ik het enige kind in de nabijheid (een kind richting AOW), haar jongste dochter, al in de zeventig, was het gezin van haar zoon nagereisd en woonde nu in Italië.

Tijdens het uitpakken na mijn verhuizing was ik foto's van mijn halfzusters tegengekomen. Drie mooie meisjes in tropentuinen. Het werd tijd er een paar in te lijsten om iets van hun Indië in mijn krakende huis op te roepen. Mijn moeder stak ook de kop op. Ze viel uit het mapje dat de onderwijszus mij op haar sterfbed had gegeven. Een stralende jonge Marie, springerig en vol verwachting, in de witste witte jurk denkbaar. Zou ze nog weten waar het was, met een karbies in de hand op een houten pier? Ik besloot hem bij het eerstvolgende bezoek mee te nemen.

8

Ze keek lang naar zichzelf, gevangen door de foto, haar handen beefden. 'Hoe kom jij hier in godsnaam aan?' Mijn antwoord hoorde ze niet, ze was al op reis...

'Katoen moest je elke dag wassen, het was er zo vochtig dat de gaatjes van je ceintuur roestten in het linnen. Het regende soms weken achtereen. Om vier uur in de middag begon het, vaak de hele nacht door, een lauwe regen die alles verschimmelde. Ik moest me wel twee, drie keer per dag baden. Buiten de planken liep je in de modder, maar toch droeg ik altijd wit. Je mocht niet afglijden hè, niet vluchten in de alcohol, zoals zovelen, je had er die schroefden de jenever al om tien uur 's morgens open. Die dronken zich een delirium, uit melancholie.'

Ze zette de foto tegen een rij boeken. We zaten aan de grote tafel, het eiland waar ze haar dagen doorbracht.

'Je zag meer graven dan huizen.' Zij dronk nooit. Zij kalkte dagelijks haar schoenen. 'Begrijp je?' De loep werd erbij gepakt. 'Ja hoor, deze is genomen voor we aan boord gingen, een dag later voer ik de rimboe in, voor het eerst van mijn leven.' Waar moest ze beginnen, bij de boot?

Ik pakte mijn opschrijfboekje.

'De witte moest je nemen, een stomer die acht keer per jaar ging. En dan voer je achter de landtong de rivier op, zwaar van het slib uit de bergen. Meer naar het binnenland lag het vol boomstammen en afgekalfde brokken oever. Soms zaten we een dag vast.'

Ze beschreef de nevel in de morgen, het doorbreken van de rode zon, het gegil in de bossen, de apen, de papegaaien, de witte kaketoes met gele kuif. Als de stuurman tegen zonsondergang in een donkere bocht de stoomfluit blies, stoof er een wolk vleermuizen op. Haar handen wapperden boven tafel, ze hoorde het weer, zag het weer: de deining tussen de mangrovewortels, het geplof van zaden in het water en de luchtbelletjes die een krokodil verraadden. Hoger op de rivier kropen de bomen naar voren, tot de takken elkaar raakten. 'Je zag de lucht niet meer, we voeren in de schemering, doodeng, soms leek het oerwoud net een kerk.'

De stomer passeerde verlaten buitenposten waar de malaria het van de bewoners had gewonnen. 'Het verderf...' Haar stem trilde. 'Je moest vooral niet denken, van denken werd je gek.'

Ze raakte in paniek: 'Wat zei ik net?' Het was zo anders praten nu ik tegenover haar zat.

Ik stopte mijn opschrijfboekje weg en trok een fotoalbum naar me toe, er lagen er wel drie op tafel, oude rafelige exemplaren – 'voor als ik niet kan slapen'. We bladerden door haar tropenjaren. Een kamfergeur steeg op uit de schutbladen. Ik kende deze albums niet, dit waren foto's van de reizen met haar eerste man. Kwamen ze uit de kist? Ik durfde het haar niet te vragen. Nog niet.

Mijn oog viel op een groepsportret, genomen aan boord van een schip. De stomer? Ja, dat was Just in een wit uniform tussen fuseliers in gevechtstenue, naast ambtenaren van het Binnenlands Bestuur en daar vooraan, een pasgetrouwde schoongewassen moeder tegen een muur van jongens van de *compenie*. 'Landsdienaren, zeg maar gewoon schoelje.' Ze sloeg haar handen voor haar ogen.

Ik keek ongemakkelijk naar het grote vloerkleed – een oude pers, het waardevolste stuk in de familie. Mijn ogen volgden de paadjes van stoel naar boekenkast, van stoel naar keuken, van keuken naar balkondeur. Verder reisde ze niet meer.

En toch voer ze nu op de kali.

'Het was een mannenboot,' zei ze zacht. 'Wij waren het enige echtpaar aan boord, lagere rangen mochten niet met hun vrouw reizen, welk zinnig mens wilde nu in de jungle van Nieuw-Guinea wonen? De meeste mannen zaten er omdat ze nergens anders voor deugden. Onberekenbaar volk. Een vrouw was niet veilig in hun omgeving, als die kerels drank ophadden moest je ze echt van je afslaan, ze waren erger dan de muskieten, wespen en bloedzuigers.'

'Waar zat je man dan?'

'O, die zag ik soms weken niet, hij moest toezien op de bouw van een tweede boei, hoger op de rivier. Daar was 't te zwaar voor mij.' Ze zag de vragen in mijn ogen. De boei was de gevangenis. 'Gesloten kampementen voor inheemse communisten.' Ze lachte schamper. 'Politieke gevangenen moet je nu geloof ik zeggen.'

Haar man was ook verantwoordelijk voor de zeden op het militaire terrein. 'Of ik maar doorgeven wou wie zich misdragen had. Ik diende als lokaas.'

Ze ordende de boeken op haar tafel, een verzameling Indië, een beduimelde I Tjing, de Bhagavad Gita. Zweet parelde op haar voorhoofd.

'Boeken waren mijn redding toen, de meeste las ik wel twee, drie keer, maar de postmeester hield ze vaak achter, conserven, drank en munitie gingen voor. Radio was er alleen in de officiersmess, voor noodgevallen. Eén keer kwam de koningin krakerig door. Elektriciteit hadden we niet, we telden daar nauwelijks mee. Na vier maanden zou ik gezelschap krijgen, een jong officiersvrouwtje, haar man was kaptein, gek van verlangen liet hij haar overkomen. In de week dat wij de gouvernementsstomer verwachtten, streek ik elke dag haar beddengoed droog. Dat wou ik zelf doen, als gebaar. De officieren woonden in houten huizen met golfplaatdaken, heel klam, de hele dag dat getik van vogelklauwen boven je kop en soms hoorde je een rat wegschieten.

Ik zie haar nog aan het dek van de stomer staan, de hele buitenpost liep uit. Het was een mooie vrouw. Zelfs het schuwe rimboevolk kwam kijken, in de hoop op een handje tabak. De soldaten verdrongen zich bij de steiger om haar hutkoffer te mogen tillen. Drie koos ze er uit. Alsof het om een spelletje ging! Ze liet zich over een modderplas tillen. Diezelfde middag zat ze bij me op de thee. Diana heette ze, we bleken elkaar vaag te kennen van de bals op de Militaire Academie. Ze had haar lippen gestift, haar theekopje zag rood aan de rand. Ik waarschuwde haar: we zijn nu met z'n tweeën, twee vrouwen op negentig man. Ze lachte me een beetje uit.'

Mijn moeder stond op en schuifelde naar de keuken.

'Gek, hoe je je iemand blijft herinneren... Zo elegant als ze was, zo jong en fris op het dek van die stomer.'
Kopjes werden klaargezet, de waterkoker raasde.
We dronken zwijgend onze thee. Ik durfde haar niet naar het heden terug te roepen.
''s Avonds hoorde ik luid gillen. Ik zat in de kamer te lezen bij een olielamp, onder een klamboe. Ik durfde niet te gaan kijken. En toen klonk er een schot, ik hoorde iemand roepen, draaide de lamp uit en verborg me in bed, luisterend naar krakende vlonders en stemmen achter de barakken. Aan het ontbijt hoorde ik dat Diana was gewurgd. Door haar man. De kogel was voor hemzelf.'
Ze nam een slok thee en keek voor zich uit. 'Jammer. Ik had haar graag beter leren kennen.'

Nog een laatste kopje voor mijn vertrek. We schoven albums en boeken opzij om plaats te maken voor het avondeten dat elk moment kon worden binnengebracht – we hoorden het karretje al op de gang. Rusthuisgeluiden, ver van stoomfluit en muskieten. Mijn moeder keek nog een keer naar de foto, een afwezige glimlach speelde om haar lippen. 'Heeft het praten je goedgedaan?' vroeg ik.
'Goed? Het was een vreeslijke tijd.'
'Volgende keer kies jij een foto uit.'
Ze zuchtte en wreef over haar buik. 'Ik wil dood.' Het klonk niet dramatisch, eerder zakelijk. Ze gaf me haar codicil mee. De envelop lag al klaar.
'Doe er iets mee.' Ze reikte naar haar kromme wandelstok, die verdekt achter de tafel stond, en liet me uit. Een arm sloeg ze af.

Ik zoende haar, ze deinsde terug en ik trok de deur dicht.
'Doe iets,' hoorde ik achter me op de gang.

9

Een moeder die het bloed van je knieën wast, een moeder die planten stekt met vollemaan, een moeder die verhalen in een hand leest, een moeder die in de regen letters danst. In het landschap waar ik kind was, leerde ik vreemde dingen: pijn kan je wegdenken, angst verjaag je met een ring van zelfvertrouwen (stap erin, wees flink), na je dood word je opnieuw geboren (het leven is als eb en vloed), ook de reddingspaardenpoep die je onderschoffelt komt terug – als voer – en als je een kogel bij de bunkers vindt, moet je hem in een diepe kuil begraven, zo verstop je oorlog onder de grond.
In bezweringen zocht ik mijn moeder.
In de keuken, na het avondeten, als de borden weer glanzend in de kast stonden, trok ik haar rubberen afwashandschoenen aan (zo voelde ik haar warmte) en las haar toekomst in de natte nerven. Ik voorspelde haar een gelukkig leven, met eigen tanden en een grote moestuin, zonder Russen voor de grens, zonder een werkloze man die voor het raam stond te niksen – een praatjesmaker ontsnapt aan de dood.
En in de duinen begroef ik haar geheugen onder een braamstruik waaraan ik mijn knie openhaalde, terwijl de zomerwind in mijn bloes bolde en het

bloed op het zand spatte en de mieren een rode druppel wegdroegen. Ik was flink en ze omhelsde me.

Zestig jaar later rijd ik in mijn auto naar de Achterhoek, met mijn moeder in mijn hoofd. Purperen wolken drijven over, de weiden en de akkers golven in het avondlicht. Een boer spit in zijn moestuin.

Ik sta naast mijn gebukte moeder, ze zet afrikaantjes uit tegen de mieren, heeft lak aan haar zwarte nagels: het is eigen grond die daar koekt. Eindelijk eigen grond, na een erfenis verworven. We zijn de duinen ontvlucht, vechten niet meer tegen het stuifzand. De grond is rijk. Ik leer tuinmanslatijn. *Skimmia vinca hoeplala*. We hebben appelbomen geplant, kruisbessen, en morellen aan een rek genageld, zoals de boeren haar leerden. De lupines zijn uitgezet om het gif uit de grond te trekken. 's Morgens plas ik op de composthoop, 's avonds gehoorzamen we aan de maan en snoei ik de frambozen.

De IJssel ligt achter me, nog twee heuvels en ik zal mijn huis zien liggen, vrij in een landschap waar niemand mij opwacht.
  Al in het kalksteen van Parijs verlangde ik naar een tuin. Verruilde ik daarom de zinken daken en bruggen en bogen waaronder ik de Middeleeuwen hoorde klotsen, voor bossen en velden waar ik de ijstijd in moerassen en glooiingen vind?

Dondervliegjes spatten tegen mijn voorruit, boven de morenen hangt een vaagrode gloed en achter dat glooien pluk ik mijn bessen en vecht ik tegen het zevenblad. Ik zal een stok uit de appelboom zagen, oogsten op de juiste dagen. Ik kan aardappels poten als ik arm ben, in de oorlog neem ik een geit. Ik koos niet voor de duinen waar niks groeien wil, bang ook in die grond op mijn moeder te stuiten. Ik dacht aan haar te ontsnappen door ver in het binnenland te gaan wonen, maar nu vind ik haar terug onder mijn vuile nagels.

Nog een paar kilometer en ik woel in eigen grond.

Op een kronkelweg gaat de telefoon en ik schrik uit mijn autodromen. Mijn moeder roept me naar het heden: 'Indië houdt me zo wakker.' En of ik de volgende keer bonbons mee wil nemen. Ik zet de auto aan de kant en neem haar bestelling op: pistachetruffels, kaasvlinders, amandelkrullen, die lekkere van Huize van Laack – de hofleverancier.

Ja, majesteit.

'En pillen? Denk je nog aan de pillen. Of zullen we naar Zwitserland gaan?'

Hè, ja, gezellig sterven in een hotelbed met een zak over je kop.

Twee reeën steken de weg over – hun oortjes trillend, gespitst op onraad.

Horen ze haar stem? Haar dwingende stem: 'Doe iets, doe iets.'

Ik geef geen antwoord. Ze smijt de hoorn erop.

Ik zal haar verlossen. Verlossen van verhalen, en als ik flink ben zal ik haar verlossen van het leven en haar hand vasthouden.

10

Die hand. Die hand. De boerenhand, zo groot en sterk en grof. Handen waarvoor ze zich schaamde, om onder tafel te houden, om achter een tas te verstoppen of onder een kussen – en op geposeerde foto's: altijd armen over elkaar en handen weggefrommeld in elleboog of oksel. Ermee liefkozen kon ze niet, geen aai, geen wandelende vinger over je rug. Een lel, dat lukte wel, en verder moesten handen vooral nuttig zijn – handen in de schoot geven geen brood.

Als puber had ik eens ergens gelezen dat gevangenen in hun eenzaamheid troost zochten bij hun eigen hand en om de opwinding groter te maken eerst een kwartier op die hand gingen zitten, de rukhand, niet om hem op te warmen maar om hem ongevoelig te maken, doof en kloppend, en als ze zich dan met die hand beroerden was het of een ander hen aanraakte. Misschien had ik het niet gelezen, maar was het mij met hese stem verteld in een kring geilpompers achter het fietsenhok van de school. Maar ik weet nog hoe opwindend het klonk en dat ik diezelfde dag mijn hand onder mijn billen plette, op een van onze houten stoelen, en dat hij eerst pijn deed en daarna koud werd en tintelde alsof het bloed eruit werd geduwd, en toen ik hem weer vrijliet was hij wit en vreemd, hij sliep. De hand zocht mij, nee, niet daar waar gewoonlijk de opwinding van een veertien-, vijftienjarige broeit, maar hij aaide over mijn wang, mijn nek, hij kroop onder mijn hemd, streelde mijn blote schouder en ik verbeeldde me dat het mijn moeder was. Ik hield van die hand. En ik moest huilen.

11

Een week later. 'Ik heb het gevonden,' riep ze opgewonden in de deuropening. Tijd om mijn jas uit te trekken gunde ze me niet, ze wielde haastig terug naar de boeken op haar tafel. 'Moet je luisteren, *General* Patton is meer dan een bevrijder van Europa, ook in zijn vorige levens voerde hij legers aan: hij was Viking, vocht als Griek tegen de Perzen, was soldaat onder Alexander de Grote, trok ten strijde naast Napoleon. In elk nieuw leven keerde hij terug als soldaat: *Dying to be born a fighter, but to die again once more.* Dichten kon ie ook nog. Wist je dat Patton ook een reïncarnatie was van Hannibal? Op het slagveld sprak hij in zijn woorden: *Ik hoop dat de goden me aan het front laten sterven.* En hoe vind je deze: *We gaan de moffen niet doodschieten, we snijden ze levend aan flarden en gebruiken hun ingewanden om de rupsbanden van onze tanks mee te smeren.* Die is van hemzelf. Je moet het maar durven zeggen. *War is life. You fight wars to win.* En zo is het, aan welke kant je ook staat.'

Ze zag niet dat ik met twee volle handen voor haar tafel stond, in de ene een zak met eerste oogst uit de tuin (aardbeien, rucola en salie) en in de andere twee kartonnen tasjes van de hofleverancier – amandelkrullen, bonbons, kaasvlinders. 'Zet maar in de keuken,' zei ze gebogen achter de muur van boeken die ze in de vorm van een halvemaan voor zich had uitgesteld – weer lekker veel oorlog zag ik in de gauwigheid.

'Patton gebruikte tanks, Hannibal geharnaste olifanten. De man kon niet anders.'

'Waar ben je in godsnaam mee bezig?' vroeg ik.

'Ik ben zo bang dat ik weer als vrouw van een soldaat moet terugkeren, voor de zoveelste keer.'

Mijn moeder zocht veel toekomst in de sterren, maar ze had ook een reïncarnatiehoroscoop laten trekken, die zonneklaar aantoonde dat ze in minstens vier vorige levens de vrouw van een op het slachtveld gevallen soldaat was. 'Karma,' verzuchtte ze, 'wanneer is mijn karwei eindelijk eens geklaard.'

Karma. Oorzaak en gevolg, zeg maar lot. Haar dooddoener voor alle geluk en tegenslag. Zou ik in mijn vorige levens ook zo'n moeder hebben gehad? En wanneer mocht ík mij van die last ontdoen?

We dronken thee en keurden de amandelkrullen. Voor mijn aardbeien had ze geen oog. De geest van de generaal hing boven tafel. 'Patton zag het leven als een wedstrijd, je vecht om te winnen en als het niet lukt, moet je er een eind aan maken.' Ze brak een amandelkrul af (het klonk als een schot) en doopte hem in de thee. 'Oud worden is ook oorlog, een gevecht van het vuur tegen het ijs – zo zie ik het. Als de energie afneemt wint het ijs. Als je eens wist wat een moeite het me kost om mijn teennagels te knippen. Ik voel mijn voeten niet meer.'

'Laat dan een pedicure komen.'

'Bah, dat gepulk.'

'Goed zo, je blijft dus vechten.' Ik pakte mijn pen en

maakte een paar aantekeningen.

Ze deed net of ze het niet zag. 'Ik wil het begrijpen, hè, waarom ik ook in dit leven tussen de soldaten ben beland. Daar ben ik de laatste dagen erg mee bezig.'

Het kwam door het fort, ons bezoek aan haar geboortegrond had veel bij haar losgemaakt. De eerste winter die ze zich herinnerde stond ze samen met haar vader op de dijk – vier, vijf jaar oud moet ze geweest zijn, het had gesneeuwd en het geluid droeg ver, ze luisterden samen naar de oorlog die zo vreemd dichtbij was gekomen. De oorlog was lawaai in het fort en stemmen in de schuren, daar hielden zich soldaten schuil, gevlucht uit het bezette België, wachtend op verscheping om zich bij het vrije front te voegen. Er zaten ook opgeschoten jongens bij, ze hadden nog nooit een geweer in hun handen gehad – maar vechten wilden ze.

Haar konen kleurden bij het beschrijven van al die mannen om de boerderij. Als het te koud werd, mochten ze in de keuken om de kachel komen zitten en werd er brandewijn geschonken, ze zat dan stil achter die groene ruggen om maar niet naar bed te worden gestuurd. Verscholen tussen de melkemmers had ze gezien hoe de Belgen wapens kregen van de soldaten uit het fort.

Mijn moeder nam een ferme slok van haar thee. 'Ik vond het prachtig.'

Had ze me ooit verteld dat ze boven op de dijk had leren schieten? Geklemd tussen grote knieën en handen. Ze knalde op haar zesde al ratten uit het veld. (Voor haar had de vijand een staart.) Die handigheid kwam haar later in Indië nog goed van pas. 'Met pacifisten kom je er niet.'

'Ja,' zei ik, 'we moeten mekaar meer doodschieten.' (Geen reactie.) Ik kon toch niet nalaten haar eraan te herinneren dat ik, zoon van een beroepsmilitair, mijn nagels had gelakt om aan het leger te ontsnappen. Liever flikker dan soldaat.

Ze haalde haar schouders op. 'Een beetje kerel vecht.'

'Verdomme,' zei ik met een klap op tafel, 'je bent net zo erg als die fascist van een Patton.'

'Ach, het zit in de genen en al heel lang.' Ze had met eigen ogen gezien hoe op Celebes makaken seksueel opgewonden raakten van het oorlogsspel. Schattig gekuifde apen, paraderend met hun zwaaipiemels. Ze zaten achter een indringer aan, sloegen op hem in, beten en trapten hem krijsend tegen de grond. Het arme beest probeerde zijn hoofd te bedekken, maar bloedde zo hevig dat hij zich voor dood hield. De vechters trommelden van opwinding op boomstammen. Die apen hadden er lol in. De vrouwtjes likten het bloed van hun gewonde mannen. Doodnatuurlijk. Ze had twee oorlogen meegemaakt, en nog een opstand hier en daar. Ook zij had de trommels gehoord en bloed weggewassen. Soldaten, haar hele leven was erdoor getekend.

De eerste oorlogsmaanden namen ze ook veel gevluchte Belgische vrouwen en kinderen op, maar daar wist ze niet veel meer van. Alleen dat het binnen heel druk was. Vrouwen mochten niet in de schuur. Alles was anders toen. Haar moeder in het kraambed gestorven, een broertje erbij, een joch waar haar vader het moeilijk mee had. Hij miste zijn vrouw en daarom kon hij ook geen vrouw de deur wijzen. 'Hij was streng en is zijn hele leven De Taaie genoemd, maar hij heeft nooit een vluchteling geweigerd.' Ze omklemde haar theekop als een kroes. 'De oorlog raakte hem meer dan hij toe wou geven. Onze vlasakkers lagen niet ver van de grens. Oorlogsgebied. De pachters werden gemobiliseerd.'

'Vlasakkers,' mompelde ik zacht. 'Hoeveel land hadden jullie wel niet?'

'Jij denkt alleen maar aan geld,' snauwde ze afgeleid. (Wanneer werd dat mens eindelijk eens doof.)

'De vrouwen en kinderen bleven niet lang, die gingen door naar een opvangkamp of terug naar hun bezette dorp, maar de mannen bleven komen, soldaten, gevlucht voor de Duitsers. Onze nieuwe huishoudster stond elke morgen eieren voor ze te bakken. Er zat ook een zwarte jongen onder, regelrecht uit de Congo. Mijn eerste neger. Bij ons op het erf. Hij mocht binnen en we hebben allemaal naar hem zitten staren. Dat was wat hoor. Volgens z'n kameraden had hij op zijn vlucht een bombardement meegemaakt, z'n eerste lijken gezien. Het was een mooie jongen en hij rook lekker gronderig. We schonken hem brandewijn. Na een paar slokken begon hij te huilen. Mijn vader stuurde hem de deel op.' Ze had hem nog proberen te troosten, maar hij sprak alleen maar Frans.

Ach, ze zag hem helder voor zich... De dag van zijn vertrek werd hij gewassen onder de pomp – als een doop. Hij glom. De meid had een schoon hemd voor hem klaargelegd. Ze durfde geen afscheid van hem te nemen toen de hele schuur mannen, aangesterkt en opgelapt, naar de haven liep, om zich naar Engeland te laten smokkelen en vandaar naar het IJzerfront – een geheime operatie waar iedereen van wist. De soldaten op het fort stonden met honderden boven op de wallen toe te kijken. Naar de neger. Naar die moedige Belgen. 'De Hollanders verveelden zich rot op dat fort, ze hunkerden naar oorlog en waren stomdronken. Weet je wat ze riepen: "Waar zijn de Duitse kogels. Duitse kogels! Duitse kogels!" Ze schoten als dollemannen in de lucht. Ze wilden ook vechten.' Een verhaal van haar vader – tientallen keren verteld, maar het leek nu alsof ze het zelf had gehoord. 'En die neger maar huilen.'

Ze keek stil voor zich uit, het moederloze meisje dat geen traan liet, het meisje dat graag tussen soldaten verkeerde en een huilebalk troostte. 'Die jongen heeft veel indruk op me gemaakt...' Ze dacht na, zocht naar woorden. 'Toch raar dat ik me na meer dan negentig jaar op gevoelens betrap voor iemand die ik geacht werd een slappeling te vinden.'

Haar hand schoot langs de rij uitgestalde boeken, ze bladerde, haalde volgekladde papiertjes tevoorschijn, zette een boek terug, pakte een ander, ze zocht iets, vond iets, las stil voor zich uit, mompelend. Ik luisterde naar het omslaan van de bladzijden. Zo snel. In mijn schooltijd, toen ik met lange tanden voor mijn lijst las, haalde zij makkelijk zestig bladzijden per uur. Ik sukkelde tegen de twintig. Liefst las ze een paar boeken tegelijk. Als een detective te spannend werd, legde ze hem weg om de zenuwen met een ernstiger boek af te koelen. Het al te aardse wisselde ze af met esoterie en van romans werd eerst het laatste hoofdstuk gelezen: dan las je minder gejaagd. Ze was nog altijd lid van drie leesclubs en beter op de hoogte van de moderne literatuur dan ik. Maar wat deed dat vele lezen met haar? Terwijl ik *De bekentenissen van Zeno* alleen maar rokend had kunnen lezen of me om het hoofdstuk moest afrukken bij *Ik Jan Cremer*, legde zij een roman na lezing onbewogen op de stapel KW – Kan Weg.

'Wat zoek je?' vroeg ik.

'Niks, een citaat voor boven mijn overlijdensadvertentie.'

'Hè, ja, iets opbeurends à la General Patton. *Life is war*.'

Ze sloeg een boek dicht. Boos. 'Heb je de dokter gesproken?'

'Nog niet, ik heb mijn telefoonnummer bij de assistente achtergelaten.'

'Je treuzelt me te veel.' Ze viste een rouwkaart uit de fruitschaal. 'Hier, de derde deze maand, er blijft geen hond over, als je niet opschiet wordt het heel stil op mijn crematie.' Er lagen meer doden tussen de mandarijntjes. *Na een lange lijdensweg... Wij danken de medewerkers van het hospice... Hoewel moeder de laatste jaren in haar eigen wereld leefde... Ongelijke strijd...* 'Zo wil ik het niet. Het moet in één keer.'

De kaarten beefden in haar hand, ze trok de la open en legde de oogst van het laatste jaar op tafel – een handvol grijs- en zwartomrande rouw door elastiek bijeengehouden. 'Ik beschrijf de achterkant, hebben ze nog enig nut.' Ze schoof ze me triomfantelijk toe. 'Hier, dit zijn mijn doodsgedachten.'

Ik bladerde en schrok van de krassen en aan elkaar gevlochten zinnen. 'Sinds wanneer doe je dat?'

'Sinds de doden wekelijks op de mat vallen.' Ze schoot in de lach. 'Nee hoor, ik ben aan het opruimen en ik kom zoveel tegen dat ik er gek van word. De herinneringen houden me uit mijn slaap, ik moet ze wel opschrijven.'

'Lees eens iets voor.'

Ze trok een kaart naar zich toe en boog zich hoofdschuddend over haar handschrift. 'Ik kan het niet meer lezen.' Zelfs de loep bracht geen uitkomst. Ook ik kon er geen wijs uit worden, mijn oog bleef hangen bij de gedrukte namen van doden en begraafplaatsen in spiegelbeeld, schemerend door haar hanenpoten.

'Zal ik je helpen? Jij vertelt en ik schrijf op.' Ik haalde het aantekenboekje uit mijn binnenzak en wapperde er dreigend mee voor haar ogen.

Ze keek me wantrouwend aan. 'Ik heb het heus wel gezien, hoor.'

'Het zijn maar losse aantekeningen.'

'Ben je soms van plan een boek over me te schrijven?'

'Misschien, als je wat minder liegt.'

Ze lachte schamper. 'Hoor wie het zegt.'

'Zou je er bezwaar tegen hebben?'

Ze glunderde. 'Alleen over mij?'

'Je krijgt de hoofdrol.'

'Maar als je me beledigt, weet ik je te vinden. Ook na mijn dood.'

Ik stelde voor haar te interviewen.

'Dat vind ik raar, wat heb ik nou te vertellen.'

'Genoeg.' Om het te bewijzen en om haar vertrouwen te winnen liet ik wat notities lezen. Ze bladerde door mijn aantekenboekje.

'Telefoongesprekken? Heb je die ook opgeschreven? Maar dat is schandalig, ik word afgeluisterd!'
'Nee, jij belde op. Het zijn jouw verhalen, jij wilde ze kwijt.'
'Ik praat heel anders.'
'Zo is het blijven hangen.'
'Je hebt het mooier gemaakt.'
'Je kunt anders scherp uit de hoek komen.'
'Dat heb ik van mijn vader. Wij hadden vroeger niet zoveel woorden nodig.'
Ze verviel in gemijmer. Zweeg. Staarde lang naar de vensterbank, hobbelde moeizaam met haar stok naar het raam, plukte dorre bladeren uit de metershoge geraniums (bij vollemaan gestekt, op antroposofische wijze aangemoedigd. 'Doe je best jongens, groei maar.' 'Sorry, nu ga ik jullie even plagen.').
'Vraag maar,' zei ze met haar rug naar me toe.
'Alles?'
'Alles.'
De bijtendste vragen schoten door mijn hoofd: Waarom vluchtte je naar Indië? Waarom liep je de kamer uit als die gek met het schuim om z'n bek het behang van de muur trok? Zag je mijn blauwe plekken nooit? Waarom smeerden je dochters 'm zo snel naar het buitenland? En die sterren, dat gewichel... Waarom die kapstok der krankzinnigen? Maar ik hield mijn mond. Ik wilde haar geen pijn doen, nog niet. Vrouwen deed je geen pijn, dat werd er al jong in geramd. Ze mocht me vertellen wat ze wou. Als ze maar een beetje meer moeder durfde te zijn en dat innerlijk staal opzij kon schuiven. Het breekijzer hield ik in reserve.

Ze liep terug naar de tafel, haalde een stevig stuk papier uit de la (de achterkant van een kerstmenu) en schreef op: Je mag alles vragen. En daarboven, in blokletters: Schrijfcontract.

We maakten een lijstje. Telefoongesprekken. Brieven. ('Die selecteer ik zelf.') Oké, oké. Ik voegde er ook een punt aan toe: Eerlijk zijn.

'Geen exhibitionisme.' Ze klonk streng.

Mocht ik naar haar liefdesleven vragen?

'Joh, ik heb al vijfenvijftig jaar niet meer gezoend, daar weet ik niks meer van.'

'Of naar geld? Hoeveel is er nog in kas?'

'Gaat je niks aan.'

'En hard aanpakken?'

'Maar niet over het kamp, dat gezeur.'

'Een beetje,' zei ik.

We kibbelden.

Onze woorden vielen samen, dezelfde woorden, dezelfde toon soms, pauzes, ritme. We vulden elkaars zinnen aan. 'Hoor je,' zei ik, 'jij praat in mij en ik in jou.'

'Samen één stem.' Een zin die haar beviel, die kwam ook in het contract.

We zwoeren samen: Ik zou haar een papieren leven geven, of nog beter: een nieuw leven. Een leven waarin ze weer goed kon lopen, haar lippen kleurde, wijde rokken droeg of haar vuurvaste mantelpakken. Een dansende moeder wilde ik opvoeren, een knokkende moeder. De sterke vrouw uit mijn jeugd.

'Nog een leven erbij,' – ze gromde tevreden – 'maar ik wil er wel iets voor terug: voor wat hoort wat.'

'Ik zal alle boodschappen voor je doen, de keukenvloer dweilen...'
'Pillen. Jij een verhaal, ik een pil.'
We zetten onze handtekeningen onder het contract.
Ter afsluiting waste ik de aardbeien, sneed ze tot dunne plakjes. Ze at ze vrolijk op. Rode pillen.

Pas bij het weggaan, toen ze me haar nieuwe boodschappenlijst dicteerde, zag ik dat ze zich speciaal voor deze middag had gekleed: een witte broek en knalrode blouse. Vuur en ijs. Oorlogstooi uit de postordercatalogus.

12

In de auto bedacht ik me: Jaren heb ik over mijn vader gezeurd, zijn oorlog van me afgepraat, zijn drift, zijn vuisten. Ik riep hem tot leven in mijn boeken, hij was mijn afschuw, mijn schaduw – ik zette geen stap zonder hem. Mijn moeder hield ik altijd uit de wind, ook in mijn verhalen. Als ik haar beschreef, dan in de marge. Ze had te veel geleden. En erger: ze leefde nog, ik moest haar ontzien. Compassie! Maar ineens besefte ik dat mijn moeder thuis de officier was, hoger in rang dan de geüniformeerde stakkers die ingelijst haar kamer bewaakten. Zij heeft mij gevormd, meer dan mijn vader.

O jee, een inzicht, zomaar op weg naar de Achterhoek.

13

De nonchalante terzijdes over de familielanderijen (een verpachte tuinderij, vlasakkers) hadden me hebberig gemaakt. Ik wilde nu eindelijk wel eens weten hoeveel grond de familie nog bezat. Geld ja, wat bond ons anders. Ik belde het Boerenarchief. Een week later kon ik langskomen en lagen de documenten voor me klaar. Ik kwam vertrouwde namen tegen, vooral de vrome ongetrouwde tantes bleken goed in hun grond te zitten. Ze hadden hun erfgenamen met een malle verplichting opgezadeld: alleen protestantse pachters mochten worden aangesteld. Een nagenoeg onmogelijke eis in een overwegend katholieke streek. Mijn moeder werd pas na de dood van mijn vader bedeeld. Haar zondig samenwonen stond het erven lang in de weg.

Het bezit van mijn grootvader was verrassender: voor zijn veertigste jaar bezat hij vijf flinke lappen landbouwgrond. Na 1917 stonden er nog maar twee boerderijen op zijn naam. Wat was er gebeurd?

Met een map vol kopieën uit het kadaster reed ik naar het verloren land. Ik slingerde België in en uit en zocht naar vlasakkers. Het kadaster stuurde me langs onverharde wegen, het miezerde en ik moest telkens uitstappen om de kaart in het uitzicht terug te vinden. De akkers waren groen, maar ik had geen idee hoe vlas eruitzag en of het nog werd verbouwd. Ik belde mijn moeder. 'Ik rij door het oude vlasland van je vader.'

De lijn kraakte, slecht bereik. 'Wat zoek je daar?'

'Geld,' schreeuwde ik.

Held verstond ze. 'Mijn vader een held? Ja, als ie een slok op had. Hij is z'n hele leven...'

Ik onderbrak haar: 'Hoe ziet vlas eruit?'

Het moest nu bloeien. Welke kleur? Lichtblauw. Ik zag louter groene stengels. Ze vroeg me ze te beschrijven. Hoe hoog? Nog geen meter. 'Ik verdwaalde erin als kind. Stap uit. Ruik je het lijnzaad?' Nee, stront. De vennen, zag ik de vennen niet, daar werden de stengels geweekt. En de weiden... daar lag het te bleken. Ze keek met me mee, trok aan mijn mouw. 'Loop erdoorheen. Met je voeten, niet met je ogen. Wat je ziet was allemaal van ons.' Kadaster? Niks mee te maken, je moet het voelen. Passeerde ik nu een molen, links van de kerk? Daarachter lag nog een andere boerderij, ook van haar vader. Ik verdwaalde in haar stem. Ze klonk reislustig.

'Waarom heeft ie dat allemaal in één jaar verkocht?'

'Vraag dat maar aan de Russen.' Ze giechelde. Haar vaders bezit was na de Russische Revolutie verdampt, van de ene dag op de andere. Hij had zijn grond beleend om te speculeren in Russische spoorwegobligaties, tienduizenden kilometers rails werden er onder de laatste tsaar aangelegd, wie een beetje geld had sprong erin. Het keerde goed uit, meer dan land ooit kon opbrengen. Tot de revolutie uitbrak, toen was het niks meer waard. Driekwart van zijn vermogen kwijt.

Wat rakelde ik op!

Het was een ramp. Iemand bij de bank had zijn mond voorbijgepraat en daarna was er geen houden meer aan. Ze kwamen een voor een langs, de notaris, de dominee, schuldeisers, pachters. Haar vader zat aan de keukentafel te rekenen. 'Hij durfde zich weken niet te vertonen.' (De nieuwe huishoudster had het haar later allemaal verteld, de vrouw die wij kinderen allemaal oma zouden noemen; ze had zich als daghit over het moederloze gezin ontfermd – slapend in een piepklein kamertje, zonder een cent salaris – en zou tot haar dood trouw aan de familie blijven.)

'We waren de risee,' brieste mijn moeder door de telefoon, 'een rijke protestant naar de donder, nou, dat vonden de roomsen leuk.' Een oude haat kwam terug: Draaikonten, wijwaterzeikers. Katholieken elastieken.

'Maar weet je wat het ergste was,' haar stem daalde besmuikt, 'na het debacle met de Russische spoorwegen was hij op slag impotent.'

'Hoe kom je daar nu bij?'

'Van oma. Verklapte ze pas later hoor, maar het is nooit meer goed gekomen.'

Weer die giechel.

14

Bij een volgend bezoek was de boerenkast uitgeruimd. Deuren en lades gaapten de kamer in. Op de bank lagen stapeltjes linnengoed en dozen zilverbestek – nog in fluweel gestoken, zelden gebruikt, maar altijd bewaard voor zware tijden. En nu kon het weg. Wat moest ze nog met pronk en praal. De theelepels en taartvorkjes waren met lintjes bijeengebonden, die gingen naar het keukenpersoneel. Dochterlief kwam al om in het zilver en de kleinzonen vonden het te tuttig. ('Tuttig? Ze hebben geen smaak!')

Ze had lijsten aangelegd van verre familieleden die in aanmerking kwamen voor het damast waar ruim een eeuw geleden een nijvere hand het familiewapen op had geborduurd. Rond en zwaar als een omelet. Erfgoed dat van la naar la verhuisde en straks uiteen zou vallen. 'Doet het je wat?' vroeg ik. Nee. Een dode behoorde licht te reizen.

De enveloppen voor het nog te drukken rouwbericht lagen ook al klaar. Gerecycled papier, grauw en lelijk. 'Ik schrijf de adressen liever zelf, jij kan mijn handschrift toch niet lezen.' Haar wangen kregen er blosjes van.

Bijna honderd jaar leven werd op de valreep geordend. Notarisakten, familiepapieren, briefwisselingen over nooit uitgekeerde herstelbetalingen, veel boosheid was uit de lades gekomen en ze had het allemaal verscheurd.

Ze liet me trots een volle prullenmand zien. 'Heerlijk.'
En de kist?
'Ben ik nog niet aan toe.'
Ze had ook met de foto's gerommeld en onderschriften in de albums veranderd. 'Verbeterd,' noemde ze dat. 'Hier en daar klopte een jaartal niet, ik heb er ook een paar uit gehaald.' Ze hield de foto van mijn vaders vriendin op. (Een verpleegster in uniform met wie hij na zijn hartoperatie contact bleef houden en die hij brutaal in het familiealbum had geplakt. Het was een bladzij die altijd werd overgeslagen – de laatste bovendien. Ja, zuurstofgebrek tastte de hersens aan. Meer woorden werden er niet aan vuilgemaakt.) We lieten de loep over haar uniform gaan, ze droeg een speld. Zwart kruis, krankzinnigenzorg. 'Laagste diploma,' merkte mijn moeder op. 'Wassen, verschonen en kots opruimen, meer konden ze niet.' En hup, daar ging de gekkenzuster, in acht stukjes. Verbazend dat ze zo lang op haar lot had moeten wachten. En de vrome tantes gingen eraan. Onder dankzegging.

Ze opende een envelop met babyfoto's: de meisjes op een rieten matje in de tropenschemer, speciaal laten kieken voor de familie thuis. En ik, vet op een schapenvachtje – de vrede straalde eraf. Ik zag me al verscheurd in de prullenmand. Vanwaar die opruimwoede?

'Ik wil na mijn dood niet bij de kringloop belanden. De foto's blijven onder ons.' Mijn moeder bekeek me nog eens goed. 'Ik was zo bang dat je tekort zou komen, ik had nog hongervlekken op mijn vel.' Ze aaide mijn portret. Een rilling liep over mijn rug. 'Nog interesse?'

Ze hing aan me toen ik afscheid nam en strekte zich uit voor een zoen. Ik voelde haar handen in mijn nek, ze trok mijn hoofd naar zich toe, ik rook het zoet van haar mond en deinsde geschrokken terug – een gekrompen moeder keek naar me op. Ze zei iets wat ik kon vermoeden, maar niet verstaan, een groet, een wees voorzichtig onderweg. Ik maakte me los, draaide me om en zette er flink de pas in. De babyfoto's klopten in mijn borstzak. Wat waren we vreemd gegroeid: zij die me had uitgeperst steunde op een stok en ik die had gesnakt naar een aanraking rende van haar weg. Zij herinnerde zich wat ik vergeten was (mijn eerste woorden), ik zou haar laatste woorden onthouden (pen en papier in de aanslag). Woorden die niet onder ons zouden blijven.

Ik reed nog even om de flat, voor een laatste zwaai naar het balkon – een ritueel waar ze aan hechtte. Ik groette plantenbakken waarachter zich een hoofd verborgen hield.

In de accordeon van langzaam rijdend en stilstaand verkeer zong ik een liedje voor mijn moeder.

> Toen ik op de wereld kwam, was alles op de bon. Ik bracht acht pond in, tegen de dood, tegen ziekte, tegen de oorlog, acht pond leven en jij liet je tanden trekken. Je borst was leeg, de honger zat onder je vel, maar je goot mij vol karnemelk, waar ik zuur van in mijn luiers kakte. Maar ik kwam niet om te bewijzen dat ik vechten kon, pijn kon lijden zonder klagen – zoals jij: kiezen op elkaar, hoe vals ook – of om de

vijand te verjagen. Voor zulke dingen ben ik veel te
bang. Ik kwam voor troost, een aai en open ogen. Ik
wilde dat je zag hoe hij telkens weer tekeer kon
gaan, of dat je hoorde wat ik voelde, maar jij vluchtte
naar de keuken, doofde je oren met de kraan. Ik
kwam voor de liefde, mammie, groot woord, toe,
neem me op schoot. Maar jij verkoos een koude lap
voor de slagen op mijn wang. Ook tederheid stond
op rantsoen, ons houen van kwam nooit op gang.
Bang. Bang. Bang. Geen held voor vrouwen, voor
mannen evenmin. Zoon zonder spoor, niemand tot
last. Koffer boven op de kast, klaar voor de vlucht.
Wij hechten niet in de familie, alleen aan geld, een
la vol zilver, een horlogeketting – zo kom je 't best de
oorlog door. Nu ben jij bijna uitgevochten, we ruimen
op en pakken in, je noemt het vuur, een nieuw
begin. Je haakt, je hangt en zoekt mijn hand, maar
ik duw je van me af.

Ik had dit liedje al weken eerder geschreven, en zong het haar zelfs parlando voor. Mijn stem trilde van de zenuwen, bang haar te kwetsen, daarom noemde ik het ook een liedje – een genre met minder gewicht dan gedicht. 'Wat vind je ervan?' vroeg ik. 'Tjonge,' zei ze na lang nadenken, 'ben je nou nog niet over je vader heen.'

15

De firma Otto had een pakket bezorgd. Een rood trainingspak.
 'Wat ga je daarmee doen?' vroeg ik.
 'Dragen, mijn andere broeken zitten te strak.'
 'Maar het is polyester,' riep ik vol afschuw.
 'Als je het wast, is het meteen droog.'
 'Waarom geen zwart of grijs?'
 'Donker maakt oud.'
 'Je houdt er wel de moed in voor iemand die dood wil.'
 'Je bent een snob.'
 Mijn moeder was een rijzige vrouw. En lenig, ze kon in een tel op haar hoofd staan en dan werd ze nog mooier: zuilen van benen en een frisse onderbroek met pijpjes, vrolijk geschoeid ook. Om te ontduizelen deed ze daarna vaak nog een derwisjdansje, met cirkelende rok en een heel rood hoofd. Haar eigen yoga. ('Doe mee, dan word je nooit meer ziek.') Maar dat was de moeder van lang geleden. Ze danste al jaren niet meer, het gefladder verdween uit haar leven, rokken en jurken verhuisden in hoezen naar zolder en ook de tweed mantelpakken en halfhoge hakken verdwenen uit zicht. Het vrouwelijke knelde. Ze koos voor broeken, vormeloze blouses en vesten, besteld bij het postorderbedrijf voor ouderen. Het zat makkelijk, maar stond lelijk. Ik schaamde me voor deze moeder, ze

had het leukste deel van haar persoonlijkheid uitgewist.

Ze stond erop het glimpak onmiddellijk te passen, als ook dit te strak zat kon het meteen terug naar het postkantoor. Ze sleepte de doos eigenhandig naar de badkamer. Na vijf minuten kwam ze terug, hijgend en bezweet. Mijn moeder als Hollandse tomaat – smakeloos.

Een geharnaste moeder, daar kon ik mee omgaan, maar een ordinaire ging me te ver. Ik stopte mijn aantekenboekje terug in de tas en vertrok zonder een woord te hebben geschreven.

16

Na een paar dagen stilte meldde ze zich weer. Telkens met een half verhaal. Wilde ik meer weten? 'Kom langs!' O, hoe kon ik zo wreed zijn. Ze rekende op me... alsjeblieft. Er lag een lijstje voor me klaar... De koekjes waren op.
 Of de boodschappenjongen maar even wou voorrijden.

De thee stond klaar. Lauw als vanouds. Het trainingspak bleef in de kast. Ze droeg een stemmige broek en trui. Een verzoeningsgebaar.
 De trui prononceerde haar buik.

Haar buik speelde op. Een vleesboom zat haar dwars, de laatste maanden was hij ineens heftiger gaan groeien en nu had ze een bult die haar in grotere maten duwde. Ze wilde zich niet laten onderzoeken. Kruiden, sabbelen op stukjes rozenkwarts, jasmijnolie en liters bietensap – ontgiften was de remedie. Plus warmhouden, liefst met een kussen, bovendien zag je het dan niet zo. Soms maakte haar buik muziek, zei ze, en moest ze na het eten borrelende boertjes laten. 'Alsof ik ontstopper heb gedronken.'
 Ze strompelde naar de wc (met die verdomde tas, bengelend aan het stuur), om de tien minuten moest ze een plas. Nee, ik mocht haar niet helpen. 'Kan ik zelf.' De rol-

latorwieltjes krasten tegen de plinten, het ding moest mee naar binnen, ze liet de wc-deur openstaan, ik volgde haar, ze merkte niet dat ik zag hoe ze zich op de bril liet zakken en daarna pas haar broek omlaagsjorde en afstroopte, wachtend op de plas. Een plas die drong maar niet kwam. Ze huilde zachtjes. In haar onderbroek lag een papieren luier. Ze gooide hem in een emmer en probeerde een nieuwe uit een pak te frommelen. Het lukte niet.

Ik kon het niet aanzien en knielde voor mijn jammerende moeder. 'Ga weg,' zei ze. Ik streelde haar knieën. Mijn onaanraakbare moeder, zo glad, die knietjes, zo meisjesglad, en ze glommen. Ze bibberden. De plas kwam en een klein hoopje van de schrik. Ze kon haar billen niet goed afvegen, haar kleren zaten in de weg. Ik maakte haar schoon met vochtige doekjes. Ze pakte er zelf ook een, voor haar tranen.

'Je mag me zo niet zien. Een zoon mag zijn moeder zo niet zien.'

'Ik heb ook een pens waar ik me voor schaam.' En toen huilde ik maar mee. Om het vertrouwen.

We schikten een verse luier en hesen haar broek weer op. Ze schuifelde terug naar haar stoel – nog altijd dat hardhouten kreng. Een gemakkelijke stoel wees ze af. 'Mijn vader is erop gestorven.' Ze paste nauwelijks tussen muur en tafel en kneedde haar buik tegen het blad. Verzetten of verschuiven mocht ik niet. Waarom niet liggen op de bank? We konden een hoge divan laten plaatsen.

'Nee, ik wil niks.'

Niemand mocht die vleesbuil zien. Ze meed de bewoners op de gang. Geen bezoek meer aan de bibliotheek, geen praatje in de koffiekamer, geen krant uitwisselen met de buurvrouw. Het personeel ontving ze alleen zittend achter het schild van haar kussen.

Het kussen werd haar kind, ze wiegde het, drukte het angstig tegen zich aan, de veertjes piepten uit de naden.
'Zal ik een nieuw kopen?'
'Wil ik niet.'
'Maar het stinkt, het is vies.'
'Wil ik niet.' Ze drukte het kussen tegen haar wang. Ik stond voor haar en ze keek me smekend aan.

En onder de tweede pot thee: 'Je weet toch hoe ik aan die slechte buik gekomen ben?'
Ja, ik kende het verhaal, ze had het me al zo vaak verteld en het werd ook telkens mooier. 'Op Java toch?'
'Nee, Sumatra, een jaar voor de oorlog, we kwamen terug van een verjaardagsfeest, een vriend reed. Het regende, de weg was een en al blubber. De meisjes logeerden bij vriendinnen, die zouden we op gaan halen. Er stak iets de weg over, geen idee wat, die vriend remde abrupt, we raakten in een slip en schampten een paar rubberbomen, de spiegel sprong eraf, mijn deur klapte open en toen moet ik naar buiten zijn geslingerd. De uren na het ongeluk ben ik voorgoed kwijt, ik weet alleen nog dat ik wakker werd met pijn in mijn buik, in een onbekend bed, in een onbekende kamer met prenten aan de muur, gesneden houtwerk om de deuren en vazen op houten zuiltjes. Er zat een Chinese bediende naast mijn bed, ze vertelde me dat een planter ons had gevonden, onder aan een talud. De auto was over de kop geslagen. De chauffeur dood.

Just had een zware hersenschudding. Er was al een plantagedokter aan ons bed geweest en het wachten was op vervoer naar het ziekenhuis, maar de wegen waren te slecht na de regens. Just lag op een andere kamer. Het werd me verboden hem te gaan zien – ik mocht me niet bewegen.

Het was benauwd en ik transpireerde verschrikkelijk. De bediende legde koude doeken op mijn hoofd en buik. Er zat een borduursel in – een geheimzinnig teken. We lagen in het huis van een Singaporese handelaar, een paar honderd meter van waar de auto de weg af ging. De draken in het hout bewogen, ik was zo moe dat ik nergens bang voor was, niet voor de draken, niet voor de kraanvogels op de prenten. De handdoek op mijn buik werd steeds zwaarder. Ik aaide hem als een dood kind.

De bediende trok zich terug. Ik dommelde weg, maar werd wakker van een koele wind... en op dat moment zag ik een jongetje in de deuropening staan. Dat beeld heeft me nooit verlaten.'

Mijn moeder huiverde. Bij de verschijning van het jongetje brak haar stem – ook dat hoorde bij het verhaal. Ik mocht niet verder vragen. Daar hield ik me vroeger aan, maar dit keer niet. 'Het jongetje,' vroeg ik zacht, 'wat deed dat jongetje?'

Ze keek naar het kussen.

'De dokter die mij later in het ziekenhuis onderzocht, zei dat ik nooit meer kinderen zou kunnen krijgen. Erg vond ik dat niet, drie meisjes was me genoeg. Ik wilde geen kinderen meer van Just.'

'Verkeerde diagnose,' zei ik.

'Jij bent ook een ongeluk.' Een mop waar ze hard om moest lachen.

17

In mijn autodromen zat mijn moeder weer naast me. Na elk bezoek liftte ze mee, klagend over de dokter die haar niks wou geven, geen prik, geen pil, geen zetje. Het oude gejengel. Ze wees naar de gemaaide sloten langs de weg: een ruk aan het stuur en ze was ervan af. Maar ik had geen zin om mee te sterven. Eerst erven. Waar laat een zoon zijn moeder netjes te water? In een rivier, een haven, een kabbelend meer of in zee? De zee. Ze koos voor de zee en wilde naar Engeland drijven – een onderkoeld genoegen. We reden naar mijn geboorteduinen om oud terrein te verkennen. De kolken en muien, het beste gevaar. De laatste rit vraagt om een goede kaart. Het pad naar het strand was verstoven, de meeuwen gingen ons voor naar de kerf, waar de zee een tong in het duin steekt. Het zand schuurde mijn gezicht, de pijn maakte me jong. Het verleden zat in de wind. Het kind dat ik werd – even maar – hing aan een moederballon. Ze danste weg. Ik liet haar los.
Ik zocht de luwte en rolde me in een kuil. Een waterige zon brak door, haar dood duurde niet langer dan een dutje.

18

Er viel een knipsel uit een van haar boeken, een bericht uit de *Sumatrabode* van maart 1935. Het papier was bijna verteerd, maar de kop nog goed leesbaar: **Een luchtdrama**. 'Och erm,' zuchtte mijn moeder (de laatste maanden kwam er soms een Brabants accent bij haar terug), 'Elizabeth en Jane Du Bois, wie kende ze niet in mijn tijd.' Ze zwijmelde boven het flardje krant, na de oorlog opgestuurd door een kampvriendin, voor het sentiment.

Elizabeth en Jane, twee zusjes, dochters van een Amerikaanse consul, partymonsters, net in de twintig. Mijn moeder sloot haar ogen en bladerde door haar perfecte geheugen. Ze waren wereldnieuws, hadden heel hun jonge leven gefeest en gedanst, kenden Rome, Parijs en Londen als de zakken van hun bontjas. Ja, een leven om uit te knippen, juist in de tropen, zo afgesneden van de grote wereld. Hun kokerrokken werden mode, hun hoedjes, hun hondjes. De zusjes waren kind aan huis bij Maxim's, een restaurant waar de schoonmakers de diamanten oorbellen in de plooien van de banken vonden... Parijs: wie droomde er niet van. Ze waren verliefd op twee officiervliegers, helden die van vliegveld naar vliegveld fuifden, tot Singapore aan toe. Elizabeth en Jane deelden in hun roem. Ze verloofden zich en hun ringen haalden de kranten. 'Ik volgde het als een soap.'

Beide vliegers verongelukten bij Messina – hun motor begaf het boven zee. De zusjes rouwden dubbel en trokken zich zichtbaar uit de beau monde terug. Ze boekten een vlucht van Londen naar Parijs en hadden alle plaatsen aan boord opgekocht. Eenmaal op koers merkte de piloot dat de stoelen achter hem leeg waren en keerde onmiddellijk terug naar Londen. Het onheil had de verkeerstoren al voor zijn landing bereikt. Twee Engelse arbeiders hadden een pakketje uit de hemel op een weiland zien ploffen. Ze vonden de meisjes met hun gezicht in de grond. Arm in arm.

Zelfmoord uit liefde, mijn moeder glom bij het verhaal. Nog altijd. Ze stak het knipsel terug in een boek, haar gezicht betrok. Ach Singapore, het was een naam met een donkere klank...

'Singapore was gevallen. We woonden op de kazerne en wachtten op de naderende oorlog. Het was een heldere nacht, ik kon niet slapen en liep naar de bank onder de waringin, de takken glommen in het maanlicht, ik voelde hun kracht, ze tilden me op en ik zag mezelf boven de kazerne zweven, alleen, met een uniformjasje van Just om mijn schouders. Ik zweefde los van mijzelf. Ik waaide, ritselde. En ik was een geur, een zoete geur. Er brandde licht in de barakken, de soldaten maakten lawaai, de meisjes sliepen door alles heen. Opeens zag ik drie kerels onze waranda op lopen, een van hen droeg een fakkel. Ik rende naar huis... een gordijn had vlam gevat. De rook trok al door de gang en ik joeg de meisjes naar buiten.

De kazernebrandweer heeft Just nog net kunnen red-

den. Ik vertelde hem wat ik bij de waringin had gezien. "Waarom heb je mij niet wakker gemaakt?" vroeg hij.
 Daar ben ik het antwoord altijd op schuldig gebleven.'

Ze liet me uit. Fluisterde bij onze kille afscheidskus: 'Je houdt je niet aan de afspraak. Als je niet opschiet doe ik het zelf. En dan wordt het een rommel hoor.'
 De dood. Nog even op de valreep – vaste prik.
 'Je bent nog zo helder, je hoofd mankeert niks.'
 'Heb je wel eens een vuurtje gestookt en het de volgende morgen proberen op te poken? Zo voel ik me. Waar is het vuur?'

19

Ze was met zichtbaar genoegen bezig brieven te verscheuren, het kleed lag vol snippers. Voor de zoveelste keer. Ook de enveloppen gingen eraan, met postzegels uit Nederlands-Indië. Waarom, vroeg ik me af, waarom deed ze dit telkens waar ik bij was, wat mocht ik zichtbaar niet weten? En alsof ze mijn vraag rook, zei ze: 'Wees blij dat ik het voor je doe. Straks zit jij er maar mee.' Ik griste een envelop uit haar hand, een brief gericht aan haar vader, broos en vergeeld – ik herkende haar vertrouwde gepriegel, alleen nog springeriger. Onleesbaar.

Ik daagde haar uit hem voor te lezen – twee velletjes luchtgewicht – maar ze bleef al aan de eerste regel haken, er zat een vlek op de datum. 'Moet in het eerste of tweede jaar zijn geweest.' Ze gaf hem terug. 'Wordt het geen tijd dat je mijn handschrift leert ontcijferen? Hoe moet dat straks? Je bent mijn executeur-testamentair.'

Ik pakte haar loep, knipte de lamp aan en deed een tweede poging. Na een paar verhaspelde zinnen nam ze het over en las voor: '... in de verte roffelt de regen, het zal nog zeker tien minuten duren voor hij valt, hij raast nu over het oerwoud. Morgen gaat de postboot naar Java, ik schrijf u snel, anders moet ik weer weken wachten. Kerstmis hebben we buiten gevierd, in de vochtige hitte, heel onwerkelijk. Hopelijk heeft u de wenskaart tijdig ontvangen.'

Ze liet de brief zakken en keek even stil naar buiten, alsof ze de rivier zocht, een plaats, een naam.

'Met Nieuwjaar was ik alleen, wel zo rustig. De natuur is mij genoeg. Van u geleerd. Just moest onverwacht een luitenant vervangen die door malaria is geveld.' Ze aarzelde, iets stak haar. 'We wonen aan de rand van de rimboe, het is de bedoeling dat we hier langer blijven. De meubels komen nog na. Just wordt verplaatst als een pion op een schaakbord. Ik doe mijn best mij overal thuis te voelen.'

Ik onderbrak haar en vroeg hoe vaak ze wel niet verhuisd was. Ze tikte verstoord op mijn hand: 'Luister.'

'De eerste week verkeerden we onder vliegers die luchtopnamen maken om de olievelden beter in kaart te brengen. In de binnenlanden hebben ze geen idee wat geld is, maar in de toekomst zou dit wel eens een rijk gebied kunnen worden. De Japanners denken er net zo over, een van de vliegers heeft een kruiser voor de kust gezien. Alleen al daarom moeten onze militairen overal zichtbaar zijn.

Just is nu voor een paar weken op een inspectiereis. Ik ben voorlopig gelogeerd bij de zending, in afwachting van een eigen huis. In ruil voor onderdak kook ik voor twee zendelingen en een ingenieur – alle drie vrijgezel. Griesmeelsoep, spinazie uit blik, roerei, wortelen uit blik, sperziebonen, aardappelen die we bij de Chinese handelaars kopen. Allemaal uit Java aangevoerd. Verse groente moet je ellendig lang koken om de tyfusbacillen te doden. Zelf eet ik liever rijst, maar die mannen zweren bij Hollandse kost.'

Haar stem veranderde van toon, ze was weer thuis in

haar jeugdig handschrift en las ineens sneller.

'De zendingspost kijkt uit op de rivier en het vliegveld. De bosbewoners zijn hier aangepaster en sommige wonen zelfs in kleine huisjes, al lopen de mannen nog naakt met pijl-en-boog over straat. Aan hun geur ben ik zo langzamerhand gewend. Ze ruiken als onze stal op een winterdag. De bijbels zijn aangekomen.'

Ze vloekte zachtjes en verscheurde de brief alsnog.

'Mag ik de rest niet horen?'

'Het zijn allemaal leugens. Bijbels, bijbels, een kist vol... De tantes zaten erachter. In plaats dat ze kinine stuurden, we hadden niet eens verband.'

Ze ontweek mijn vragende blik, stond op, greep naar haar rollator en schuifelde naar de keuken. (De stok gebruikte ze steeds minder. 'Mijn voeten blijven haken aan het kleed.') Ik mocht haar helpen met de thee, terug aan tafel stond ze erop zelf in te schenken. Ze knoeide op de brieven. Expres, leek het wel. Ik waaide ze droog, maar ze vlekten.

'Indische tranen.' Ze had plezier in haar wisecrack.

'Vader had al mijn brieven bewaard, ik vond ze na zijn dood in een doos. Het merendeel heb ik al verscheurd. Maar goed ook: om hem gerust te stellen maakte ik mijn leven veel mooier. Hij eiste dat ik de tantes voor de bijbels zou bedanken, anders liep mijn erfenis gevaar. Buigen voor geld, daar was ik nu juist voor weggelopen.'

Ik keek haar spottend aan.

'Dat snap je toch?'

Ze veegde de snippers op een hoop. Haar schaamte. Geerfd had ze, en gebogen – altijd in het zwart op bezoek, met lage hakken door de klei en mee naar de kerk. Uren. De familie kon haar nooit vergeven dat ze voor een soldaat had gekozen. Was een boer soms te min? Kandidaten genoeg, de boerderij stond al voor haar klaar en ze had nog veel meer land kunnen vergaren. Haar broer had zich ook al losgeweekt en was naar de stad getrokken. Beiden braken met drie eeuwen traditie, drie eeuwen land doorgeven. 'Door mijn vertrek naar Indië was ik op de erflijst gezakt.'

Na deze bekentenis moesten ook de overige brieven aan haar handen geloven. Het luchtte haar op. 'Ik wil niet meer aan geld denken, het maakt me bang.'

Even overwoog ik alle snippers mee naar huis te nemen. Een handvol moeder. Maar ze werden ruw geconfisqueerd, de brand moest erin. De lucifers rammelden, alsof ze iets moest bezweren. We stookten een rokerig fikkie op de schaal met het gouden randje, restant van een zesendertigdelig servies van haar vader.

Pas toen ook de enveloppen met theevlekken in de hitte opkrulden, vertelde ze dat de kist met bijbels uit de touwen was gegleden en op de pier te pletter gevallen. Er waren sjouwers bij gewond geraakt. 'Ik had de havenmeester al gezegd dat ik niet in de zending geïnteresseerd was.'

Een paar dagen later zag ze dat een Chinees pruimkalk en katjang in toegedraaide velletjes bijbelpapier verkocht. De psalmen waaiden in de struiken.

Diezelfde avond belde ze me op: 'Zal ik je eens wat vertellen?' Zo begon elk gesprek, ik hoefde niet eens te antwoorden. 'Door die bijbels heb ik nog bijzondere mensen leren kennen. Die sjouwers waren *strapans*, tewerkgestelde boeven. Ik voelde me verantwoordelijk en zocht ze op in de ziekenboeg, allemaal dieven en moordenaars. Een verademing na die kwezels op de zending. Just heeft later kunnen regelen dat we een paar van die mannen voor onze verhuizing mochten lenen. Ze hebben alle spullen de heuvel op gesleept en de vloeren gepolijst. Misschien waren het wel de enige mensen met wie ik daar echt contact heb gehad. Raar hè?'

Ze haalde diep adem en liet een boertje.

'Met de moordenaars kon ik het 't best vinden. Moorden doe je meestal maar één keer, een dief blijft een dief. Ze vlogen voor me. Het waren geen bosbewoners hoor, die wisten niet eens hoe een kraan werkte, daar had je niets aan. Onze strapans hadden allemaal gevaren. Ik ben dagen alleen met ze in de weer geweest. Prima kerels. Op een dag vroeg ik de voorman van het spul: Hoeveel heb jij er vermoord?

"Eén mevrouw."

"En waarom?"

Hij had de minnaar van zijn overspelige vrouw neergestoken.

Kijk, zulke dingen maakte je in de polder niet mee.'

Een deurbel ging, het eten werd gebracht. Ze hing op. Zonder groet of wat.

Pas bij het uitwerken van mijn aantekeningen kwam de ergernis boven. Wat een kokette tut. Probeerde ze me met flinke verhalen te verleiden? Waar draaide ze omheen? Over het kamp wou ze niet praten, maar wel flirten met dieven en moordenaars. (Het geweer van haar man bij de hand.) Hoe stoer, maar zolang ik me herinner altijd driedubbele sloten op de deur. Ik voelde meer afstand dan ooit. En door dat besef kwam ze ineens angstig dichtbij...

20

De afstand. De flinkheid. Mijn moeder de knokker. Londen 1962. Met de kaart in de hand zochten we de weg naar het hotel waar de swami een lezing zou geven. Al maanden eerder had ze een uitnodiging voor de bijeenkomst kunnen bemachtigen – die dag liep ze in hoger sferen. We waren een beetje verdwaald en moesten een paar keer de weg vragen, een straatrover maakte gebruik van onze verwarring en rukte in het voorbijgaan aan haar tas. Ze was hem te snel af en sloeg hem ermee om de oren, niet één keer, twéé keer en toen hij brutaal voor haar bleef staan, trapte ze hem keihard tegen z'n schenen. Kermend rende hij weg. Ze riep hem na, stampvoetend, omstanders maanden haar tot kalmte, maar ze kafferde ze uit in haar beste Engels. Haar tas ging haar boven alles. Ik was stupéfait. Meppen kon ze, dat wist ik, maar dat van zich af trappen, zo genadeloos en verbeten... 'Ja, zulke dingen leer je wel als je je als vrouw alleen maanden op een eiland tussen dronken kerels moet handhaven.'

Briesend stapte ze de zebra over, met mij in haar kielzog, maar twee straten verder moest ik haar alsnog helpen de tas onder haar jas te verstoppen. Zo meldde ze zich aan bij de balie van het hotel – zwanger van opwinding.

Ik had geen spat zin in die swami. Ik wou liever in mijn eentje de stad in, ontsnappen aan haar occulte stolp, achter de *mods* aan, vrije jongens met zwartsuède bordeelsluipers (*the real Clarks*) en zwartkatoenen coltruien, flirtend met meisjes in zwarte panty's die hun kauwgum uitspuwden voor een zoen. Zwart zou mijn kleur worden, passend bij mijn artistieke leven. Het was mijn eerste buitenlandse reis, ik had nog nooit zulke enorme gebouwen gezien, roetgrauw, versierd als paleizen, en zoveel haastende mensen op straat, wit, zwart, bruin, in de wonderlijkste kleren, tussen al dat getoeter en boven ons het stille geflikker van gigantische neonreclames die ook nog eens weerkaatsten op de natte stoep. Ik wilde een nachtfoto nemen van een Air Indiareclame – een tulbandmannetje met gevouwen handen in een lang hemd op een vliegend tapijt.

De hele boottocht had ik naar de verhalen over de swami moeten luisteren. Hoe hij een trein op het perron had laten stilstaan omdat hij niet zonder kaartje mocht reizen. Hoe hij op afstand zieken genas (een wonder om me op te beuren terwijl ik kotsmisselijk over de reling hing) en dat hij de sneeuw om zich heen kon laten smelten en ook nog eens de Upanishads wist op te dreunen. Het was een zeldzaamheid dat de kracht van een yogi en de kennis van een schriftgeleerde zo sterk in één man samenkwamen. Ja, hij was een groot spiritueel leider. Wie eenmaal tot zijn wereld toetrad, vond antwoord op al zijn levensvragen. Een bezoek aan deze swami zou goed voor me zijn.

Er hingen slierten mist in de conferentiezaal, wierookdampen versluierden het licht, de gordijnen waren gesloten en de vloerbedekking dempte het geroezemoes. Een zacht gejengel klonk op ('Vedische klanken,' fluisterde mijn moeder), en daar liep hij, omgeven door volgelingen, de swami – een honingkleurige man, met een lange baard en priemende ogen, in het saffraangele hemd van een bedelmonnik en een roze tulband en mantel –, zijn gezicht was een en al vlezige glimlach. Hij slofte naar zijn zetel, een met wit laken omspannen stoel midden op een podium, en begroette ons met minuten stilte. Dankbaar gekreun klonk op. Toen hij eenmaal het woord tot ons richtte, hoorden we Hindi (zei m'n moeder) en gilletjes op de voorste rijen. Zijn redevoering werd zin voor zin vertaald door zijn secretaris – een blanke man met een kaalgeschoren kop, niet in het geel maar in bordeauxrood, met een houtenkralenketting. De swami pleitte voor dagelijkse meditatieoefeningen om het eigen Ik te laten communiceren met het universele Zelf. Oftewel: onze gedachten van het donker naar het licht verplaatsen, door ons te concentreren op de ademhaling, alleen zo konden we loskomen van onze materiële zorgen en obsessies, en de geest laten verwijlen in het oneindige. Een kwartier per dag was voldoende. Of zoiets, want de secretaris sleepte een beetje met zijn tong en ik miste de helft.

Mijn moeder dronk elk woord in. Ze begreep alles. Ook het Hindi. Als de swami de zaal vroeg de handen te openen als een lotusbloem en al uitademend *aum aum aum* te roepen, volgde ze zijn instructies als een der eersten op. Ze nam grote happen hotellucht die ze na vele seconden weer puffend liet ontsnappen. Haar lapislazuliketting (de steen der waarneming) ademde mee. *Aum aum aum.* In een mum van tijd vertoefde ze elders. Weg haar strenge blik, haar achterdocht. De gelukzaligheid straalde van haar af.

Rij aan rij zaten de bezoekers te aumen. Adem vulde de zaal, ouwe adem die rook naar de binnenkant van een tuinhoed. Het duurde eindeloos, ik krabde aan de kotsvlek op mijn blauwe blazer. God, wat genoot die soepjurk van zijn aanbidders – idolate tweedvrouwen zoals mijn moeder, en mannen in knickerbockers, met ringbaardjes, maar ook studenten op sandalen, heel blije mensen allemaal, ze klapten hem toe, grinnikten om elke onnozele grap, zelfs het schillen van een appeltje volgden ze alsof hij een wonder verrichtte.

Na afloop van de lezing kondigde de swami een gedachte-experiment aan. Hij had een vrijwilliger nodig. Mijn moeder sprong op uit haar stoel en snelde naar voren, ze drong voor en elleboogde zich het podium op. De hele zaal zag hoe ze haar handen op oosterse wijze voor de swami vouwde (als het neonmannetje van Air India). Ik wist niet waar ik moest kijken.

De swami liep om haar heen, als een keurmeester, hij maakte bezwerende gebaren, de zaal volgde elke beweging. Hij ging vlak voor haar staan en tikte met zijn handpalm tegen haar voorhoofd. Ze viel om – slap als deeg, nog net op tijd opgevangen door de secretaris. De swami schudde haar wakker en prees haar talent tot overgave. Applaus. Daarna moest ze zich concentreren op iemand die hulp nodig had.

'Yes,' riep ze voor allen verstaanbaar.

'Alle aanwezigen versterken nu uw gedachten. Ziet u die persoon nu voor zich...'

'Yes, I see my son.'

My son, my son. Ik dook ineen, kop strak naar de grond, maar er brandden duizend ogen in mijn nek.

En toen gebeurde er iets wat ik niet wou, waar ik me hevig tegen verzette, maar mijn weerstand vloeide weg, als een warme aangename plas. Ik voelde een glimlach opkomen, mijn lippen vochten ertegen, maar het was sterker dan mijn wil. Een rust daalde in me, van kruin tot bil. Ik moest me aan de zitting van de stoel vasthouden, iemand trok aan me (een marionettenspeler), mijn borst opende zich, een zachte, onthechtende kracht stroomde binnen. Ik ademde mij gelukkig, en de tijd viel weg.

'Kom, de swami wil je zien.' Mijn moeder stond naast me, de plafondlampen trilden in haar opgestoken haar. Ze nam me bij de arm en voerde me naar het podium. We liepen tegen de stroom in, iedereen keek me aan, vriendelijk, teder, hun zoekende ogen raakten me niet. Ik glimlachte terug.

De secretaris kwam op mijn moeder af en nam haar apart. Ze smoesden wat. Hij overhandigde haar een boek en een foto van de swami. Haar tas ging open, haar portemonnee. Ik zag het, maar alles leek ver weg, en zo mooi.

Ineens stond hij voor me, de baard, de stralende lach, de swami. Een zoete geur dampte op uit zijn hemd, hij was nog vleziger dan ik dacht, op het dikke af, zijn oorlellen stonden iets naar voren – van het nekvet. Hij hield een envelop op waar een mantra in zat, een spreuk voor mij alleen, een zin als een schild die mij in de toekomst zou beschermen. Bij onrust of gevaar moest ik hem zacht prevelen. Ik nam de envelop aan, maar mijn moeder griste hem uit mijn hand. 'Nog niet,' zei ze, 'de swami zal ons een teken geven.'

Buiten op straat, in de koelte van de motregen, kwam ik weer tot mezelf. Ik was geschrokken dat ik me zo had laten gaan. Bang ook. Ik vroeg om de brief. Nee, hij zat in de tas, op haar buik, onder haar jas, en daar bleef ie. De mods scheurden voorbij op hun scooters. De nacht moest nog beginnen. Ik keek op mijn horloge. Het stond stil.

We aten een komkommersandwich in het hotel en namen de lezing door. Een oplichter, mompelde ik, een goochelaar hooguit. En wat moest ik met een mantra. Allemaal zelfbedrog. Mijn moeder keek me treurig aan. 'Je voelde toch zijn kracht? Ik kon het aan je zien.' Ach wat, het was het gebrek aan frisse lucht, de hysterie. 'Dan ben je er nog niet aan toe. Jammer, jammer.' Nee, zij was verrukt: de swami had haar ingestraald. Ze haalde de foto uit haar tas en liet hem zien. *For my dear friend from Holland* stond erop. De swami als filmster.

Die nacht loeide Londen onder mijn hotelraam. Ik nam een koude douche en bleef op mijn kamer.

Aan het ontbijt vroeg ik weer om de brief. Ze weigerde. 'Het helpt alleen als je er ook in gelooft.'

Ik eiste mijn mantra op, had zin om flink ruzie te maken. 'Die envelop was voor mij bestemd.'

'Je gelooft er toch niet in?'

'Ik wil die brief. Nu.'

'Zie je wel,' zei ze, 'je gelooft er wel in, anders zou je hem niet willen hebben. Geef toe.'

De haat schoof tussen ons in. Ik gaf niet toe. Nooit gedaan. Brief nooit meer gezien.

De foto van de swami kreeg een plaats in de boekenkast. Zijn glimlach vulde voortaan de kamer. Onder het lezen van de avondkrant stak mijn moeder graag een wierookblokje voor hem aan, in het jade kommetje naast zijn portret. Dampend sloeg hij ons gade. Ze haalde zijn portret vaak uit de kast om samen met hem te mediteren – zijn priemende blik maakte haar rustig. Ik mocht daar niet bij zijn, stoorzender die ik was, en verdween dan naar mijn kamer, waar ik haar *aum aum aum* door de vloer hoorde brommen. Ze stelde hem vragen. En hij antwoordde. Telepathisch. Soms bemoeide hij zich met ons menu en aten we dagen gierst. Hij gaf ook yogaoefeningen op. Voor het ontbijt, met slaap in de ogen, pyjama nog aan, hielen in de lies en denken dat je een lotus bent, kronkelend uit de modder, hoofd naar het licht. En strek de rug, leg een open hand op iedere knie en ontvang. In de voorkamer, bij het raam, op het kille zeil. O wee als je klaagde. In de Himalaya was het kouder.

Het boek van de swami bleef haar lang tot steun – ze hees zich op aan zijn wonderen. De meeste te mooi om waar te zijn. Eén is me altijd bijgebleven: het verhaal van het levend inmetselen.

Hoog aan de Ganges, in aanwezigheid van vele getuigen, had de swami zich voor een paar maanden in een grot laten opsluiten, weg van het licht, om nader te komen tot het Abstracte. Los van begeerte. Hij leefde van een handje geroosterde gerstekorrels per dag. Toen de tijd

was aangebroken hem te bevrijden, boorden zijn volgelingen een gaatje om een speldenprik licht in zijn duistere kluis toe te laten. Te veel licht in één keer zou hem verblinden. Het gaatje werd elke dag groter gemaakt. Millimeter voor millimeter kwam de man terug in de wereld.
Petje af.

> Laat me dicht, heel dicht bij je aan tafel zitten. Kijk naar buiten, het is al donker, de tuin beneden slaapt, de balkondeur is toe, de gordijnen open, toch zien we meer dan overdag. We zien onszelf, moeder en zoon gevangen in een raam zwart glas. Heel vredig zoals we daar zitten. Jij met je neus in de boeken en ik naast je, getemd, onwillig aan je leiband. Maar zie je ook de haat die tussen ons in staat? Je bent op sterven na dood, de wand wordt dunner. Ik boor met mijn pen. Eén gaatje maar. Het duister sijpelt naar buiten. We schrikken ervan. Ik maak het gat groter. Je stribbelt niet tegen. Niet meer. We kijken niet weg, we wissen niet uit. Laat maar vloeien. En jij steekt in mij, er is geen ontkomen meer aan. Prik prik. Je laat mij toe, ik laat jou toe. Langzaam breken we uit onze kluis en we knipperen met onze ogen.

21

Het ene verhaal na het andere kwam los, ook bij mij. Vooral mijn moeder associeerde woest, vaak ontbrak elke logica en was het nog een heel gepuzzel om er op papier kop en staart aan te breien. Hiaten vulde ik op met brieffragmenten en oude aantekeningen. Er hoefde maar iets te gebeuren of haar geest fladderde weg. Dwaalgedachten. De rollen waren omgedraaid: dit keer dwong ik haar om zich op één ding te concentreren (hypnose had ik niet in huis) maar het hielp geen zier. In een verdwaalde meeuw, balancerend op de rand van haar balkon, zag ze meeuwen in een ander landschap, in een andere tijd ('meeuw is niet te vreten, wist je dat, ik heb het een keer geproefd toen de soldaten op het fort nog hun netten spanden en in het voorjaar trekvogels vingen, een keer hadden ze meeuw aan het spit. Een en al traan!'), om vervolgens door te vliegen naar vieze smaken in het jappenkamp (de sagopap). Vroeg ik door over honger, dan zei ze dat ik haar had afgeleid.

Starend naar de vensterbank liet ze zich tot gemijmer verleiden: 'Vanmorgen heb ik de geraniums gesnoeid en ineens zag ik het gezicht van Jana in een blad.'

Ze wreef in haar handen en rook eraan, alsof ze in de geur van dorre bladeren haar oudste dochter wilde opsnuiven – alweer ruim twintig jaar dood.

'Mis je haar?' fluisterde ik achter haar rug.
'Nee hoor.' Ze keek naar haar verwonde geraniums. 'We moeten plantenmest kopen.'

Acht jaar heb ik bij een psychiater op de bank gelegen. Als op één manier verhalen loskomen is het wel door met de blik op oneindig naar het plafond te staren en in het wilde weg te associëren. De psychiater zit achter je, uit zicht, een en al oor. Het woord is aan de patiënt. (Cliënt is een zwachtelwoord, je bent ziek.) Zwijgen mag ook, de hele sessie als je wil. Ik was daar slecht in. Stiltes in de conversatie werken op mijn zenuwen. (En waarom, wil een psychiater dan weten.) Dus vluchtte ik in het ophalen van een recente gebeurtenis, een pijnlijk voorval, iets waarvoor ik me schaamde. Je wou zo'n man niet vervelen en vertelde het zo smakelijk mogelijk. (Placebo ergo sum. Ik zal behagen dus ik ben.) Maar klopte mijn mooie verhaal wel? Had ik het niet opgesmukt? Voorwaarde om een analyse te laten slagen is dat je eerlijk bent. Alles op tafel. Je wilt beter worden. Je wilt van je angsten af, je onzekerheid, je karakterfouten. Dus ontdoe je het verhaal van zijn franjes en ga je op zoek naar de kern. Kloppen de feiten? Je vader sloeg je elke dag en je moeder liep weg. Kaler kan het niet. Maar maak je het toch niet erger dan het was? Werd je echt elke dag geslagen, week in week uit? Hoeveel herinneringen zijn verzonnen? Een goed analyticus wordt geacht niet te veel te sturen, maar het is wel zijn taak vragen te stellen als problemen worden ontweken, ook kan hij de patiënt confronteren met zijn gedrag tijdens de behandeling, in de hoop dat hij anders naar zichzelf leert kijken en niet blijft steken in zelfmedelijden. Natuurlijk, het is moeilijk om afscheid te nemen van een zielig verhaal waarin je zelf bent gaan geloven. Een gekneusde jeugd maakt bijzonder, daarom volharden we graag in de overdrijving. Leed is een kroonjuweel dat niemand zich graag laat afnemen. Maar met een zetje en een por van de psychiater verschuiven de panelen en laat de patiënt een andere kijk toe: hij is immers meer dan alleen maar zielig. En zo ontstaat er een aangepast verhaal, nog niet per se waar, maar wel een waarmee hij beter kan leven. Mogelijk moet hij het nóg een paar keer bijstellen. Zijn leven, net als de geschiedenis, wordt een beweeglijk verhaal. Al blijven de feiten dezelfde, als het al feiten zijn, hij interpreteert ze anders.

In die acht jaar analyse kon ik de waanzin van mijn familie een minder grote rol in mijn kop geven en heb ik voor zover mogelijk mijn zelfbeschadigend gedrag aangepast, louter door wonden met woorden te verkennen, stap voor stap, bang, verdrietig en opgelucht. Ik staarde vier keer in de week, drie kwartier lang, naar een bruine vlek op het plafond. Op een dag zag ik in die vlek het gezicht van mijn vader. Zijn nek, kin, neus, voorhoofd. De vader die zijn zoon sloeg. (De moeder bleef letterlijk buiten beeld.) Zo kwamen de verhalen over hem los: de kampmanieren die hij aan ons had opgelegd, het tafeldekken met een liniaal en op den duur ook de nuances – millimeter voor millimeter. De wrede vader veranderde in een schuldige overlever en de geslagen zoon in een uitdagende jongen die zijn ziekelijke vader tartte. De dader werd meer slachtoffer en de zielepiet meer dader.

Na acht jaar praten werd de vader op het plafond weer een vlek. Einde analyse.

En nu zag mijn moeder haar oudste dochter in een geraniumblad – opeens drong het tot me door dat ik haar in analyse had genomen. Niet dat ik haar leven lichter kon maken ('ik wil dood, ik wil dood') maar ik bood wel een hebberig oor voor haar verhalen. Herinneringen die haar achtervolgden, waar ze onder leed en die met de jaren een eigen ondeelbaar leven in haar hoofd waren gaan leiden. Misschien zette ze het staal op een kier en kreeg ik enigszins toegang tot haar. Al lag ze niet op de bank, ze keek graag van me weg, vooral als een herinnering te pijnlijk werd. Ik moest haar met zachte hand langs haar leugens voeren. In de hoop dat ze zichzelf zou horen liegen. Ik nam me voor af te zien van gemene vragen, niet door te zagen, maar mee te leven en af en toe empathisch te kreunen: Jaaah, oooch, aaach. Ik was tenslotte ervaringsdeskundige.
Ondertussen wel alles opschrijven natuurlijk.

Wat knaagde was onze 'voor wat hoort wat'-overeenkomst: zij de verhalen, ik de pillen. De huisarts had ik niet kunnen overhalen, al bleek haar codicil nog steeds geldig en actueel, en zonder zijn medewerking kon ik niets beginnen. Ook zocht ik op internet naar organisaties die zelfmoordenaars een helpende hand bieden. Het krioelde van de gifmengers in Nederland. Ja, ik kon zelfs een zakje dodelijke pillen op een geheime plek ophalen.
Ik betrad een ranzige wereld. Je moeder vermoorden

mocht dan eenvoudig zijn en je in gedachten opluchten, maar doen? Ik ben een driftkop, toch kan ik geen vuist maken. Een aangevreten vogeltje in de tuin durf ik niet op te rapen – hoezeer het gekrioel van de maden ook boeit. Nog gruwel ik van de stroper die voor mijn ogen een stuiptrekkend konijn uit zijn strik haalde en het een laatste tik in de nek gaf. De huiver. De opwinding. Ik aaide het dode konijn. De volgende nek was voor mij. Het moest: het beest had een verbrijzelde poot. Ik kon het niet. Te laf.

Stroper, stroper waar ben je?
In de duinen weggelopen, alleen in het zand, de eerste voetafdruk op door de wind geveegd land. Stempel dat geluk. Ik spijbel. Voorbij de bunkers zie ik de stroper, hij neemt me mee, we zoeken zijn strikken, sluipen door het duin. Hij legt zijn hand op mijn schouder. Aangeraakt – zo zachtjes. Een vinger wandelt over mijn bottenpaadje, tot aan mijn stuitje. Ik kom niet meer bij. Hij smoort mijn lachen in zijn hemd. Ik stomp me vrij. We slaan het zand van onze kleren. Hij knielt voor me, klopt mijn broek af, zachtjes, ook waar geen zand zit. We vullen de tas met konijnen, door zijn hand uit hun lijden verlost. Tien dooie kopjes schommelen onder de linnen klep. De stroper brengt me naar huis. Ik krijg het vetste konijn. Mijn moeder komt naar buiten, maakt een praatje met de stroper. Vriendelijk, altijd vriendelijk tegen los volk aan de deur. De stroper vertelt over onze tocht in de duinen. Ik word als spijbelaar ontmaskerd. Mijn nieuwe vriend mag mee naar bin-

nen. Hij krijgt thee en vertelt vrolijke verhalen. Het konijn schuddebuikt op tafel. Ze ziet zijn hand op mijn knie, een kruipende hand. Een hand die brandt. En zij die mij opvoedt lacht.

Een sessie later lag er een envelop van het Zwitsers verkeersbureau op tafel. Ze had een hotel aangestreept en een oud artikel opgediept over de makkelijke verkrijgbaarheid van dodelijke medicijnen in Zwitserland.

'Ik kan je ook naar de IJssel rijden en van de brug kieperen.'

'Dan zwem ik naar de wal.'

'Waarom?' (De belangrijkste klinische vraag.) Ik pakte pen en schrijfblok.

'Weet ik niet.'

'Omdat je nog niet dood wil.' (Ik stuurde.)

'Dat zeg jij.'

Ik schoof de knipsels terug naar haar kant.

Ze beet op haar lip en keek me kwaad aan.

'Vensterbank,' zei ik, 'of kijk naar de lucht, laat je niet afleiden.'

Stilte. Een halve zin. Het lukte niet.

Ik boog meelevend voorover, een en al oor. Maar er kwam niks. Ik probeerde haar te helpen, som de wat levensfeiten op: huwelijk, geboorte, verhuizing.

Ze dacht na. 'Allemaal op de 27ste.' Weer stilte.

'De 27ste,' viste ik.

'Op de 27ste geïnterneerd' (de dag van haar mans verjaardag). 'Getrouwd op de 27ste, de meisjes alle drie geboren op een 27ste, en getrouwd, de grote boerderij verkocht op een 27ste. Zelfs je vader koos voor een 27ste toen hij zich aan zijn hart liet opereren. Wij respecteren de 27. Alleen jij niet.'

Ik maakte zwijgend notities.

'Negen is het getal van de eindige cyclus en een nieuw begin. Wedergeboorte. We zijn niet voor niets negen maanden zwanger.'

Ik legde mijn pen erbij neer.

'Jana is op een 27ste gestorven, ze heeft haar leven gerekt tot die dag.'

Jana, mijn oudste zuster. Nu zag ook ik haar in de geraniums opdoemen.

'Hoe vaak denk je nog aan haar?'

'Zelden of nooit. Is dat erg?'

'Vind jij het erg?' (De jij-bak, ook een psychiatertruc.) 'Twee dochters verliezen is oneerlijk.'

'Het moest zo zijn, karma.'

'En dat is het?'

'Ja, lijkt me genoeg.'

'Hou je eigenlijk van je kinderen?'

'Welke?'

Het raam stond open, we luisterden naar de wind in de bomen. Een grijs licht vulde de kamer.

'Vraag dan,' zei ze zacht.

Ik durfde niet.

22

De verstikking sloeg toe. Haar stem, haar dwaalverhalen over wonderlijke reizen, leugens vermoedelijk, want ik moest het niet wagen er een atlas bij te halen, of naar een plaats of datum te vragen. Op den duur kon ik er niet meer tegen. Ik haatte de rituelen waartoe ze me gedwongen had: de afstandelijke begroeting – meer buiging dan zoen. Het tonen van het zoete offer – de doosjes amandelkrullen en bonbons ('zet daar maar neer'). Het drinken van de eeuwig lauwe thee, en dat alles aan een overvolle tafel met een kleverig kleed, waar ik met moeite een leeg puntje van mocht innemen.

Haar flat onttakelde waar ik bij zat: de ene week was er een schilderij van de muur gehaald en aan een schimmige controleur van het gas en licht meegegeven ('hij vond het landschap zo mooi'), de andere week gaapten er gaten in de kast en had ze de helft van haar boeken weggedaan, zonder te vragen of er nog iets van mijn gading was. Ook liet ze me wekelijks boodschappen doen zonder zelfs maar naar haar portemonnee te grijpen. Ze had haar eigen berekening: 'Ik heb destijds je studie betaald, nu ben jij aan de beurt.' En dan haar valse streken: 'Dit mag je niet laten merken hoor, maar Saskia heeft het niet breed. Ik wil met haar verjaardag een envelopje sturen, misschien kan jij er ook wat bij doen.' Maar toen ik mijn halfzus feliciteerde (op een 27ste) en voorzichtig naar het 'envelopje' informeerde, kon ze alleen de ontvangst van een onleesbaar felicitatiekaartje bevestigen.

Het excuus van mijn moeder: Het is verstuurd, heus waar. Tja, die Italiaanse posterijen.

Ik besloot er niet op terug te komen. De beurs, de aandelen. Laat haar maar kletsen, vroeg of laat loopt ze in haar eigen val. Ze liet al meer licht toe, de kier werd al groter, maar het staal vroeg om buskruit. Wat hield ze in het duister? Wat gooide ze weg? En waarom? Nog voor ze het vuur in ging moest ik haar geheimen ontrafelen. Misschien deed ik het allemaal verkeerd.

23

De geraniums bedekten het halve raam, buiten op het balkon stonden bakken met lichtblauwe hortensia's. Een drupje eigen plas verjoeg schimmel en spint, Mozart hielp bij het groeien, en praten, je moest een plant opjuinen, alleen zo ontwikkelde je een band. De gemeenschappelijke tuin onder haar balkon beschouwde ze ook als behorend tot haar terrein. Ze had jaren in de groencommissie gezeten en gaf van achter de bloembakken luid commentaar op het snoeibeleid. Ze praatte ook met de bomen, voor het raam, of op het balkon – steunend op haar stok, of hangend in haar rollator. Als ze wist dat ik naar haar keek, rechtte ze haar rug. Soms boog ze voorover en luisterde naar een bloem: 'Ja, ik zie het, je stammetje heeft het zwaar.' Aan mij de opdracht een gelatinepapje te maken om de scheur in een duimdikke geranium te verbinden. Onder het dokteren mijmerde ze vrolijk door over wat we net samen hadden besproken, of vermeden. Ik schreef een paar van die vensterbankmonologen op. Korte en langere.

'Taaiheid is de ware kracht. Een plant verzet zich niet maar buigt mee, in de winter beschermt hij zijn groei in de krimp. Je kunt beter stil lijden en je tijd uitzitten. Wie zich niet aanpast gaat eraan. Een groep laat zich leiden door instinct, daar valt niet mee te redeneren. Je moet intelligent genoeg zijn om het in te zien, maar er niet tegen in opstand komen. Ik heb heel veel eigenwijze vrouwen kapot zien gaan.'

En dan zomaar – uit een andere blauwte geplukt: 'Vijfhonderd vrouwen, vijfhonderd... en nooit alleen. Als ik van één ding heb leren houden is het wel van mijn eenzaamheid.'

Of:
    'Na de oorlog zag ik een groepje jonge Indonesiërs in de Hollandse wijk al onze tuinen met stokken te lijf gaan. De gazons werden opengereten, perken, heesters – alles moest kapot. De hibiscus bloedde op de stoep, vertrapt tot sap. Je vraagt je af waarom ik zoiets heb onthouden. Ze waren tegen onze ordening... tegen onze netheid. Ze wilden het oorspronkelijke landschap herstellen, hè. De wildernis. Dat moet het geweest zijn.'

En:
    'Toen ik in het zendingshospitaal van een malaria-aanval herstelde, nam een van de zusters me mee op een ronde door de zaal waar de inlandse vrouwen werden verpleegd. Er was net een vrouw door haar familie binnengebracht, uitgeput van de malaria en hoogzwanger. Al bij het opnemen van de temperatuur begonnen de weeën. Ik trok me terug. Twee uur later werd het kind geboren. Te vroeg, maar beiden maakten het goed. De volgende morgen vroeg ik hoe het met hen ging. De vrouw

was die nacht gestorven. Ik schrok en moest huilen. Waarom? Ik kende die vrouw helemaal niet. Een totale vreemde en toch was ik dagen van slag.'

Ook als ik wat vroeg, bleef het een monoloog. Zoals in de week dat haar kleinzoon in Canada was gestorven – tweeenveertig jaar, hartaanval. Ze wilde er weinig over kwijt. Na het overlijden van haar oudste dochter was Canada uit zicht geraakt. Had ze wat laten horen?
Ze haalde haar schouders op.
'Maar je hield toch van hem?'
Haar hoofd schudde nee. (En duldde geen tegenspraak.) Ze deed een stap achteruit en stootte tegen het bijzettafeltje met vergeelde familieportretten: vader, mannen, dochters...
'En al die ingelijste doden?'
Geen antwoord.
'Waarom heb je eigenlijk nergens een foto van je moeder?' De vraag drong niet tot haar door, en ik moest hem herhalen.
'Ik was drie toen ze stierf, dus daar heb ik geen herinneringen aan.'
'Maar dan kan je d'r nog wel missen.'
'Nee, je kan je hooguit afvragen waarom ze zo kort bij ons was, maar dat is karma... hogere algebra.'
Ik gaf het op. Haar koelheid leek wel spel. Ze haalde haar schouders op voor mijn ergernis. 'Als de doden me nodig hebben, weten ze me te vinden.' Tegen zoveel ijs was ik niet opgewassen, ik had haar het liefst met rollator en al door de kamer gemept, maar ze was al weer in gesprek met haar geraniums.

'In ons eerste doorgangskamp zaten ook gewone misdadigers. Ik lag met de meisjes op onze matjes en maakte me zorgen over mijn celgenoot die door de jap was opgehaald voor een verhoor. Ze bleef lang weg. 's Nachts hoorde ik klopsignalen naast ons – dat was zij, bleek later. Ze was per vergissing naar de verkeerde cel teruggebracht en zat ineens opgesloten met een inlandse vrouw die haar man had vermoord. De volgende morgen werd de vergissing ingezien. Ze vertelde dat die moordenares de hele avond haar sarong in reepjes zat te scheuren. Ze wilde zich verhangen. "Moet je dat niet melden?" vroeg ik. "Nee," zei ze, "iedereen heeft recht op zijn eigen dood."
    We leunden die snikhete dag met onze rug tegen de koele muur. Luisterend naar verre stemmen, voor het slapen hoorden we een slepend geluid, gekras tegen het steen. Bij het eerste licht werd haar lijk langs onze tralies weggedragen.'

Mijn moeder sprak tegen planten, haar beste luisteraars, toch leek het of ze ook mij met deze verhaaltjes iets wilde zeggen. Ik vroeg het haar. 'Nee hoor, het komt zomaar bij me op.'
    'Je hangt de stoere madam uit. Je verbergt iets.'
    'Ik, hoe kom je daarbij?'
    Ze keek naar buiten, groeide in het tegenlicht – een ongenaakbare schaduw voor het raam. Haar stem klonk vertrouwd, maar die toon? Zonder enige emotie. Toch schreef ik alles op. Net zo kil.

Ze porde in de bloembak en rook aan de aarde: 'Banda was heel vruchtbaar. 's Morgens bleef de vulkaan in de mist verborgen en als de zon doorbrak sijpelde het van de bomen. Justs voorouders kwamen daar vandaan, maar we vonden het er dodelijk saai. Hollandse bungalows en niemand op straat. De lucht bewoog er niet, al rook je de nootmuskaat die overal te drogen lag. Je kon niets anders doen dan stilzitten of liggen onder een klamboe en wachten op de koelte van de avond. Een jaar of dertig geleden ben ik er nog eens teruggekeerd en heb ik bij het Portugese fort een wilde vijg opgeraapt. Hij is nooit opgekomen.'

'Er groeiden ook bananenbomen. De Japanners leerden onthoofden op bananenstammen, die zijn net zo dik als een mensennek. Ze besprenkelden hun zwaard met water en prevelden wat. Een haiku. En tjop. Met een ingehouden schreeuw. Ik heb het ze vaak zien doen, het had iets godsdienstigs.'

'Just en ik reden door de rimboe en ineens zagen we een aapje midden op de weg lopen. We stopten. Het was een jong aapje, heel speels, het danste voor ons uit, toen het zich omdraaide keek ik in een ouwelijk gezicht, met een wit baardje. Ik moest ineens aan mijn vader denken, die na de dood van mijn moeder een tijd zijn baard had laten staan – zo jong en al helemaal grijs. Ik had het nog maar net gezegd of Just pakte zijn geweer en legde aan.
  Er zit maar weinig vlees aan zo'n aapje.'

24

We dronken thee. Het praten had mijn moeder zichtbaar vermoeid. Haar handen roken naar gekneusd geraniumblad... een geur van citroen hing tussen ons in... ik wilde haar troosten, tegen beter weten in – hoe kil ook, ze had me ontroerd, zo eenzaam in gesprek met zichzelf. Ook haar hardheid raakte me – wat een overlever was het toch. Maar al bij de eerste aanraking trok ze haar handen terug onder tafel.

Haar associaties waren besmettelijk. (Herinneren doe je zonder na te denken, het is een instinct, schreef Marcel Proust in *Contre Sainte-Beuve*.) Het spel van haar handen voor het raam, het hoog naar de bloemen reiken, haar vingers in het tegenlicht – het was een taal die ik van vroeger kende, uitgesproken voor een ander raam, in een ander theater.

Ik lag in de glazen isoleerkamer van het ziekenhuis – onaanraakbaar voor bezoek. Door een virus kon ik mijn armen en benen niet meer bewegen, het leek op kinderverlamming. De dokters deden nog onderzoek. Het glas was te dik om woorden door te laten en mijn moeder sprak in gebaren. Ik las haar handen, de plooitjes achter glas, de zorgelijke vouwen om haar duim. Haar duimen en wijsvingers maakten een hart. Geen ik hou van jou. Mijn vader had de dag daarvoor als een der eerste Nederlanders een openhartoperatie ondergaan. Hij lag in Leiden en ik in Alkmaar, mijn moeder reisde tussen twee ziekenhuisbedden. Het was een wonder hoeveel handen konden vertellen.

Het beeld verschoof. Ik zag haar handen een waslap in een kom uitwringen. Ik rook mijn zieke vader, een herinnering gevangen in lauw zeepwater. Een geur die ik in een zomer van mijn herinnering had opgeslagen. Mijn verstand had daar niets over te zeggen.

Mijn moeder sliep op een stretcher in de gang naast zijn kamer, om de paar uur vulde zij een kom water om de koorts met zeep weg te wassen. Op een nacht schreeuwde hij ons allemaal wakker. De kraan liep, de waskom kraste op het zinken aanrecht en ik sloop naar de keuken. Mijn moeder zat op een kruk een brief te lezen, haar lippen bewogen. Ik kon het niet verstaan, maar het klonk als bidden. Ik schoof de ketel van de kookplaat en stak mijn vinger in de stoom. Ook dat herinnerde ik me ineens, die blaar. Mijn moeder keek niet op of om, haar blik bleef hangen boven die brief. Ze merkte niet hoe ik mijn vinger onder de koude kraan bluste, ze zag de pijn in mijn ogen niet. Kijk me aan, trap je sloffen uit, doe je schoenen aan en dans met mij, zoals ik je om het ziekbed van mijn vader heb zien dansen.

Alleen zijn is een voorwaarde om te herinneren, schrijft Proust. Wel, dan had ik een goede leerschool, want ik was alleen in dat grote repatriantenhuis vol tropenmensen tussen wie ik opgroeide – vier op drift geraakte families die een nieuw leven waren begonnen. Ik was het sproetenkind dat nooit onder hun palmen had gelopen en zoog hun verhalen op. Vooral die van mijn vader. Zijn oorlog maakte een schim van mijn moeder, ze sidderde voor zijn woedeaanvallen, maar zijn kwaal mocht geen naam hebben. Krankzinnig was een woord dat bij gesticht hoorde, bij dwangbuis. Wij dienden de zieke te ontzien en liepen in huis op sokken. Gooi stro op de weg en demp de hoeven van de reddingspaarden. Fluister en zeg niks tegen de buren. Mijn geheugen had mijn zorgende moeder weggewerkt, maar nu liet ik haar weer toe en zag ik haar helder: een bange vrouw in de schaduw van haar tierende man.

Ze ruimde de tafel op, in een ander licht, op een andere plaats. Ik zette de kopjes klaar, de kamer rook naar appeltaart, het was een bijzondere dag, we zouden thuis seance houden en ik mocht assisteren. Eigenlijk had ik naar school gemoeten, maar na een geelzucht waren mijn rapporten zo slecht dat het weinig zin had me nog verder in te spannen – ik zou toch blijven zitten. In haar brieven naar de rector dikte ze mijn kwalen flink aan. Als het om liegen ging had ik een bondgenoot.

Het was de eerste keer dat we in het nieuwe huis ontvingen. Zes dames schoven aan, verse kennissen, ontmoet in occulte kringen van het Gooi – rozenkruisers, theosofen –, er zat ook een handoplegster bij, een Indische die haar vingers naar achteren kon laten knakken. Volgens mijn moeder heette ze zeer ontvankelijk te zijn.

Het ouijabord lag klaar en mijn moeder poetste de tumbler op, het limonadeglas dat straks door een onzichtbare kracht zou worden beroerd. Alles wat het contact met het hiernamaals in de weg kon staan, was ontkoppeld of de kamer uit gedragen. De televisie, de radio, de klok, de telefoon – geesten dulden geen concurrerende straling en mechanische geluiden.

Ik nam de jassen aan en liet mijn nieuwe zwarte blazer bewonderen. De dames waren opgewonden. Het was mijn taak thee te schenken. Armbanden, kettingen en kopjes kletterden. Mijn moeders konen gloeiden. We hadden afgesproken dat ik bij de eerste geest stil naar boven zou gaan, mijn aanwezigheid mocht niemand in verlegenheid brengen, de kans was groot dat er geheimen over tafel vlogen. Iedereen had een foto van een overledene meegenomen, of een brief of sieraad – materie kon helpen het contact te versterken. Mevrouw de la B. legde de zegelring van haar tijdens een jacht overleden *daddy* op tafel. Tegen zoveel adel kon niemand op. En de weduwe van V. tot V. liet haar trouwfoto rondgaan, haar echtgenoot was tijdens de huwelijksreis naar New York overboord geslagen. Of gestapt, dat wou ze nu eindelijk wel eens van hem weten. Mevrouw O., een Russische refugiee, die tot afgrijzen van mijn moeder rookte en wodka dronk (ze had een fles als geschenk meegenomen), haalde een medaillon uit haar tas – er zat een haarlok van haar moeder in. Ze wapperde met haar handen om de gesteldheid van de ether te verkennen en voorspelde een 'puike ontvangst'. Haar moeder kon elk ogenblik doorkomen. Maar zo waren de regels niet: een goede seance begon met stilte, een geconcentreerd zwijgen met gesloten ogen en gestrekte handen, waarbij ieder een overledene in gedachte nam, tot een van de opgeroepen geesten een hand beroerde en die naar de omgekeerde tumbler liet reiken, het glas zou dan als vanzelf over het bord van letter naar letter schuiven, tot zich woorden vormden, en mogelijk zinnen, met een bericht uit de andere wereld. De geest zocht het medium, niet andersom.

Mijn moeder was ervan overtuigd dat de Indische handoplegster zou worden uitverkoren, maar het lot bepaalde anders. Onder het eerste kopje thee ging ze er nog prat op een nuchtere boerendochter te zijn, met beide benen op de grond, misschien ook om tegengas te geven aan zoveel Gooise kak aan haar tafel, maar nog geen kwartier later, toen de thee was afgeruimd en de kring met gestrekte armen om het letterbord zat, pink tegen pink, wachtend op de aanraking, begon zij als een van de eersten op haar stoel te wippen, niet alleen haar handen trilden boven de tumbler, haar hele lichaam stond onder stroom. Haar ogen rolden wit, ze rochelde. Hoewel ik me volgens afspraak uit de voeten moest maken, bleef ik verstijfd naast het dressoir staan.

De tumbler schoot van letter naar letter, de handoplegster, die verbouwereerd haar stoel naar achteren schoof, notuleerde, maar kon mijn moeder nauwelijks bijhouden. Onverstaanbare woorden kwamen door. Niemand die er iets van begreep. De woorden kregen ook een stem – tegen alle regels in. Een vreemde taal was in haar strot gekropen, een mannenstem. *Mōshiwake gozaimasen! Tennōheika no meirei deshita! Mōshiwake gozaimasen!* De stem zong en snauwde tegelijk. Mijn moeder boog vooruit tot haar voorhoofd de tafel raakte. De dames hesen haar op. Maar ze sloeg ze van zich af. De Russin peuterde de banderol van de dop van de wodkafles. Ik sloop beschaamd weg.

De vreemde stem vulde de gang, de trap, mijn kamer, tot een hoge gil hem overtrof. Ik werd naar beneden geroepen. Mijn moeder lag half onder tafel, ze was in trance van haar stoel gegleden. De handoplegster zat geknield naast haar en jammerde met haar mee. De stem had Japans gesproken.

Ik huiverde bij de herinnering, niet om het hysterisch theater van vrouwen met geleende trauma's en te veel vrije tijd, maar van mijzelf, want de toverkol die zo broos naast me zat, had ook mij aangetast. De keer dat ik een huis had gekocht, met een rietdak en een grindpad (strevend naar aanzien), en haar vertelde dat de vorige eigenaar zich in de badkamer had verhangen, beval ze me onmiddellijk met een kaars om het huis te lopen om de vloek van de dode te breken. En ik deed het verdomme. En nog keer ik onheil met door haar aangeleerde handelingen. Ik klets zelfs met mijn planten.

En toch: ze was niet dom en zweefde met een helder verstand. De wetenschapspagina werd wekelijks gelezen, vooral om het er niet mee eens te zijn. Allemaal heel leuk die nieuwe uitvindingen en het zoeken naar een antwoord in het zwarte gat, maar die journalisten vergaten één ding: wetenschap is een illusie – een van haar vele dooddoeners. Onze zintuigen zijn te beperkt, evenals de meetinstrumenten die daar een technisch verlengde van zijn. Vanzelfsprekend is er buitenaards leven, maar het heeft geen zin met radiotelescopen naar geklop in het heelal te luisteren, er bestaan vormen van communicatie waar niemand nog weet van heeft.

Ze had graag een ruimtereis gemaakt en fantaseerde erover hoe zíj het zou aanpakken. Een paar jaar geleden las ze me nog een brief voor die ze aan Richard Branson wilde versturen – de Britse multimiljonair die het plan lanceerde ruimtereizen te commercialiseren.

'Dear Mr. Branson... heeft u wel eens overwogen doden het heelal in te sturen? Lijkt het u geen goed idee voor uw ruimtemissies? Stuur zo veel mogelijk kadavers buiten de dampkring, laat ze rondzeilen in het heelal en ergens aanspoelen in uitdijende sterrenzeeën. Kunnen wij mensen een betere boodschap naar buitenaardse wezens of organismen sturen dan ons lichaam? Ze zullen ons ontleden zoals wij de coelacanth ontleedden. Zo hebben we nog nut en wie weet wat ervan komt. Ik denk dat miljoenen voor dit zwevend graf zullen kiezen, wie wil na zijn dood niet een schakel zijn tussen aarde en buitenaarde. Wat vindt u van mijn plan?
PS Het hoeft u niet veel te kosten, stop ons maar in het vrachtruim.'

Inzichten moest je delen.

Ze dommelde weg achter de hoge tafel, er gleed een strook zonlicht over haar gezicht. Ik schrok van haar dunne grijze haar, van de schilfers op haar kalende kruin en al starend naar dat verval, zag ik haar jonger, borstelend, borstelend...

Ik kwam net van school en vluchtte naar mijn kamer, mijn moeder zat boven voor de kaptafel, haar deur stond open, onze blikken vingen elkaar en ze riep me binnen, zacht en onverwacht aardig, en ze vroeg me wat ik die dag had geleerd. De golfstromen, zei ik. Ah, die kende ze, de koude en warme, beide had ze bevaren en ze vertelde me over pinguïns aan de Kaap en dat er palmen in het zuiden van Ierland groeiden. Ik somde de oceanen op en zij de zeeën die oceanen vormden en de eilanden, haar eilanden. We liepen naar mijn kamer om ze op mijn globe aan te wijzen, een waarop de koloniën nog hun oude namen droegen. Haar nagels tikten op Borneo, Celebes, de Vogelkop. Een haar dwarrelde van haar schouder, ze plukte hem, trok hem strak en spande hem over de globe, van haar polder tot verder de wereld in, maar hij haalde nauwelijks de noordpoolcirkel, Oeral of Sahara, streken waar ze een tong naar uitstak. Daarna trok ze zonder een krimp te geven een langere haar uit, een die met gemak met de evenaar kon concurreren. Het zwart kronkelde over de zeeën. Ze draaide zich koket naar de spiegel, stak drie schuifjes in haar mond en borstelde zich lachend een mooie Grace Kellywrong.

We liepen door een statige laan, mijn moeder voorop, in een donkere jas, en ik bewonderde het nest in haar nek. Ze had een benen vogel in haar wrong gestoken. We gingen op erfenisbezoek. Ik zou de Franse tantes ontmoeten – bulkend van bezit. Hun enige nicht kwam mij tonen: de bastaard, het per ongeluk geboren kind. Ik moest mij goed gedragen, onze toekomst stond op het spel. Hun geld zou ons bevrijden van zuinigheid en oorlogsangst. Speciaal voor het bezoek droeg ik een grijsfluwelen lange broek met omslag. Hij jeukte van de nieuwigheid.

Tante Elise en tante Desiree koesterden hun afkomst, generaties geleden waren hun voorvaderen voor de roomsen uit het zuiden van Frankrijk naar het noorden gevlucht. *Vaudois* noemden ze zich, maar wij zeiden thuis gewoon waldenzen. De tantes hingen nog altijd aan een familiewapen uit die tijd, al hadden ze zich vermengd met Brabantse boeren en deelden we dezelfde achternaam. Vroom zijn was hun hobby en ik zat nog niet of de tantes lazen me de les. Of ik wel wist hoe de Vaudois geleden hadden? Opgejaagd waren ze, door de inquisitie vervolgd om hun sober geloof. Waar ze in Frankrijk ook heen vluchtten, tot aan de Alpengrotten toe, keer op keer werden hun kale kerken verbrand en hun nederzettingen vernietigd. Vrouwen hadden moeten toezien hoe de roomsen hun baby's tegen de rotsen smakten, jonge zonen werden in stukken gesneden en hun lichaamsdelen in de velden omgeploegd en de mannen de hersens uitgesneden. De roomsen kookten die en aten ze op.

De tantes lieten me een oude Franse bijbel zien, met roestig bloed op de band. Ik kneep van angst in de tafelrand, mijn moeder keek naar buiten en begon over het weer.

'Wij zijn de joden onder de christenen,' zei tante Desiree.

En ik mocht daarbij horen?

Het zwart van hun jurken glom als een pantser, hun grauwe haar zat in een knoet gebonden, zo strak dat hun slapen ervan klopten, met sporen van de kam als een ploegschaar in een herfstakker. Hun neuzen waren hoekige bijlen, hun ogen diepdonkerbruin. Ik bekeek die koppen met open mond. Zo grimmig van geloof en met diepe gleuven in de kin.

Ook mijn moeder had zo'n gleuf, al noemde ze het een kuiltje en een der zeven schoonheden. Ik tastte m'n kin af om te voelen hoe diep mijn kuiltje was. Toen de tantes even niet opletten, liet ik me van mijn stoel glijden om de gang op te sluipen, waar ik bij binnenkomst een rij portretten had zien hangen. Lang stond ik naar die kinnen te staren, in die hoge gang met tikkende klokken. Het verleden hing daar in vergulde lijsten... Opkijkend naar die flinke Vaudois zag ik in een hoek een vrouw als mijn moeder zitten, met een bijbel in haar geaderde handen, toegeknoopt in een dwangbuis van zwart. Een deur achter mij ging open, een emmer zonlicht sloeg tegen de muur en waste alle smoelen in het licht. Raak.

Ik draaide mij om en zag mijn moeder in een andere lijst, een vertrouwd silhouet in de deuropening. Ze stak haar armen omhoog. In wanhoop. Een toekomst om voor weg te rennen.

Het geheugen als schakelkast, van donker naar licht, van verleden naar heden. Ik kneep mijn ogen dicht, om ons nog een keer terug te zien op die verstikkende dag bij de Franse tantes.

Na het middagmaal – een bord met bloedende rosbief die ik niet naar binnen kreeg – reed een zwarte auto voor, een knecht met pet bracht ons naar een dorp verderop waar de laatste Vaudois begraven lagen, binnen in een kerk, onder uitgeslepen zerken. We liepen over eeuwen geloof. Ik zag mijn eigen naam en wilde het mijn moeder wijzen, maar ze was naar buiten gelopen. Ik trof haar in de schaduw van de toren, op het bolle gras waar nog meer graven lagen. Ze keek omhoog, naar de wolkenslierten die zich verdunden in de wind, aan de voet van een steen waarin de naam van een jong gestorven vrouw gebeiteld stond, ook een Van Dis – voor de helft. Ik zocht haar hand en vond een vuist in een jaszak.

Stil zaten we aan tafel, misschien hadden we wel een uur niks gezegd en toch leek het of we hadden gepraat, alsof we in ons doffe staren gedachten hadden uitgewisseld. De communicatie van de toekomst.

De tafellade kraste open, een wit kartonnen doosje werd me voorgehouden, de naam van de juwelier stond blauw op het deksel. 'Je babyborstel.' Ze haalde een zilveren borstel uit de watten en liet haar hand over de haartjes gaan. 'Geschenk van je grootvader, daar temde ik je krullen mee.'

Ik rook eraan. De baby die ik gehoopt had op te snuiven rook naar uitgeslagen zilver.

'Voor je eerste kind... dat was de bedoeling.'

O nee, niet weer. Ik zou geen kind mijzelf durven aandoen. Knoop in de zaadleider en hek dicht, na mij kwam er geen gek meer door. Mijn moeder had mijn besluit beledigend gevonden. 'Onze tak mag niet afsterven.'

Ik ging achter haar stoel staan en zag haar krimpen. Hoofd in de schouders. Bang. Haar kruin schilferde. Ik aarzelde om haar aan te raken: ik vervrouwde me... en babyborstelde haar dunne haar. Ze rilde. Aai poes, aai poes. Ze glimlachte gelukzalig.

25

Haar benen deden pijn. Ik maakte haar schoenen los, stroopte haar steunkousen af en inspecteerde de staat van tenen en nagels: verkalkt en ingegroeid. 'Dit kan zo niet langer,' zei ik.
 Ze keek naar haar blote voeten. 'Ze zijn uitgelopen.'
 'Pijn lijden hoeft niet. Neem dan een paracetamol.'
 'Wil ik niet.'
 Op weg naar de uitgang liep ik even langs de directrice. 'Uw moeder weigert verzorging,' zei ze. 'Ze heeft onlangs mijn assistente met haar schoen de deur uit gejaagd. Het is een boze vrouw.'

26

Voor ik het rusthuis bezocht, reed ik altijd even langs Huize van Laack om de door mijn moeder gewenste koekjes en bonbons te halen. Ze stond op Huize van Laack. Een enge winkel waar de geuren van ambacht en oven achter antiseptische schuifdeuren verborgen bleven, het interieur had de warmte van een rouwkamer: zwart marmeren vloeren, zwarte toonbanken, zwarte vitrines en pinguïnpersoneel (in zwart-wit met schort). Nergens een kruimel of vlek. De vruchtentaarten bibberden achter glas en de amandelkrullen golfden in een schuifla. Bonbons werden met rubberhandschoenen in een zwart doosje gevlijd. Ik kocht er voor honderd euro per keer, goed voor twee zwart kartonnen tasjes met lint – te tillen aan één pink.

Eerst dacht ik nog: Ze wil er indruk mee maken op haar gasten, daarom laat ze het zwarte doosje (met kroon en wapen) zo lang op tafel staan. Maar ze ontving nauwelijks nog. Ze at alles zelf op, al zag ik haar wel een keer amandelkrul aan de mussen voeren.

Merkwaardig hoe mijn moeder ook op dit punt van smaak veranderde: voor haar verhuizing naar het rusthuis ging ze met opgeheven hoofd aan taartwinkels voorbij: zíj bakte onbespoten, met roestig spelt (een herboren graan opgeveegd uit de piramides van de farao's) en goudrenet van eigen oogst, ze doopte aardbeien in gesmolten reformhuischocolade – maar sinds ze geen eigen tuin en oven meer had, was ze overgeleverd aan de koekenbakkers.

Ik, haar boodschappenjongen op afroep, bracht uitkomst. Uit wraak eiste ze het allerbeste, in ieder geval het allerduurste: de vederlichte koninklijke lekkernijen van Huize van Laack. (Dat Huize moest er altijd bij.) Als bewijs van mijn liefde voor haar, of beter: als bewijs van mijn onderdanigheid. Ontelbare keren heb ik de doosjes voor haar uitgestald, zonder dat ze ook maar glimlachte, zonder ook maar een vonkje plezier in haar ogen. 'Zet daar maar neer.' Het stak, toch bleef ik kopen, tegen beter weten in. De dood kon ik haar niet leveren, dan maar zachte truffels.

'Je bent gek dat je die idioot dure dingen koopt,' zei mijn vriendin. De weinige keren dat ze meeging naar het rusthuis wond ze zich op over de koele ontvangst van mijn offerandes.

Die twee lagen elkaar niet. Na de zoveelste stroeve ontmoeting vroeg ik mijn moeder: 'Wat vind je eigenlijk van haar?' Misprijzende stilte... 'Ik heb niks aan d'r.'

'Koop toch gewoon koekjes bij Albert Heijn,' zei mijn vriendin.

De keer daarop nam ik een paar voordeelzakken allerhande mee en rollen volkoren biscuits, houdbaar tot de Derde Wereldoorlog. 'Kijk eens wat een verrassing?' Ik stalde de koeken triomfantelijk uit.

Mijn moeder keek verstoord op uit een boek: 'Die wil ik niet.'

'Volkoren, biologisch geteeld.' Ik loog en liet me niet kleineren.

'Ik eet geen fabrieksspul.'

En toen brak er iets. Met een armzwaai veegde ik de zakken en rollen van tafel en zette mijn voet erop. Vijfenzestig jaar oude zoon stampt koekjes tot gort. Mijn vriendin probeerde nog een rol biscuit te redden, maar ik duwde haar opzij. Pulver maakte ik ervan, buskruit – tot in de naden van de oude pers. Mijn moeder bevroor. Mijn vriendin troostte haar, veegde opgespatte kruimels van haar schoot, schikte het rillend kussen op haar buik... en mijn moeder leunde op haar schouder. Dat maakte me nog kwaaier. Mijn drift bracht die twee tot elkaar. Ik pakte de stofzuiger. 'Vergeet de plint niet, en daar onder tafel.' Ik ramde de verf eraf. Mijn vriendin werd omhelsd. Kijk, daar had ze wat aan.

27

De belastingconsulent was dwars gaan liggen: hij miste zeker een halfjaar aan bankafschriften. Als ik zijn brief niet verfrommeld op tafel had gevonden, zogenaamd toevallig precies daar waar ik zat, zou ik er niet eens achter zijn gekomen. Hij eiste totale inzage, anders stuurde hij de belastingaangifte oningevuld terug. Mokkend gaf mijn moeder me toegang tot haar secretaire en terwijl ik me over een berg ongeopende enveloppen boog, schuifelde ze naar het balkon om de luis in de bloembak te bestrijden.

Chaos trof ik aan, onbetaalde rekeningen, herinneringen van het postorderbedrijf, gemeentelijke belastingaanslagen en drukwerk over internetbankieren, maar geen enkel afschrift. Ook van haar aandelenportefeuille geen spoor. Wel vond ik horoscopen van Shell en Unilever, met notities in haar handschrift. (Plaats, oprichtingsjaar en -dag, ascendant, om het wel en wee van een bedrijf in de sterren te lezen.) Ze had altijd met haar kapitaal gewicheld, maar wat was er nog van over? Waar leefde ze eigenlijk van? De kosten van het rusthuis overtroffen al jaren haar pensioen. Iets dat ik nog maar net wist, de directrice had me aangesproken op een huurachterstand.

Mijn moeder reageerde gestoken toen ik ernaar informeerde. Ze begon nerveus haar boeken te ordenen en bracht haar jade kom met halfedelstenen in stelling. Bespioneerde ik haar? Wat bekokstoofde ik achter haar rug? De achterstand was al aangevuld. (Al kon ze er nergens een afschrift van vinden.) Ze verbood me met de bank te bellen. 'Wat moeten ze daar wel niet van me denken, dat ik dement ben of zo.' Mijn bemoeizucht ervoer ze als beledigend. 'Ik heb altijd voor mijn eigen geldzaken gezorgd.' Ze klapte boos haar secretaire dicht. Bij een tweede poging tot controle was de klep ineens op slot. Sleutel kwijt.

Ze speelde verstoppertje met me. Ik wilde weten of ze een nieuw overschrijvingsboekje had ontvangen. Ja, maar dat kon ze niet vinden, het ene moment zat het in haar tas, maar na lang graven toch weer niet. Mocht ik...? Nee, zelfs wijzen naar haar tas was verboden. Kon ik dan misschien in de tafellade kijken, daar bewaarde ze toch ook van alles? Nee, de sleutel was even weg. Even. Ze was drie sleutels tegelijk kwijt.

Ik probeerde rustig te blijven, slikte zelfs een zenuwpil om mijn ergernis te dempen. 'Niks voor jou,' zei ik met ingehouden drift, 'je hebt altijd als een kloek over je sleutels gewaakt. Kan je nog wel in de reiskist?' Het kreng stond tegenwoordig op haar slaapkamer en diende als nachtkastje. De zilveren ketting met de sleutel droeg ze al jaren niet meer.

'Daar blijf je helemaal met je tengels af.'

Een mens had recht op geheimen. Ze schold op de bank, de regering, de controlestaat waarin we leefden. Iedereen wist alles van je. Iedereen bemoeide zich met iedereen. Voor alles een formulier en een afschrift. Zelfs voor de dood. 'Het blijft toch eeuwig jammer dat ik mijn geweer op Sumatra heb achtergelaten. Wham, door mijn keel, en dan mag jij de smurrie opruimen.'

'Je wordt steeds kwaadaardiger.'

'Dat is de ouderdom,' zei ze sarcastisch, 'je karakter slijt niet als je ouder wordt, het kookt in, de kern komt boven. We worden allemaal een bouillonblokje van onze eigen soep.'

28

Ik belde voor het avondeten. Haar stem klonk schor.
 'Nog iemand gesproken vandaag?'
 'Nee, jij bent de eerste.' Haar balkondeur stond open, ik hoorde vogeltjes fluiten.
 'Is er dan niemand langsgekomen?'
 'Ik doe niet open.'
 'Maar de directrice heeft toch een sleutel.'
 'De voordeur zit op de knip.'
 'Dat klinkt niet goed, zo vereenzaam je.'
 'Eenzaam, ik? Nou moet je niet overdrijven, zoveel geef ik ook weer niet om mensen.'

Samen aan de leestafel. De telefoon gaat. Ze neemt op, zonder haar naam te noemen: 'Nee hoor, mevrouw is er niet. Nee, ik ben haar vriendin. Kan ik de boodschap doorgeven?' Ze knikt ja, maar steekt haar tong uit en legt neer.
 'Wie was dat?' vraag ik.
 'O, de bank. Die lui willen je van alles aansmeren tegenwoordig.'

Nogmaals de telefoon. Ditmaal neemt ze op met een gemaakt deftige stem: 'Ja, met het huis van... Ogenblikje, ik zal haar even vragen.' Ze houdt haar hand op de hoorn, wacht... 'Nee, het schikt mevrouw niet, komende weken ziet ze echt geen kans.'

Ze giechelt als een stout meisje. 'De leesclub, daar heb ik geen zin meer in.'

De directrice belt. 'Nee, ik heb morgen geen tijd. Bezoek, ja. Ja, er wordt goed voor me gezorgd... Te goed... ha, ha.'

'Krijg je morgen bezoek?'

'Welnee, maar ik heb geen zin in dat mens. Ik speel een volle agenda.'

Zorgelijk telefoontje van de directrice: 'Het gaat niet goed met uw moeder. Ze blaft tegen het personeel en maakt met iedereen ruzie.'

Ik belde haar meteen op. 'Ik hoor dat je je misdraagt.'

'Ik weet van niets.'

'Als je rustig wil sterven moet je beginnen met loslaten en vrede uitstralen. Laat varen je boosheid. Ruziemaken is hechten.' Ik confronteerde haar met haar eigen zweefteksten. 'Je moet je overgeven.'

'Ik moet helemaal niet overgeven.'

Een stik-de-moord en de verbinding werd verbroken.

Ik nam een nieuw kussen mee, zacht, gevuld met dons en geurend naar lavendel. Het exemplaar dat ze tegen haar buik hield, zat onder de vlekken en stonk. Ze wou het niet aannemen. Ik legde het op haar schoot. Ze keek er met afschuw naar en gooide het over haar schouder de kamer in. Ik legde het voor haar op tafel – een bol verwijt. Ze keek naar me op met waterige bruine ogen, trok het kussen naar zich toe, hield het met twee handen voor haar mond en vroeg me het op haar gezicht te duwen.

'Nee, ben je gek,' riep ik.

Ze keek me smekend aan, ik ging op mijn knieën voor haar zitten en we streelden samen het kussen. De lavendel geurde onder onze warme handen. 'Zo gaat het niet,' fluisterde ik, 'zo kan het niet.'

Ze rukte aan de leuning van haar stoel en stampte boos op de grond.

29

Mijn moeder werd onmogelijk. Ze liet me voor van alles en nog wat opdraven. Of ik eucalyptusolie kon kopen – ze werd te stijf – en of ik niet eens bij Beter Bed kon kijken voor een nieuwe matras, haar rug deed zo'n pijn. Ze hield geen enkele rekening met mijn agenda. En als ik dan toch langskwam om weer een verhaal uit haar los te peuteren – ja, als ik me dat kennelijk kon veroorloven –, een kleine lening zou haar passen. Ze kon nu geen aandelen verkopen, de olies stonden te laag. Het ging om een bruggetje.

Haar naam verscheen wel vijf keer op een dag op het schermpje van mijn telefoon. Soms drukte ik haar weg of blafte ik haar af ('Ga je sleutels zoeken') maar dat was weer een uitnodiging tot nog meer gebel en gezeur: ze was een tangetje kwijt, een noodzakelijk tangetje waarmee ze de boerenklok opwond, haar vingers waren te stijf voor het sleuteltje. Die klok was van de Franse tantes geweest en nu waren de wijzers stilgevallen en leefde ze zonder tijd. Mijn schuld. Ik had dat tangetje meegenomen. Ze wist het zeker, het was haar al twee keer midden in de nacht doorgegeven... – tante Desiree was aan haar verschenen.

Het aloude liedje: als ze in het nauw gedreven werd, vluchtte ze uit de werkelijkheid. Tegelijk bleef ze ook wonderlijk nuchter. Ze las nog steeds twee kranten, vooral het buitenlandse nieuws, kende de namen van alle ministers uit het hoofd, vervloekte publiciteitsgeile Tweede Kamerleden en de financiële crisis volgde ze tot achter de komma. Maar dat angstige gebel, die achterdocht en beschuldigingen, wees dat niet toch op een begin van dementie?

Of was ík in de war?

Haar stem verliet me niet meer. Bij het uitwerken van mijn aantekeningen zat ze zich er hoorbaar mee te bemoeien. Ik schreef haar van me af, maar betrapte me erop dat ze me steeds meer in haar macht kreeg. Ze werd mijn nachtmerrie. Als ik slapeloos lag te woelen, kroop ze bij me in bed, een enkele keer boog ze zich naar me over, haar mond tegen mijn oor: 'Hoor je ze schieten?' ('Nee, donder op, je gebit klappert.') Ze rolde over me heen, haar buik boomde in mijn ribbenkast. En dan moest ik om tot rust te komen een hartpil onder mijn tong laten smelten.

Haar aanwezigheid werd zo sterk dat ik haar te lijf wilde gaan, op dat verdomde uitgewoonde kleed van d'r – het was altijd al een vechtvloer geweest. Gewoon op de vuist. Rollator in de hoek, gebit in het glas en zoon tegenover moeder, niet zoals vroeger toen we dagelijks ruziemaakten en zij met haar pantoffel achter me aan zat, maar vlees op vlees. Ik vloerde haar en ging op haar zitten. Moeder de poef. Kijken hoe sterk ze was, de boerentrien die met één hand een kalf uit een koe kon trekken.

Verdomd, ze wrikte zich onder me uit, ik gleed van haar af, ze sprong op mijn rug en bereed me als een amazone. Haar hand zocht mijn strot, ze keelde me, haar ringen ketsten als een paardenbit tegen mijn tanden. Ik schreeuwde, maar er kwam geen woord uit, ik rook haar, snoof haar, at haar. Ze stonk naar pis. Mijn bed tolde. Ik was naakt en ik beklom haar.

Onze woede hield me in z'n greep. Woede is ook liefde, tastbaar in de nacht. Bij het eerstvolgende bezoek vroeg ik haar waarom ze altijd haar wang afwendde als ik haar zoende. 'Je bent bang voor lichamelijk contact.'

'Hoe kom je daarbij! De masseuse komt elke week.' Ze kneep kwaad in haar wandelstok.

'Maar als ik een haar van je schouder pluk, huiver je.'

'Als je zoveel moeite met me hebt, waarom kom je dan nog?'

'Tja, dat vraag ik me ook af.'

'Om de erfenis.'

'Schadevergoeding zal je bedoelen.'

'Ja, het is allemaal mijn schuld.'

'Ik heb het niet over schuld, maar over angst.'

'Ik heb soldaten uit mijn kamer gejaagd, ik kon op mijn zesde al schieten.'

'Omdat je bang was.'

'Ik heb varkens geslacht.'

'Het mes, het geweer – wat een tederheid. Je bent mijn moeder, je hebt me gebaard, dichterbij kon ik niet komen, maar op al die babyfoto's sta je een meter van me af.'

'Ik was ziek en wou je niet besmetten.'

'Jij hebt me besmet. Met je afwezigheid.'

'Ik ging alleen op reis als jij zelf met vakantie was.'

'Twee maanden zeilkamp om van me af te zijn, maar waar was je als het servies tegen de muur knalde?'

'Laat die man.'

'Het is mijn vader, verdomme.'
'En mijn man. Mijn zwakke man.' Ze liet haar stok los en boog zich wanhopig over tafel, haar hoofd op haar armen – schokschouderend. Kleine kuchjes ook, en vapeurs. Ik hield een handdoek onder de koude kraan, depte haar verhitte slapen. Ze leunde tegen mijn schouders. Ja, ik was een goede zoon, zoveel beter dan die ellendige verzorgsters in de flat. Die krengen kenden geen manieren meer.

Ik verdedigde de dames die ik zo dikwijls bij haar aan tafel had getroffen en die ze behandelde als vriendinnen.
'Ze stelen mijn zilver.'
'Welnee, je hebt ze van alles gegeven.'
'Ik moest wel, ze zijn jaloers.'
We kibbelden. Eindeloze dialogen, gesproken sms'en.

Bij het uitlaten pakte ze mijn arm voor evenwicht. Ze kneep me zacht, hard en weer zacht, kort-hard-lang-kort-lang. Morsetekens die ik niet begreep. Ik vertraagde mijn pas, gaf haar een vluchtige kus en pelde haar van me af.

Toch liet ze me niet los. Diezelfde avond zat ze weer aan de rand van mijn bed, om me klein te knijpen en terug te duwen naar het repatriantenhuis. Ze liet de meeuwen krijsen om het huis en de duinen stuiven.

Het waren geen meeuwen, mijn vader krijste, de storm joeg hem weer terug naar het schip met krijgsgevangenen, getorpedeerd op volle zee, dagen dreef hij tussen de lijken. Hij riep zijn kameraden. We luisterden stil in het pikkedonker. Hij telde, telde. Verjoeg de doden. Ze kraste een kruisje op mijn voorhoofd. Haar schort was nog nat van de afwas. Toen ze zich omdraaide, trok ik de strik los en greep haar bij de leidsels. Hortsik. Ik werd wakker en mijn kussen was nat.

Autoliedje
Jongen, huil nou niet, niet nou, wees flink, kom hier, nee, niet op mijn jurk, je plet mijn arm... je ziet bleek, god, wat stormt het toch buiten, hoor je het zand tegen het raam? Wacht, ik vertel je een verhaal, van die vliegende prins, dat vind je toch zo mooi? ... Nee, huil nou niet, je vader komt terug, die mannen deden hem geen pijn. Die riem was niet om te slaan. Nee, kalm nou, ach jongen, wat lijk je toch op hem, kom, wees flink. Vlieg maar, vergeet wat je zag, heus, ze hebben het goed met hem voor. Het duurt niet lang. Je weet toch hoe driftig hij kan zijn. De dingen van vroeger, ja, vroeger doet pijn. Weet je nog wel, hoe hij... Ach mijn geheugen is moe, ja, mijn schat, dat laken zat strak. Nee, het waren geen riemen om te slaan, zo wordt hij rustig, zal het beter gaan. Het was geen politie, hij gaat slapen nu. Hij is moe, zo moe. Wat ril je, het is toch niet koud. Ja, je oor is heel rood, maar het was bedoeld als een aai. Ik zal je wat vertellen: Je vader... ach nee, geen verhalen nu. Luister naar de wind en het zand tegen het raam. Probeer te slapen. En vlieg, het was bedoeld als een aai.
Een aai.

30

Na een week van lawaaiige dromen – ik werd elke nacht schreeuwend wakker – maakte ik op aanraden van mijn vriendin een afspraak met een psychologe in Amsterdam, een oud-klasgenote met wie ik een vaag contact had onderhouden en die me destijds had aangeraden in analyse te gaan. Ik moest mijn hart maar eens luchten bij iemand die professioneel overweg kon met mijn nachtmerries. Badend in het zweet had ik haar opgebiecht nog altijd bang te zijn voor mijn moeder. Deed ik haar geen pijn met mijn nieuwsgierigheid? Pleegde ik geen verraad? Haar angsten slopen ook bij mij naar binnen – haar schuwheid, haar oorlogsobsessies.

De psychologe ontving me in haar behandelkamer. We namen ons voor het zakelijk te houden. Maar ja, ik had wel een fles koude witte wijn meegenomen en we vonden elkaar nog altijd leuk. Op school gingen we een tijdje met elkaar, ik nam haar mee naar huis, ze leerde mijn moeder kennen en mocht na de eerste ontmoeting al uit de moestuin plukken – tot lang na onze flirt. Haar Ambonese afkomst gaf haar een streepje voor.

We ontkurkten de fles en namen mijn moeder door. Waarom wilde ik haar leven optekenen? Omdat ze me altijd buiten had gesloten. En wat dacht ik te weten te komen? Geen idee. Eerlijk zijn. Ik wilde haar openbreken (haar pijn doen, ze moest voelen wat ik voelde, maar dat zei ik niet). Mijn moeder speelde een spel met me. Ze keek van me weg, verstopte sleutels. Hoe moest ik omgaan met zoveel ontkenning? En waarom maakte ik haar zo zwart in de verhalen die ik opschreef?

'Buitensluiten, ontkenning – grote woorden.' Mijn psychologenvriendin dacht hardop na: 'Het is een intelligente vrouw, een strateeg. Zij heeft je uitgenodigd mee haar verleden in te gaan, de boerderij, de oude foto's, Indië. Van de hak op de tak, maar zo zit ze in elkaar. Ze maakt de sleutels kwijt, maar ze wil dat jij ze vindt. Jullie dansen allebei om de hete brij.'

Het was een warme namiddag, ik zat tegenover haar, in een versleten oorfauteuil die kleefde in de nek – aanslag van andermans angstzweet en ellende. Haar man speelde piano boven ons hoofd, mijn vingers trommelden ongeduldig op de armleuning mee. En ik keek van haar weg, verdomme.

'Waar ben ik bang voor?' vroeg ik zacht. 'Waar is zij bang voor?'

Ze zweeg, haar beroep zat haar dwars.

'Ik dacht dat ik het allemaal achter me had gelaten, maar ik ben nog steeds een aanhankelijke zoon op zoek naar een liefhebbende moeder. Hoe vreeslijk het ook klinkt.'

Ze knikte zorgelijk, de ogen vol begrip, maar ik verlangde naar haar ironie.

'In mijn fantasie heb ik haar al een paar keer vermoord,' – ik maakte het wurggebaar – 'nu doe ik het op papier.'

'O, o, je voelt je schuldig.'
'*Guilt is a waste of time*... Ik weet het, ik weet het, dat zinnetje van Henry Miller hangt naast mijn werktafel. Ik voel me altijd schuldig.'
'Je beschrijft de indruk die jouw moeder bij jou heeft achtergelaten, dat is je goed recht, het is jouw waarheid.'
We haalden herinneringen op aan de moeder zoals zij haar kende. De handleesmoeder, die onder de overblijfboterham ongevraagd haar toekomst las. 'Ik werd gekeurd op karakter, met alle zwakheden erbij, maar mijn belangstelling voor psychologie had zij voorzien.'
'Wist ze van mij,' zei ik. 'God, wat schaamde ik me toen.'
'Kaartleggen, I Tjingmuntjes gooien... Het was een enig mens, ik vond haar hartstikke spannend.' Ze prees haar tweed, haar stem, haar durf. Ze kwam zelfs met verhalen die ik allang vergeten was: mijn moeder die op een landelijk VVD-congres voor de zaalmicrofoon naar het geboorteuur van Hans Wiegel had gevraagd. 'Daar heeft ze de krant nog mee gehaald!'
We lachten om haar geliefde uitspraak: 'Als we allemaal liberaal waren, werd het nooit meer oorlog.'
Ze schonk de fles leeg en er kwam een steeds grappiger moeder tevoorschijn. Fanclublid van haar broertjes indorockband. Ondersteuner van de boksschool. 'Ze liep mee in een demonstratie voor het recht op abortus, ik heb haar gezien voor het raadhuis, onder een bord BAAS IN EIGEN BUIK. Goh, dat je dat niet meer weet.'
Nee, toen was ik al het huis uit...
'Ik wou dat het *mij* lukte me zulke leuke dingen van haar te herinneren,' zei ik toen we op de gang afscheid na-

men. We omhelsden elkaar, ze gaf me een tikje tegen mijn achterhoofd: 'Jullie hebben een sterke band, dat is bijzonder, maak thuis eens een lijst van haar aardige kanten.'

'Je bent een softie.'

'Nee, jij. Wie hunkert er op z'n oude dag nog zo naar de liefde van zijn moeder? Vooruit, aan het werk: de ene gek helpt de andere gek.'

31

Er moest dus een band zijn. 's Morgens voor het scheren, het gezicht nog verkreukeld van de slaap, lijk ik op haar. Maar het zat vast dieper. Ik zal toch niet haar karakter hebben? Ze was een voorbeeld om juist níét te volgen. Zij rechtsaf, ik linksaf. Zij het bijgeloof, ik de spot. Maar eerlijk is eerlijk: ik kreeg alle vrijheid. Ze gaf bakken geld uit aan mijn grillen – schermen, roeien, fotograferen, toneellessen – en ik mocht in alles mislukken. Ze vroeg er ook niet naar. Falen, verliefdheid, ongeluk... mijn nachtmerries, ook toen al... nooit een onderwerp van gesprek. Als ik maar op tijd mijn haar liet knippen en er netjes bij liep. En netjes was ik.

(Al ging ik op mijn zestiende wel een paar keer naar de hoeren, die raakten je aan voor vijftien gulden. Het geld pikte ik uit haar portemonnee. Ze moet het gemerkt hebben, van dat geld. Van die hoeren wist ze niks. Met meisjes van school durfde ik niet eens close te dansen.)

Mijn moeder was sociaal met vreemden – zolang ze afstand hielden. Wie te dichtbij kwam, vond een gesloten vrouw. Over gevoelens sprak ze niet en al helemaal niet met haar kinderen. Zo was de eerste helft van haar eeuw – beheerst en opgepot, tot er weer een oorlog kwam om stoom af te blazen. De tijd dat je in het openbaar je hart uitstortte kwam pas met de luxe van een lange vrede en de welvaart. 'Emancipatie van de emotie' zou dat gaan heten. Maar in mijn jongensjaren was het heel normaal dat je niets van het verleden van je ouders wist.

Ik herkende mezelf in haar omgang met mensen. Voor de buitenwereld een vlotte prater, maar als de dood voor intiem contact. Jong geleerd, oud gedaan. Altijd waakzaam, wantrouwend. Angst. Misschien was dat de band.

32

Jules Renard, een Franse schrijver die zijn moeder haatte, schreef op 22 augustus 1909 in zijn dagboek: 'De waarheid is altijd ontluisterend. De kunst is er om de waarheid te vervalsen.' Op 4 oktober schreef hij: 'De waarheid zit alleen in de verbeelding. De keuze uit de waarheid zit in de waarneming. Een dichter is een waarnemer die onmiddellijk herschept.'

Haar aardige kanten. Vijf pogingen.

Wij erfden! Nog zie ik mijn moeder met een brief van de notaris de kamer binnenstormen. De kolenkachel kreeg in het voorbijgaan een schop: weg met dat ding. Ze maakte een derwisjdansje en las de brief nog eens hardop voor: *Daar uw tante kinderloos is gestorven...* Erfgenaam. Zij en haar broer. Ieder de helft. Een boerderij, een woonhuis, antiek, kleden, aandelen. Ons leven was al veranderd na de dood van mijn vader en het uitvliegen van haar dochters, maar nu gingen we ook nog eens verhuizen. Tabee repatriantenhuis met je dekens voor de ramen, pruttelpannetjes en etensgeuren op de gemeenschappelijke gang. We kregen centrale verwarming, een eigen tuinpad en een hall (met het juiste accent) en een bankje en een paraplubak erbij. We zouden in weelde wonen.

Mammie, nu kan je een auto kopen!

Een paar uur later zoemde het nieuws door het hele huis. Alle buren klopten bij ons aan en mijn moeder moest trakteren. Ik werd naar het Badhotel gestuurd om een fles zoete witte wijn te kopen. Wij dronken zelden alcohol, maar dit keer toostten we op een waldenzentante.

Binnen een maand was er een huis met een tuin in het Gooi gekocht – nieuwbouw, zonder ook maar één kras of buts, en met een eigen glanzende voordeur. Ze had er jaren naar verlangd. Onze tweedehands boedel werd onder de achterblijvers verdeeld. Indië belandde in de kist. Dat was nog eens makkelijk verhuizen.

De bankdirecteur kwam zich persoonlijk voorstellen, mevrouw hoefde maar te bellen of hij zou een jongste bediende met een envelop langssturen. Ze werd uitgenodigd voor het bestuur van de lokale theosofische club, nieuwe vriendinnen meldden zich aan. In het winkelcentrum tilden keurige meneren hun hoed voor haar op. Ze durfde zich te laten zien. Nu ze geld had, hoefde ze niet meer achter de naaimachine te zuchten, de tijd van vermaken en patronen knippen lag achter haar. Adieu flodderjurken, ze liet zich voortaan kleden door de Dames Haring. Een gesloten huis voor het betere genre – een begrip in het Gooi. En ik moest mee.

We betraden een beige kamer, in romig kroonluchterlicht, met zitjes en tafels waarop een waaier aan modebladen lag uitgespreid. Mijn moeder zocht evenwicht op het duimdik moquette – ook vlekkeloos beige –, ze struikelde bijna, haar voeten waren zeil gewend, ze schrok van alle spiegels om zich heen, een fietszadel tekende in de rug van haar jas, de zomen lubberden, en haar benen, haar schoenen, zo groot, grof. Ze draaide weg van de spiegels en rechtte haar rug. De dames Haring zwierden om haar heen. Mevrouw had mooie maten, heel eigen... Alles zou haar passen. Het atelier kon wonderen verrichten.

Ik werd op een kruk met een jurkje gezet... Taboeret, zeiden de dames, een woord dat danste. Ze vonden het enig, zo'n grote puber die zijn moeder hielp bij het kleren kiezen – maar ik zat daar om haar de kleuren in te fluisteren, ze was een beetje kleurenblind en niemand mocht dat weten.

Wou mevrouw geen glaasje wijn? Thee dan? Een petitfour voor de *jeune homme*? De dames waren net terug uit Parijs en wilden eerst de laatste modellen tonen. Er was zoveel nieuws. 'Zet u schrap voor een kleine parade!'

De dames doken achter een kamerscherm en de verkleedpartij begon. De ene Haring na de andere Haring showde voor mijn moeder, telkens in een nieuw *ensemble*. Ze draaiden in pakjes van Chanel, van Balmain en in een snoerende ceintuurrobe van Christian Dior – maar die kon uitgelegd. 'Nee, getailleerd is niets voor u, mevrouw, we moeten uw statigheid benadrukken, u bent geen gitaar maar een contrabas – ook een prachtig instrument.'

Zo gelakt als de dames waren, nagels, opgestoken haar, schoenen met zijden strikjes... Soms droegen ze allebei een hoedje en keken ze me aan door een netje met zwarte mouches. (Ik leerde het ene nieuwe woord na het andere.) Het waren zusters, slank en rijzig, verschillend in lengte, maar ze verkleedden zich zo snel dat ik ze door elkaar haalde, en ik wist ook nauwelijks waar ik kijken moest als ze heupwiegend voor me draaiden, handen in de zij. Hun billen kookten voor mijn ogen. Ze waren misschien even oud als mijn moeder, maar aristocratisch, met trotse borsten, niet verstopt zoals ik thuis gewend was.

Na het showen kwamen de stoffen. Rekken werden opgereden, meters lap voor ons uitgespreid. De dames kletsten ons naar de duurste materialen. En maar voelen en voor de borst houden om te kijken hoe het viel. Wat zouden we doen? Die ruit van grofgeweven wol of het Fins linnen? Of toch maar tweed, ja, die paarse was prachtig – met lila spatten tegen donker purper. ('Paars? Je zou zweren dat het groen was.') Paars was erg in de mode.

Mijn moeder koos voor sterk en stevig: ze moest er wel mee op de fiets kunnen. Van een auto wilde ze niks weten – al die stoplichten. Bewegen was óók in de mode, liefst op een stevige doortrapper met gigantische fietstassen – handig voor struik- en plantvervoer. (Een van mijn klasgenoten, die ons samen in het dorp had zien fietsen, dacht dat ze een krantenwijk had. Alleen al daarom zat ik te glimmen op de taboeret: voortaan zou ik zichtbaar bij de deftige mensen horen.)

De modellen werden uitgekozen, maten opgenomen. De dames Haring lachten me toe, tikten in het voorbijgaan op mijn krullen en legden accessoires op een tafel voor haar klaar. Een broche, nog een hoedje – wat dacht u van deze cloche? Cyclaam! En dan – heel uniek... hij lag op u te wachten – *un vrai croco*, een tas van krokodillenleer, met spiegeltje aan de binnenkant van de klep. We streelden hem, we namen hem. En als er ooit iemand zou zeggen: 'Wat zielig', dan had ze haar antwoord al klaar: zelf geschoten.

En een tas kon niet zonder nieuwe jas, nieuwe blouse – eigen collectie. Hupsakee. Het een na het ander werd aangereikt, een naad los getornd, een kraag geschikt. Mijn moeder draaide voor me in het rond, een moeder zonder afwasschort, zonder aardappelschilhanden – aangemoedigd door de dames Haring –, zorgeloos mooi. Ik mocht voor mijn vader spelen, de soldaat die haar elke morgen inspecteerde. Klerenappèl. Mijn moeder was een sloddervos, een zoom los, een scheve hak, verkeerde combinatie, een vlek – ze zag het niet. Hij wel. Hij rook vlekken. En nu draaide ze in stevige creaties voor mijn ogen en mocht *ik* haar keuren. Zoon als man.

Ze kocht alles wat ik aanwees. Zuinig was ze niet.

Ik hield van mijn bevrijde moeder.

Na een tolkenbestaan in België keerde haar middelste dochter terug naar Nederland. Ze stierf niet lang na haar vijftigste. Mijn moeder nam de taak op zich haar kleinzoon – net veertien – elke week te bezoeken. Zijn vader was half verlamd en kon niet goed voor hem zorgen. Wie moest er nu controleren of hij zijn oren waste, nagels knipte en z'n huiswerk deed? Oma. Meestal lazen ze samen stil een boek op de bank. Ze heeft het tot zijn eindexamen volgehouden.

De dood van haar dochter leek haar nauwelijks te raken. Aan tranen deed ze niet, het moest kennelijk zo zijn. 'Karma' was de dooddoener.

Mijn moeder keek koel naar haar kinderen en koel naar haar kleinkind. Het was een intelligente jongen. Te zacht voor de wereld misschien. Maar lief? Nee, zulke woorden vermeed ze. Ze zag de zorg voor mijn neefje als een opdracht. 'Als ik het nu niet doe, moet ik het later overdoen.' Een logisch gevolg van haar geloof in reïncarnatie: 'We moeten een behoorlijke wereld achterlaten voor het nageslacht. Dat is onze taak, we hebben de plicht er op aarde iets van te maken, hoe bescheiden ook. En als je dat niet kan opbrengen, bedenk dan dat je in een volgend leven je rommel moet opruimen.'

Mijn vader werd met gêne begraven, een rouwadvertentie mocht niet geplaatst, mijn moeder durfde ook geen kaarten te versturen, ze was immers niet met hem getrouwd. Buurtbewoners werden ontweken. De gordijnen bleven dicht, ze lag in bed, waar de geur van haar man nog hing, en omarmde het kussen dat door zijn hoofd was aangeraakt. Toch moest ze ontvangen: de verzekeringsman, de notaris, de steuntrekkersbond, en wie weet een ver familielid dat dacht iets te kunnen erven. Ik klopte op haar slaapkamerdeur. Er stond een meneer in de fietsengang. 'Wat moet ik aan? Wat moet ik aan.' Ik hoorde de klerenkasten kraken. Het duurde een eeuwigheid voor ze naar buiten kwam.

En wat droeg ze?

Een grijze deken.

De Australische, van schapenwol, uitgedeeld in Ataka,

een woestijndorp aan de Rode Zee waar repatrianten op weg naar het Moederland aanlegden om afgedragen kleren in ontvangst te nemen en een korstige deken.

En ze zei: 'Met wie moet ik mijn deken nu delen?'

Het repatriantenhuis. De gemeente kwam langs om over de alsmaar oplopende elektriciteitsrekeningen te praten, alle families moesten verzamelen in de grootste kamer. Klapstoelen onder de arm en kinderen mee. Het huis walmde van de trassi.

Een pronte vrouw stelde zich voor als maatschappelijk werkster, ze zwaaide met een huishoudboekje. Hoe kwam het toch dat we zoveel stroom gebruikten? Kon het niet wat minder? Wie hield de uitgaven bij? Niemand? Maar dat was een goede Hollandse gewoonte, het werd tijd daarmee te beginnen. Aanpassen! Haar wandelschoenen piepten boos op het zeil. ('Crêpezolen,' mompelde mijn vader, 'een socialist.') Aan-pas-sen, de vrouw herhaalde het woord als een frik, alsof we dat rotwoord niet allemaal kenden. Ze deelde vellen ruitjespapier uit en blauwe gemeentepotloden. Hoeveel lampen lieten we branden, hoeveel warm water gebruikten we? Elk gezin moest een lijstje maken.

Mijn vader liep schuimbekkend naar buiten. De maatschappelijk werkster las de uitslag hardop voor. Wat bleek? De boiler was de grote verspiller. We gingen te veel in bad. Eén keer in de week was meer dan genoeg.

Mijn moeder stond op en ging breed voor de maatschappelijk werkster staan: 'Wie moet zich hier aanpassen? Wij weten meer van hygiëne dan u denkt. Dat leer je wel in de tropen. In dit huis wassen wij ons ook onder de gordel. Wij stallen geen slee in het douchehok, wij nemen een bad. Elke dag. Hollanders? Van buiten blink, van onder stink.'

Applaus. God, wat waren we trots op haar.

Groenteboer, kruidenier, de jongens en de meisjes van de koffie, schoonmakers – ze waren allemaal op haar gesteld. Ze kletste met iedereen. Hoe nederiger de te verrichten arbeid, hoe vriendelijker ze deed. Stond er een overall voor de deur, dan was de eerste vraag: 'Wilt u een kopje koffie?' Met Kerstmis deelde ze kleine cadeautjes uit. Deftige dames van het rusthuisbestuur en andere goedwillenden liet ze niet binnen, maar de meteropnemer mocht zijn hart op de bank uitstorten. (Niet voordat ze een theedoek op het kussen had gelegd.) De tuinman kreeg na elke maaibeurt een stuk appeltaart. Het woord 'werkster' durfde ze niet uit te spreken. Hulp, zei ze. De hulp werd vooral ontzien, de dag voor ze kwam kroop mijn moeder op haar knieën door het huis, dweilen en bukken kon je zo'n vrouw toch niet aandoen. Werklui durfde ze niet op hun fouten te wijzen. Het lukte haar niet een hufterige glazenwasser op te zeggen. Ze nam er gewoon een tweede bij.

Mijn bizarre moeder. En toch bleef de afstand.

33

Het besluit was genomen: niet meer eten. Haar stem schalde opgewonden door de telefoon. Nee, ik hoefde geen koekjes meer mee te nemen. Vers fruit dan? De morellen deden het prachtig in de tuin.
'Nee, ik drink alleen nog maar water.'
'Ben je al begonnen?'
'Zo'n beetje.'
'Weet de dokter het?'
'Die wil ik niet meer zien.'
Zou ik dan niet eerst wat peultjes meenemen, die waren zo zacht, zelf at ik ze met schil en al, of courgettes, die kon ik raspen of tot sap persen.
'Nee, begin nou niet over eten.'
'In één keer ophouden is heel slecht, je lichaam gaat protesteren en je krijgt hoofdpijn. Je moet het langzaam afbouwen.'
'Wat weet jij daarvan? Als je niks eet, verdwijnen juist honger en pijn. Ik heb het zo vaak om me heen gezien...' En na een stilte: 'Zelf meegemaakt.' Ik hoorde haar boos ademen. 'Nu jij het laat afweten, kies ik voor versterven. De klok tikt al.'
Ze legde de hoorn neer.
Pas toen drong het tot me door. Verdomd, ik moest maatregelen nemen. Mijn zuster in Italië bellen, de directrice, de huisdokter.

Een paar uur later stond ik voor haar deur. Er stak een kaartje onder de bel: *Geen maaltijden, ook geen brood en fruit!!!!!* Ik had haar in bed verwacht, maar ze zat zoals altijd aan de tafel achter haar boeken. Zo moest het gebeuren: zittend in haar fort. Kussen tegen de buik en handen op het kussen. Ze zag er goed uit voor een hongerstaker. Haar huid was gelig alsof ze weer in de tropen woonde en ze leek jonger in het gezicht.

Onder het theezetten zag ik nergens etensresten. De kookplaat was schoon, de afwasteil leeg, alle borden stonden in de kast. 'Hoe lang ben je hier al mee bezig?' vroeg ik.

Dag of drie. Ze klaagde over de directrice, de bemoeial had het kaartje bij de bel al een paar keer weggehaald, de keuken was geïnstrueerd en niet het hele huis hoefde te weten dat achter die deur een medebewoonster wilde sterven, maar mijn moeder vond dat de groenteman het moest weten en de bakker, want die belden wel eens aan voor een praatje, ook als ze niets besteld had. In praatjes had ze geen zin meer.

Bij het tweede kopje – 'ja, ik blijf voorlopig wel drinken' – haalde ze een zwart doosje van Huize van Laack uit de boerenkast. Een amandelkrul mocht. 'Het zijn de laatste.' Ze schuifelde nog twee keer naar de deur om te controleren of het kaartje er nog zat. Ze was al aan haar vijfde versie toe en haar vijfde uitroepteken.

De directrice had de moed opgegeven. 'Uw moeder saboteert elke hulp. Ze wil ook nauwelijks nog met ons praten. Ik heb haar de zorgpadbrochures gegeven.'

'De wat?'
'Zorgpad Stervensfase. Wij hebben ons aan een protocol te houden, maar ze verscheurde ze voor mijn ogen.'

34

Hoewel mijn moeder ook míjn bezorgdheid afwees ('ga nu maar gewoon naar huis, ik red me wel en bel je wel') leek het me belangrijk dicht bij haar in de buurt te blijven. Ik besloot een gastenkamer in het rusthuis te huren. Geen idee voor hoe lang, de dood laat zich slecht plannen, maar er zat niks anders op dan mijn houten huis een tijd alleen achter te laten. Bovendien begonnen de lange autotochten, toch minstens twee keer in de week een paar honderd kilometer, me op te breken. Ik zou de tuin de tuin laten en de *naobers* vragen een oog in het zeil te houden. Maar eerst moest ik een paar dringende reparaties laten uitvoeren: de bewatering lekte, het wespennest onder het keukenraam moest worden uitgerookt en de alg in de vijver bestreden. En zo had ik een hele lijst. Een houten huis, ver van het asfalt, in het vrije veld, zeurt nog erger dan een moeder, er gaat altijd wat kapot. De woelrat graaft een gat voor je deur, de steenmarter nestelt zich in de schuur en als je even niet oplet bouwen de muizen een nest in je boekenkast. Ik vervloekte mijn verhuizing naar het platteland, vooral sinds ik zoveel naar het westen moest rijden. Toch ervoer ik ook telkens een vlaag van geluk als ik mijn tuinpad op liep – de stilte, het uitzicht, de geuren en het malle gevoel dat die ruimte toch maar mooi van mij alleen was, met de pen en gezwets verdiend.

Ik ben een romanticus, wil buiten kunnen ontbijten, zelfs als het miezert, onder een afdak en dan de broodkorsten aan de merels voeren en de koffiedrab om de rozen gooien en de eierdoppen onder de hortensia's – om de grond te ontzuren. En hoeveel ik ook van mijn vriendin houd, ik houd ook van mijn eenzaamheid. Ik en mijn eenzaamheid kunnen het goed met elkaar vinden, we trekken onkruid, plukken een meiknol en eten hem op onder de borrel. We kletsen wat af, ik en mijn eenzaamheid.

De moestuin bleek bestormd door de slakken, de courgettes waren tot op de bodem afgekloven, de bonen zaten onder de luis en alle rozen waren opgegeten door de reeën. (Ik kon het ze ook niet verbieden als ze tegen de avond door de perken liepen – nek hoog, neus parmantig in de lucht. De stilte keek me dan aan, terwijl ik onder het afdak mijn adem inhield en geen beweging maakte, tot mijn schim me verried.)

De blaadjes van de judaspenning waren al verzilverd en de zaden verstrooiden zich in de perken, een braamstruik had de hulst gekeeld – maar wat een vette bramen! Waar de engerlingen het gras omwoelden, zag ik alweer nieuwe sprieten opkomen. Al moest ik er eerst voor verticuteren en mesten en zaaien, dat hoort bij de tuin, je denkt in seizoenen, in herstel. Een tuinier leeft in de toekomst. Een tuinier ziet het leven in de dood.

Ik schrok van die gedachte. Dit had ik van haar, zoals het buiten ontbijten in de regen – rituelen uit mijn tuinjongensjaren, afgekeken van mijn moeder.

De hooimachines gromden achter de heuvels. De boeren waren aan het maaien, een warme wind kwam het vertellen. De geur van vers hooi is de geur van het paradijs, zo wou het volksgeloof in moeders polder. Ook het fosgeengas waarmee de Duitsers het leven uit de loopgraven brandden, rook zo. De Belgische soldaten aan het westelijk front herkenden die bedwelmende geur en snoven hem vol verlangen op tot het gif hun kelen verschroeide, een gerucht onder de oorlogsvluchtelingen in en om de boerderij, opgevangen door de kleine Marie en later als aangewaaid verhaal aan mij verteld, op een warme junidag terwijl het hooistof na de eerste snit langs de randen van onze buitenwijk danste, in die vormende jaren toen ze mij haar liefde voor tuinieren bijbracht.

Tuinieren was verhalen doorgeven, aarzelend, maar ze kwamen onvermijdelijk los als je in de aarde woelde. Een tuin léék ook op een verhaal, vond ze, en daar kon ze armzwaaiend over praten. Neem de vorm, afgebakend, hoe weids ook het uitzicht. Een tuin heeft een begin, een eind, een spanningsboog. Al bij het openslaan van het hek word je opgewacht door een beeld dat je pakt – een uitzicht, een woeste goudenregen of een boom met karakter. Je laat je meevoeren langs paden en perken, van tafereel naar tafereel, en dan dringt het ritme zich aan je op en zie je verrassingen, een ander perspectief, ontwaar je illusies en vermoed je duistere kanten waar het naar moord en doodslag ruikt of waar het krioelt van intriges. Een tuin ontstaat onder de hand van zijn schepper, na vallen en opstaan, hij kijkt af bij de buren, gaat de strijd aan, verbetert, verscheurt, verplaatst en wil verleiden. Zijpaden en slingering vragen meer aandacht dan de strakke lijn. Snij weg wat te veel is, gooi het op de composthoop – in de mest broeien de beloften.

In de tuin liet ze al haar reserves varen, ze plukte blaadjes af, wreef ze fijn in haar hand en liet me snuiven, leren herkennen. Zo wist ik al vroeg hoe de dood rook. Zoet soms, als versnotterende bloemen, of zuur als geplette bladluizen, aas voor lieveheersbeestjes die de stengels verder schoon moesten vreten. De dood rook ook naar vermolmd hout, of naar zwavel als de eekhoorns in hun gulzigheid de eitjes uit een vogelnest hadden gegooid. En rottende dahliaknollen roken naar pus.

Maar meer nog wees ze me op het leven. Hoe de aardpeer en het pispotje zich ongevraagd vermeerderden, of het vlijtig liesje en de begonia's – niet dood te krijgen, eeuwige lenteplanten. Het enige waar mijn moeder met hartstocht over kon spreken was haar tuin, de grond, eigen grond die ze bewerkte, toesprak, verrijkte en versneed met de beste humus. Haar tuin blaakte van toekomst (waarin alles beter zou zijn) maar in al wat groeide zat een herinnering. 'Ach, weet je nog die knots van een pompoen, daar hadden we zo mee naar een show gekund, maar hij smaakte naar niks.'

Ze keek naar een bloeiend perk als naar een goede oogst, ook al wist ze dat het volgend jaar de schop erin ging. Spitten was een feest, vooral als het daarna een uurtje regende. Haar tuin gaf ruimte aan dankbaarheid, een gevoel dat ze op andere terreinen maar schaars toeliet. Ze had er niemand nodig (zei ze) en was er vrij van sociale verplichtingen: 'Nee, ik kan geen dag weg, ik heb net gras gezaaid en zit met een ratel de merels te verjagen.'

Het mesten voedde haar ideeën over wedergeboorte, ook haar ziel ('mijn onbewuste-zijn') zou tijdelijk opgaan in een kosmische tuin en zich na heling opnieuw in een baarmoeder uitzaaien.

In de grond vond ze het moederschap.

De dagen dat ik mijn huis op orde bracht voerden we eindeloze telefoongesprekken. We namen de perken door, hoe ik ze het best tegen uitdrogen kon beschermen. Mulchen, dat hield het vocht in de grond – 'je moet je planten toedekken als een kind.'

Ze beschreef me hoe ze steeds sterker begon te ruiken, aardse geuren die ze moest loslaten, loslaten, daar ging het nu om, loslaten wat je liefhad, loslaten wat je ergerde – 'maar dat laatste lukt me niet'. De smaak van afscheid proefde ze al in haar mond: 'De reis naar míjn tuin is nog maar een kwestie van dagen.'

Na het klaren van de huisklussen – personeel, er gaat niets boven personeel – en het pakken van mijn spullen, maakte ik nog een ronde over het terrein, met de ogen van iemand die er anders zou terugkeren: als wees. Bejaarde wees. Ik plukte emmers bloemen, geen bes, geen braam of peul, maar ogenkost voor een stervende: afrikaantjes, lupines, rozen, floxen, lathyrus en pioendahlia's, haar lievelingsbloem, nog ernstig in de knop, maar ze leken hun best te doen om dik en rood op tijd op haar crematie te zijn. Ik zou haar naar de kleuren laten raden, kleuren die ze verzon. Haar kleurenblindheid was winst en hielp haar de bontste perken te componeren. Ik wilde alsnog mijn tuin met haar delen, ook al had ze nooit een voet op mijn grond gezet. De reeënsporen gingen op de foto en ook de vreemde ontlasting die ik naast het sprokkelhout vond – lange zwarte staafjes: een das, marter, egel? Ik sneed wat rozemarijn uit het kruidenperk en filmde met mijn iPhone het openvouwen van de gele teunisbloem in de avondlucht – bijna hoorbaar. Maar de dood kon ik niet vastleggen, hoezeer ik hem ook rook... een dooie muis vermoedelijk, onzichtbaar, maar verraden door een pikkende kraai aan de rand van het gras en een kring dansende aasvliegen.

Ik ging op het bankje bij de vijver zitten en voelde haar ineens bij me staan. Ze duwde me opzij en plofte naast me neer. Haar gezicht verscheen tussen de waterlelies – een fantasie, ik wist het en toch liet ik het toe. Ik wou het zo graag, daar zitten met mijn moeder, schouder aan schouder en onszelf in het heldere water zien. Ik probeerde me voor te bereiden op haar dood, waar ik bij moest zijn, ze had me gevraagd haar hand vast te houden. Haar hand. Te laat, te laat. Leek me meer iets voor mijn halfzuster of een ingehuurde verpleegster – ook het klaren van de dood kon je uitbesteden. Haar telefoongesprekken zoemden nog na in mijn hoofd.

'Straks zal mijn lichaam geen schaduw meer hebben, maar ben ik toch aanwezig, ruim de flat niet op, verschuif niets, want ik kom terug, laat alles zoals het is, minstens een week, anders verdwaal ik.'

Ik gooide een afgewaaid takje in de vijver.

'Wees niet bang voor mijn laatste reutel, laat je niet im-

poneren door de doden die mij komen ophalen, maak ruimte voor ze, blijf respectvol.'
Ik spuugde in het donkere water.
'En fluister me moed in...'

Het was stil op weg naar het rusthuis, de dood reed mee, maar mijn moeder hield gelukkig haar mond. Geen liedjes, geen autodromen, wel een zwaar hoofd. Ik durfde de bloemen nauwelijks bij haar langs te brengen, bang als ik was een stervende te moeten omhelzen. Met bonkend hart liep ik over haar gang. Er stond een vuilniszakje voor haar deur. Luiers. De deur was dicht, er brandde geen licht in haar halletje ('hall, ik heb een hall'). Ik klopte zacht aan, riep mijn naam door de brievenbus, schor van angst. Het antwoord was een lach, een vrolijk hallo, het licht floepte aan, ik hoorde haar stevig schuifelen... en daar stond ze, gebogen over haar rollator, met een heldere blik en wangen rossig van leven, haar jukbeenderen tekenden, haar onderkin was weg en al bolde haar buik nog hevig, ze had weer heupen. Alleen het lopen ging slechter dan ooit. 'Alle ellende is naar mijn benen gezakt.'
   Ze gloeide toen ik haar zoende. Had ze koorts? Nee, daar wou ze niks van weten: 'Ik heb niet eens een thermometer.' De meegebrachte bloemen werden steel voor steel toegesproken, al kon ze het niet nalaten mij een tuinles te lezen: zie nou toch hoe slap ze zijn, had ik ze soms laat op de dag geplukt? 'Je weet toch dat het 's morgens moet. Nou, je wordt bedankt.' En ik had de verkeerde lupines geplukt, de eetbare met dikke peulen, veel te vroeg. Zonde van de oogst.

Ik wist ook nog eens haar woede op te wekken toen ik vertelde dat ik een gastenkamer had betrokken. 'Wat? Jij blijft hier toch niet de hele dag om me heen hangen?' Geen denken aan, en ook haar huissleutel kreeg ik niet mee. Ik kon aankloppen. Drie keer, dat was onze code. Ze liet zich niet betuttelen. Wat dacht ik wel.

Het was al laat, maar ze blaakte van boosheid. Ik suste haar met slaapthee. Ze smokkelde met een laatste koekje.

'Hoe kom je daaraan?'

'Zie je wel, je bespioneert me.'

Ik liep de keuken in en keek in haar ijskast, de pedaalemmer, haar kasten. Alles keurig aan kant. Verdacht schoon.

'Kijk je ook onder de mat?' Hoe durfde ik, vuile NSB'er. Er was er maar één de baas in huis en dat was zij. Ze hees zich op en prikte me met haar stok naar de deur. 'Kom morgen maar terug. En neem je schrift mee. We zijn nog maar half begonnen.'

35

De boekenkast was leeggeruimd. Er stond een vuilniszak kw in de hoek van de kamer – Kan Weg. Haar verzameling esoterie zat in een bananendoos. Voor mij. Zij was uitgelezen. Maar het nieuws wilde ze niet missen. De kranten, de actualiteitenzender op de radio, het televisiejournaal – er was zoveel oorlog en dat moest ze volgen. 'Die onrust in de kosmos verstoort het contact met de tussenwereld en dan is het slecht reizen voor mensen die aan de aarde willen ontstijgen.'
Het werd nog zoeken naar een gunstig gaatje.
Hoezeer ook van plan te vertrekken, ze was nog knap helder. Er lagen weer foto's voor me klaar en de vertrouwde aantekeningen op de achterkant van rouwkaarten. Het was niet nodig naar verhalen te vissen, ze kwam er zelf mee, gebeurtenissen die al jaren in haar hoofd koekten en die loskwamen door dingen die ze in de krant had gelezen, over kinderarbeid, uitbuiting en volken die in opstand kwamen. Had ze ook meegemaakt, van heel nabij, zonder protest, zonder het goed en wel te beseffen... 'Ja, wie begrijpt zijn eigen tijd? We hebben allemaal oordelen, maar pas later begrijp je waar je stond.'
Twee baboes liet ze voor zich sloffen, meisjes van misschien nog geen twaalf jaar oud, en een stel tuinjongens. Je reinste kinderarbeid. 'Ik heb nooit naar hun leeftijd

durven vragen, vaak wist zo'n joch het zelf niet eens.' Starend uit het raam zag ze die kinderen weer voor zich, alsof ze naar een oude film keek. Ach, ze was zelf nog zo jong...

Op de boot naar het zoveelste godvergeten eiland ('nee, vraag nou niet waarheen, al die eilanden, het is een wirwar') ergens in een oosthoek van de archipel, had de kapitein tegen haar gezegd: 'Als je het hier vol wilt houden moet je je hart in je hutkoffer laten, geen medelijden met anderen hebben, en vooral niet met jezelf.' Sentiment was dodelijk. Ze schrok van die opmerking, kon die man aan haar zien dat ze het moeilijk had? Alleen aan boord met een elf maanden oude baby, haar eerste, op weg naar weer een buitenpost waar haar man dit keer voor een paar maanden een zieke officier moest vervangen. Hij was al weken eerder vooruitgegaan om kwartier te maken en een geschikte baboe voor de kleine te vinden. Just had haar het uitzicht van hun huis al beschreven: een baai met een wit strandje. Het zou haar aan niks ontbreken. Hoeveel liever was ze niet wat langer in de buurt van een kazerne gebleven, in een stad waar je naar de bioscoop kon, met straten waar je niet wegzakte in de modder, waar de post met regelmaat werd bezorgd. Nu moest ze naar een uithoek die geen lijndienst aandeed en zat ze op een roestig vrachtschip – zij en haar baby waren de enige passagiers. Niet dat ze naar luxe verlangde, o nee, maar wel naar gezelschap voor wie je geen bekijks was, naar gelijken met wie je ervaringen kon delen, en 's avonds wilde ze stemmen horen, niet alleen dat gekrijs van wilde dieren. Ze had vroeger genoeg in eenzaamheid geleefd en die plukken eiland waar ze telkens met een paar kisten huisraad en een naaimachine werd afgezet, beklemden haar zo. Je kon er niet weg. Al klom je op een berg, de horizon was altijd leeg, er kwam zelfs geen stip voorbij en de huizen die ze betrok bleven zo akelig kaal.

Indië was anders dan Just het haar had voorgespiegeld – op je blote voeten door het hoge gras lopen en roeien in de kali, bals en een thee bij de gouverneur –, waar zíj tot nog toe belandde, glipten er slangen door het gras, lagen de krokodillen op de zandbank te bakken en wat moest je met een mooie jurk op een buitenpost? Just zou haar gids zijn, maar hij was soms weken op patrouille (o, hoe vaak had ze daar niet over geklaagd, sorry) en de inlanders wezen haar maar slecht de weg. Ze verstond ze niet, al deed ze haar best. Ze had Couperus gelezen en hoopte op ontvangsten bij oude families, maar de planters die zij was tegengekomen – te ver van een behoorlijke haven en goede wegen – woonden niet in een koloniaal paleis, hielden geen jour en dronken niet eindeloos thee op de waranda. Ze waren alleen: vrijgezelle landontginners, op de been gehouden door een bruine meid die niemand mocht zien, schone kragen, dat wel, maar rafelig van karakter, zuiplappen vaak. Diners, beleefdheidsbezoekjes, een zondagmiddagconcert bij het districtshoofd? Waar zij werd achtergelaten trok een piano krom van de hitte, vraten insecten het trijp van de stoelen – niemand ontving in beschimmelde kamers.

's Avonds, alleen op de waranda, telde ze de lichtjes in het donker – een, twee hooguit –, zittend naast haar eigen lamp, zichtbaar voor een zwerm ogen in de rimboe... Ze ging meestal om negen uur naar bed, gelijk met de bediendes, gekooid als een tijger.

Het door Just beschreven uitzicht ging niet door. Het jonge paar betrok een vervallen houten huis, uitkijkend op wildernis en eeuwenoude kruidnagelbomen, niet ver van de bestuurspost, aan de donkere kant van een berg, en ook nog eens in het natste deel van het district, het was er warm en drukkend en er ging geen wolk voorbij of hij liet zijn last boven hun dak vallen. (Regen, het hoorde bij die eerste jaren – een haat die je voor lief nam.)

Een week na haar aankomst werd haar man met een eenheid op pad gestuurd om de onrust in een verre vallei te temmen. En daar zat ze weer, alleen op een door termieten gehavende waranda, met twee baboes, zusjes, veel te jong bij hun moeder weggerukt. Just had zich die hulpjes door een onnozele bestuursambtenaar laten aanpraten. Ze waren gedoopt (een aanbeveling!), maar liepen ongewassen in hun blote bast, hun kroesharen klitten en hun sarongs rafelden. De rollen werden omgedraaid: de *njonja besar* waste hun kleren en haren en naaide voor ieder een wit bloesje (het enige westerse aan hun verschijning) – schoongepoetst staken ze ieder een vork in hun krullen. Het waren lieve meisjes maar het gebruik van een keuken of een fornuis was hun onbekend, ze kookten het liefst buiten op een vuurtje. Een peuter verschonen, kleren wassen, bleken, strijken, herstellen, schrobben, dweilen – geen idee. De grote mevrouw moest alles voordoen – het bleek de beste manier om hun taal te leren.

Zodra de zon onder was en het huishouden gedaan, liepen haar hulpjes naar de rand van de tuin om onder een van de roerloze, zwaarmoedige kruidnagelbomen te gaan zitten, nooit bij haar op de waranda in de flakkerschaduw van een petroleumlampje, maar tussen de vuurvliegjes, luisterend naar de geluiden van de rimboe en het getrommel achter de bergen. Ze had de zusjes gevraagd haar 's avonds gezelschap te houden, hen gepaaid met lauwe ranja en gecondenseerde melk, maar de roep van de bomen was sterker. Hoe ze ook haar best deed, het lukte haar niet hun vertrouwen te winnen, elke toenadering verzandde in bukkende onderdanigheid.

Het schaars gemeubileerde huis vloog haar aan. Ze had haar kist boeken binnen een maand uit en er was niemand in de omtrek met wie ze iets kon ruilen. Het eerstvolgende blanke echtpaar woonde een halfuur lopen van haar berg, zo ver wandelde je niet in die hitte. Om de verveling te verdrijven had ze aangeboden wat administratief werk te verrichten op de bestuurspost. Niet dat ze typen kon, maar ze wou het graag leren. Ze mocht de *mail* sorteren – gouvernementspost, klam van een wekenlange bootreis, en vergeelde depêches, sommige meer dan een jaar oud, zo las ze voor het eerst over 'protestmeetings' en opruiende pamfletten die tot in de uithoeken van de archipel werden verspreid. Het was zaak deze terstond in beslag te nemen. Soms rolde ze een opsporingsbevel uit een koker – een biljet om op te plakken –, het ging om nationalisten en communisten, jongemannen die stakingen hadden georganiseerd, vaak zat er een foto bij. Kerels als haar Just, met een goed stel hersens, net als hij van de beste scholen. Zoveel trotser ogend dan die twee inlandse klerken in het kamertje naast haar, pennenlikkers die haar nauwelijks durfden aan te kijken en die de ene sigaret na de andere rookten om de muskieten te verjagen. Ze vroeg hun of ze wel eens van Soekarno hadden gehoord, een naam die veelvuldig in de rapporten werd genoemd. Geen antwoord en zenuwachtig giechelen. Ze zou er Just naar vragen.

Op een middag, bij het verlaten van het districtskantoor, werd ze buiten opgewacht door een jongeman met een hoornen bril, die zich voorstelde als onderwijzer. Of ze misschien wat papier en potloden voor zijn leerlingen had? Nee, hij durfde het niet binnen te vragen, het districtshoofd hield niet van 'wilde scholen' – een term die ze niet begreep. De onderwijzer kwam uit Java en 'kende het klappen van de zweep' (hij sprak goed Nederlands en pochte over zijn spreekwoordenkennis). Ze had hem verbaasd aangekeken en gevraagd wat een Javaan zo ver van huis zocht.

Zijn antwoord was een brutale wedervraag: 'Wat zoekt u zo ver van huis?' Ze bloosde (en dat verbaasde haar later). 'Schipbreukeling,' had ze gezegd, een woord dat zomaar bij haar opkwam – was ze hier niet tegen wil en dank aangespoeld, als een schepeling uit een roman van Robert Louis Stevenson? Ze zocht niks, zei ze, ze voedde een kind en wachtte op haar man. 'Alles is me vreemd op dit eiland.'

Haar openhartigheid nam wantrouwen weg: de Javaan was ook onvrijwillig op het eiland afgezet, als politiek gevangene, verbannen, 'om af te koelen' – na zijn straf had hij besloten niet terug te gaan, maar zich nuttig te maken in de vallei. Er was niet eens een school daar.

'Alleen met onderwijs kan je een volk bevrijden.'

Een zin waar ze van schrok.

Ze bleef nog even met hem voor het hek van haar huis praten, de zon daalde al, de vleermuizen doken om hun hoofden en er klonk getrommel van achter de berg. 'Wat doen de mensen 's avonds in de vallei?' vroeg ze.

'Niets,' zei hij, 'dan zijn ze te moe van het werken.'

'En die trommels?'

Dat was achterlijkheid, het stenen tijdperk.

'U praat als een blanke.' Ze flapte het eruit.

Ineens spoten zijn ogen vuur: 'Een Indonesiër trommelt niet.'

Indonesiër. Niet inlander, niet Javaan, Ambonees, Molukker of Papoea, maar heel bewust: Indonesiër – een geuzennaam, politiek beladen, een woord dat ze in de geheime stukken was tegengekomen en dat stond voor nationalisme, opstand en verzet. Ze wist niet hoe snel ze aan de andere kant van het hek moest gaan staan (ze vergrendelde het voor zijn ogen, hoe kon ze!). Verlegen met de situatie beloofde ze zo veel mogelijk spullen voor zijn school te verzamelen. En hup naar boven ging ze, het kronkelpad op, haar wijde rok tussen de knieën duwend – bang voor inkijk, voor die dwingende ogen.

De volgende middag wachtte hij haar op bij het hek voor haar huis. Hij kwam regelrecht uit de vallei en zag er bestoft uit. Hoewel ze huiverde en eerst goed om zich heen keek, nodigde ze hem uit mee naar boven te komen – je hoorde een hand uit te steken, je goede kant te laten zien. Ze moest hem overhalen (het water uit de buitenkraan was koel, heerlijk koel) en na een aarzeling volgde hij, gedwee als een schooljongen, met de ogen naar de grond. Boven op de waranda keken de baboes hem vijandig aan, ze vonden het maar niks, een inlander op hun terrein. Toen ze vroeg om een handdoek voor de gast te halen, renden ze bokkig naar hun speelplek aan de rand van de tuin. 'Dat zijn míjn leerlingen,' zei ze verontschuldigend. Ze wees hem de kraan en liep zelf naar de linnenkast – ze wist niet eens meer welke kant ze de sleutel om moest draaien, zo snel wende je aan baboes.

Met een natte kraag vertelde hij over zijn schooltje: één leerboek had hij en één telraam, een geschuurde plank diende als schoolbord. Hij leerde de kinderen uit de kampong niet alleen lezen en schrijven, maar wilde ook moderne mensen van hen maken, Indonesiërs, hun wereld moest groter worden dan het eiland en de stam. Een mooi idee, vond ze, maar wat leerde hij hun dan nog meer? De handdoek beefde in zijn handen en hij lachte ongemakkelijk: 'Over het imperialisme en de klassenstrijd.'

Klassenstrijd? Was er ruzie op school? Ze kreeg de wind van voren: de tijd van bazen en bediendes was voorbij. O jee, dacht ze, ik zit hier met een man die het land onveilig maakt, tenminste, als ze de depêches uit Batavia moest geloven. Spannend, vond ze, maar goed dat Just er niets van wist.

En de potloden? Had ze nog papier kunnen bemachtigen? Ze zou haar best doen, het districtskantoor werd slecht bevoorraad, nog een paar dagen geduld...

Bij het afscheid had hij halverwege het tuinpad lachend

zijn vuist gebald en *merdeka* geroepen, in het zicht van haar twee baboetjes onder de kruidnagelboom. Vrij, onafhankelijk. Ze kende dat woord, het stond onderstreept in haar *Zakwoordenboek van de Maleische taal*.

Drie dagen later wachtte de onderwijzer haar weer op. Ze had nog geen potlood achterover durven drukken, voelde zich schuldig en zei: 'Loop maar even mee.' Het hoorde niet, maar ze deed het toch. Ze liet hem binnen. Weer stoven de baboes weg.

Terwijl hij zich in een rotanstoel volgoot met ijskoude thee, zocht zij achter de box in een speelgoedmand (vol Hollandse cadeaus op de groei) naar papier en potloden. Kleurtjes, wou hij die ook? 'Onze kinderen kleuren niet, onze kinderen willen schrijven!' Hij speelde de schoolmeester en zij stond in de hoek. Zijn brillenogen brandden in haar rug. Hij verkende haar, verkende de kamer, de meubels, de Hollandse prenten aan de muur, de wajangpoppen die ze op de pasar had gekocht. Ze hoorde de vloer kraken, hij was opgestaan, liep naar haar boekenkast. Ze verontschuldigde zich – romans, ja, ze las graag romans –, hij gaf geen antwoord. Hij stond stil voor haar trouwfoto. Just in uniform, met sabel en pluimen, en zij gehandschoend en toegedraaid in Vlaams kant. Hij zei geen woord, maar juist dat zwijgen deed haar pijn.

Potlood of sabel – welke keuze had haar man gemaakt en welke keuze had zij gemaakt? Ze trouwde een militair, maar in die militair zat ook een opstandig land dat ze nauwelijks kende.

De theekan was leeg – een excuus om naar de keuken te vluchten –, en weer hoorde ze die verkennende voetstappen, het kraken van de houten vloer. Ze kwam niet meer tevoorschijn. Na lang wachten droop hij af, maar toen ze later de tuin in liep, zag ze hem buiten het hek achter een boom staan.

Ook de volgende middag stond hij bij haar huis. Ze excuseerde zich met een stugge groet. Geen uitgestoken hand. Hij bleef komen – elke namiddag voor het hek. Ze vroeg hem om weg te gaan. De keer daarop keek zij naar de grond. Geen groet meer. Ze zette een kamerscherm op de waranda om zich daarachter te verschuilen.

Het regenseizoen brak aan, maar dat verhinderde hem niet om de tocht naar haar huis te blijven maken. Misschien had ze er met hem over moeten praten, maar zijn bijtende ogen werkten zo op haar zenuwen dat ze op een namiddag met een stok naar het hek rende, struikelde en haar teen lelijk schaafde. Na een week ging de wond ontsteken. Ze kreeg koorts, medicijnen hielpen niet. Haar voet zwol op. Ze kon niet naar kantoor en bleef binnen, luisterend naar het geknaag van de termieten in de balken boven haar hoofd. Doodsomber werd ze ervan, wat deed ze op dat roteiland, waar het een halfjaar achtereen regende en de vulkaanhellingen ook in de droge tijd in nevels lagen gehuld. Twee dagmarsen verder gingen ze elkaar met klewangs te lijf, vochten ze eeuwenoude twisten uit, vergiftigden ze elkaars baby's. Tovenarij, rituele moord – ze had de gruwelijkste verhalen in de dagrapporten gelezen. Hoe kon een handjevol Nederlanders denken hier gezag uit te oefenen? Gezag, wat een bespottelijk woord. En ze joegen ook nog op de verkeerde mensen – op scholieren die een vuist naar het leger maakten, op mensen die zonder vergunning vergaderden, mannen met brillen en boeken: nationalisten. En haar Just maar door de rimboe ploeteren, ver weg de bevolking apaiseren – zo noemde hij dat ('we schieten alleen maar in de lucht,' had hij gezegd).

Haar kind lag in de warandakamer in een glanzend bedje, de twee baboes sliepen achter in de tuin – in een lekkend bediendehok, op een matje, ze weigerden bij haar in huis te slapen, een matras deed pijn, vonden ze. Hoe kon ze die meisjes trotser maken, dezelfde zorg geven als haar eigen kind, een goede toekomst bieden? Met die vragen lag ze een hele nacht wakker, terwijl de wond vervaarlijk begon te zweren. Het verwijt klopte in haar voet. Het was een beslissende nacht, zei ze bijna tachtig jaar later. Ze nam zich voor haar baboes te leren lezen en schrijven. Ja, ze zou die onderwijzer een lesje leren.

Ze begon er de volgende morgen al mee, ontstoken voet in een emmer soda en de baboes achter de tafel. Ze weigerden te zitten, weigerden een potlood vast te houden, ze durfden er zelfs geen streep mee te zetten. O, hoe graag had ze haar onwillige leerlingen niet een lel gegeven. ('Schrijf je naam. Buk niet. Kijk me aan.') Na drie dagen gaf ze het op. Haar baboes hielden het ook voor gezien en gingen weer in de tuin koken – onder een druipend afdak, boven een walmend vuur.

De voet genas, en alles ging weer z'n koloniale gangetje. En de onderwijzer verscheen niet meer bij het hek. Op kantoor hoorde ze dat het oppaktijd was geweest, daags voor de vrachtboot kwam. Konden ze mooi mee. De mannen van Just waren net terug van patrouille. Wat wist hij ervan? Ze durfde er niet over te beginnen. Ze mieterde haar hart in de hutkoffer (mieterde, haar woord) en ging braaf naar de typekamer. Ze maakte vorderingen en kon met twee vingers een proces-verbaal foutloos uittikken.

Ze zweeg, schonk zich een kop vlekkerige lauwe thee in. En nog een, ze dronk gulzig, starend naar de geraniumrimboe, de tropen hadden haar dorstig gemaakt. Een traan glom op haar wang. Ze veegde hem weg. Een bittere trek groefde om haar mond, maar ook die veegde ze weg...

Armen over elkaar, vuisten onder haar oksels, zo ging je om met verdriet. Ze had zich verlost van een verhaal dat haar dwarszat – levendig verteld, zonder zijpaden –, ze had genegenheid toegelaten, kille genegenheid, eenzaamheid en zelfverwijt. Ik durfde er niets over te zeggen, misschien was het een laatste opflikkering, maar zo scherp en krachtig had ik haar in tijden niet meegemaakt.

Ik stond op, bracht de kopjes naar de keuken en wilde me terugtrekken, maar ze gebaarde me weer te gaan zitten. Er was zoveel bovengekomen: de geur na een bandjir, het getrommel achter de bergen... Een gekko kwam achter uit haar keel, ze liet haar gebit klapperen, ja, zo klonk het geklikklak van de hoeven van een sadopaardje in galop en ach – ze wreef met haar hand over het tafelkleed –, zo klonk het geslof van de baboes. Ze genoot van haar eigen hoorspel.

'Verlang je ernaar terug?' vroeg ik.

'Nee,' zei ze gebeten. 'Ik ben geen Indiëzwijmelaar.'

Ze moest nóg iets kwijt, een stil verhaal dat ze zichzelf al vaak had verteld, 's nachts als ze niet slapen kon...

'Kleur. We deden net of dat woord niet bestond. Je prees hooguit de gezonde teint van de meisjes of hun mooie amandelogen en als iemand uit het diepste binnenland kwam, zei je: "Die is van de karbouw getrokken." Maar nooit dat ie zo zwart was als je schoen. Just was zo zwart als je schoen – in de tropen, niet in Holland, daar verbleekte hij.

Toen we eindelijk meer het kazerneleven gingen leiden en een mooi stenen huis in een goede straat kregen, kwamen we terecht in een wereld van rangen en standen. Vooral blanke officiersvrouwen keken me met de nek aan, je hoorde ze hardop denken: Dat gaat mis, zo'n provinciaaltje met een inlander. Soms viel er een stilte als we samen ergens binnenkwamen. Van mannen werd zoiets nooit gezegd, al haalde het wel je familie naar beneje als je kinderen een veeg uit de teerpot hadden gekregen.

Just kon er beter mee omgaan dan ik. Hij zei: "Je moet denken: Het raakt me niet, het raakt me niet." Tien keer achter elkaar, als een soort gebed, en dat hielp. Eén keer gingen we samen eten om een postwissel van mijn vader te vieren, in het Oranjehotel meen ik, of Regina of bij Van Houten...' – ze sloeg zich voor de kop – 'Nou ja, het was iets deftigs, ver boven het budget van een jonge officier. Just in burger, voor het eerst in zijn wit linnen pak, als hij er een beetje verwaand bij keek, kon hij doorgaan voor een adellijke snoeshaan. De eetzaal was halfvol die avond, vier, vijf tafels bezet hooguit, we stonden daar te wachten tot iemand ons naar een tafel bracht. Geen hond te zien, we gingen dus maar ergens zitten. Ik voelde de blikken van de gasten – Hollanders, de verbeelding hing boven hun tafels –, na lang wachten legde de ober een kaartje op ons bord. De Europese zaal nam alleen reserveringen aan, we stonden niet op de lijst. Just sputterde tegen. Iedereen keek naar ons. Ik wou opstaan, maar Just trok me terug op mijn stoel. "Zitten," siste hij. "We laten ons niet wegsturen." Gesprekken vielen stil, niemand at nog. Just groeide in zijn jasje, het wit leek hem groter te maken. Ik keek ineens anders naar hem, hij had die strepen en insignes helemaal niet nodig.

De gerant kwam vragen of we wilden vertrekken. "Nee," zei Just. Hij liet zijn officierspas zien en vroeg om twee glazen water. Kregen we niet. Just bleef heel rustig – het raakt me niet, het raakt me niet – maar in mij broeide de drift, al durfde ik die niet te uiten, ik was bang hem schade toe te brengen, zijn carrière te fnuiken. En ik was al gewend veel te slikken, zijn familie had ook moeite met kleur – met de mijne dan, ik was weer te wit. Te Hollands. Ik heb me nooit welkom gevoeld, ze hielpen me niet met de taal, lachten me uit als ik iets verkeerds at, in de verkeerde volgorde, of met de verkeerde hand, en bovendien had zijn moeder een andere vrouw voor zoonlief in gedachten gehad: de dochter van een halfbakken regent – het was allemaal beklonken voor na zijn terugkomst uit Holland. Nou, je begrijpt hoe ze daar in Indië op me zaten te wachten. Just had zijn tong naar zijn familie uitgestoken en het was natuurlijk allemaal mijn schuld.

Maar over die dingen spraken we zelden en zeker niet die avond in dat hotel. Ik wou weg. Just bleef breed zitten. De andere tafels waren al klaar met eten, mensen verlieten de zaal, er werd afgeruimd en wij keken maar stil voor ons uit. Just rookte de ene sigaret na de andere. Een bediende kwam nog het tafellaken wegnemen en liet heel onbeschoft de halve asbak op zijn linnen pak vallen. Het zijn vaak de knechten hè, wie zoekt er geen wraak na vernedering. Het plezier waarmee ze de vloer om onze tafel dweilden, het vuile sop spatte tegen mijn benen, en kwaad dat ze naar Just keken, zelfde kleur en dan toch de kant van de baas kiezen. Ja, ja, trappen naar beneden en likken naar boven en wie het laagst stond likte het liefst wit.

Ik was heel verbaasd dat Just zo dwars kon zijn, alsof hij de loyale militair thuis met uniform en al aan een haakje had gehangen. Er zat een trotse man tegenover me. Zo kende ik hem niet. Ik had me altijd aangepast, aan hem, aan Indië, aan de regels van het leger, de kolonie. Je accepteerde de dingen zoals ze op je afkwamen, de omgang met nette mensen, je was officiersvrouw en dat bracht verplichtingen met zich mee, bepaalde manieren, we leenden elkaar de juiste romans, gesuikerde verhalen over kleuterjuffen die met rijke planters trouwden (de goeie boeken hield ik achter, je denkt toch niet dat ik een roman als *Rubber* durfde uit te lenen?) en we gingen naar de bios, de soos en op zondag naar de juiste kerk, om gezien te worden, liefst naast de vrouw van de overste, allemaal voor de carrière van je man. Ik deed mee en verveelde me stierlijk, o wat wilden we er wanhopig graag bij horen. Die theepartijtjes, dat na-apen, juiste bloesje, juiste tasje, zo'n rotding waar je niks in kwijt kon, de juiste hoed, uit *Woman's Garden* of weet ik wat voor tijdschrift, al had ik toen liever met een geknoopte zakdoek op mijn kop in de tuin gewerkt, maar dat mocht niet, je had tuinjongens, twee op z'n minst, en moest een voorbeeld zijn voor je bediendes. Nou ja, voorbeeld... ik deed niks en zij moesten werken.

Just wilde zo graag een Hollander zijn. Was er een beter land? Hygiëne, onderwijs, wegen, bruggen, democratie – Holland zou het brengen. Daar geloofde hij in, meer dan ik. Mijn vader had niks met Holland, Holland was een bemoeizuchtig land boven de rivieren... Ik heb er nooit een band mee gehad.

Zo alleen voelde ik me ineens in dat restaurant...' Haar lippen trilden. 'Uiteindelijk kwam de overste de eetzaal binnengestormd, ziedend, hij was uit zijn bed gebeld en Just moest mee. Ik werd naar huis gestuurd en als een schoolkind toegesproken: Ik mocht mijn man niet opstoken! Just kromp voor mijn ogen ineen.

Hij kwam midden in de nacht thuis, vuil, pak onder de vlekken, revers gescheurd. Ze hadden het uitgepraat, zei hij, meer niet.

De volgende morgen vertrok hij al heel vroeg, zonder een woord te zeggen. Hij bleef een week weg, patrouille, kreeg ik te horen, en dat bleek neer te komen op een arrestatiegolf onder jonge nationalisten, opgepakt wegens opruiing. Huiszoekingen, verstoorde vergaderingen, er waren studieclubs opgerold, boeken in beslag genomen – verbrand zelfs, het moet vreeslijk zijn geweest, zogenaamd omdat er een aanslag op het gezag zou zijn beraamd. Kwam allemaal later boven water. Just wou er nooit over praten, het was je trots inslikken of voor een paar jaar de rimboe in, weg van je gezin.

De man die terugkwam was een ander geworden. Fana-

tieker. Meer een van sla d'r op – vooral in bijzijn van collega's. De militair won: plicht voor alles!
En ik zweeg.
Later, pas na zijn dood, hoorde ik dat hij niet lang na die affaire honderd gulden zou hebben betaald voor de verdediging van een jonge nationalist die een schotschrift had geschreven – een half maandsalaris! In het geheim, op aandrang van Indonesische vrienden die hij uit Holland kende. Wij spraken toen nauwelijks nog met elkaar, we deelden hooguit het nieuws, de trouwerijen, wie er met de boot was aangekomen en wie er bevorderd waren, in het openbaar gedroegen we ons heel behoorlijk.
Had ik je zijn ogen al beschreven? Diep en zwart als een rivier. Hij kon je heel lang aankijken – leeg. Ik begreep niets van hem.'

Er werd gebeld – twee keer kort. We schrokken allebei. Bezoek? Dat waren we niet gewend. Ze verbood me naar de deur te gaan en stond erop zelf open te doen. Ik hoorde gefluister op de gang. Ze kwam terug met een witte plastic zak in het mandje van haar rollator en schuifelde ermee naar de keuken.
Ik dacht na over wat ze me zojuist had verteld. 'Waar heb je Just eigenlijk leren kennen?' vroeg ik toen ze weer hijgend aan tafel ging zitten.
'Bij freule Van Esch.' Ze veerde op bij het noemen van die naam. 'Suikeradel, die woonde mooi! Ze gaf elk jaar een thé dansant voor de koninklijke cadetten uit Breda en daar zat ie tussen. Hij zag er prachtig uit, glanzende knopen, gebiesde broek... De freule had tien meisjes uit de

streek uitgenodigd, veel nieuw geld. Ik was de enige in het zwart en had geen idee hoe ik me daar moest bewegen, een rotgriet vroeg of ik in de rouw was, de freule hoorde het en nam me toen even apart: "Luister eens, Rietje, dat kind is de dochter van een zwarthandelaar, ze kan niet aan je tippen, jij komt uit een eeuwenoud geslacht. Wees trots." Dat hielp.' Een gemeen lachje verscheen op haar lippen. 'Ik danste met de mooiste man van het feest.'

We keken samen naar zijn portret op de fototafel – daar stond ie, gebiesd, met kepie en sabel.
    'En nu wil ik weer alleen zijn.'
    Ik kon gaan, ingerukt mars.
    En als het misging? 'Hou je het vol?' Ik zocht haar ogen, toonde mijn bezorgdheid. De dokter stond paraat, maar als ze hem niet wou zien? De zusters konden ook helpen. En moest Saskia overkomen?
    Nee, die had ze zelf al gebeld. Ze snauwde.
    Was het nou toch niet veiliger mij een sleutel van de flat te geven?
    'Ik bel je wel als het zover is.'

36

Mijn gastenkamer was ingericht met meubels waar zelfs de kringloop geen brood meer in zag. Achtergelaten rommel van overleden bewoners – een spinnewiel, breistoeltje, kloostertafel, douchekruk en een twijfelaar waarop gestorven was. De kuil zat er nog in. Aan de wand een ingelijste kalenderplaat van de Verlosser met waterschade. Alleen het touw om je aan te verhangen ontbrak.

Ik belde mijn halfzuster in Italië en sprak mijn verbazing uit over onze hongerstaker. Helder, gevat, bokkig, nog altijd geheimzinnig en manipulerend. Maar kwetsbaar in haar verhalen. Ook zij belde met regelmaat en werd gebeld, de laatste weken wel twee keer op een dag. We deelden onze bizarre telefonades. Ze was verrast te horen dat ik in het rusthuis een kamer had betrokken. 'Mammie zegt dat ze je zelden ziet.' We werden tegen elkaar uitgespeeld, zoveel was duidelijk. Mijn halfzus sprak afstandelijk over haar moeder – een familiekwaal. 'Ze heeft nooit met een woord over het kamp willen praten, ik was nog geen vijf toen de oorlog voorbij was, en ik herinner me dingen waar ik niks van snap. Kan jij daar niet eens over beginnen? Doe het voor mij, asjeblieft.'

Moest ze overkomen? De kleinkinderen konden haar niet lang missen. Haar zoon veel op reis, zijn vrouw een drukke baan. 'Ik knuffel ze veel, eindelijk weet ik hoe het

moet. Ik had geen voorbeeld – nu leer ik van mijn fouten. Ik ben een revanchemoeder.'
Ze kon binnen een paar uur op het vliegveld zijn.
We besloten het aan te zien.

Voor het slapen wandelde ik nog een keer om de flat. Ik keek op naar haar bloembakken. Geen zwaaiende moeder. Duisternis. Terug in mijn hok trok ik de bananendoos naar me toe en bladerde door de zweefboeken. Of ik er maar even een citaat voor de overlijdensadvertentie uit kon kiezen. Haar laatste opdracht: 'Kijk maar bij de briefjes.'

Ik bladerde door Krishnamurti: 'De dood is een vernieuwing.' In *De Grote Ingewijden* – de rug gebroken van de ingestopte knipsels en papiertjes – vond ik twee met potlood onderstreepte zinnen: 'Leven is gevangenschap in stof, een beproeving.' (Pythagoras) 'De dood jaagt alleen zwakke karakters schrik aan.' (Hogepriester Osiris)

Met Blavatsky's *Isis ontsluierd* kroop ik onder de lakens. Heel muf. Op elke bladzij stond wel een streep, uitroepteken of opmerking in de marge: 'Het leed dat wij onze naaste berokkenen, volgt ons gelijk de schaduw van ons lichaam.' 'Redenering is niet voldoende, boven alles is nodig Intuïtie.' Er gleden een paar aan de binnenkant beschreven rouwkaarten uit het boek. Dienstbevelen in blokletters: 'Geen huilmuziek op mijn crematie: liever oerwoudgeluiden.' 'Dieprode pioendahlia's. Geen dominee, koekjes Huize van Laack!' De randen waren verschoten, ze moest er al lang mee bezig zijn geweest.

Eén kaart legde ik opzij: 'Op het sterfbed dient het

hoofd vrij te liggen, opdat het onbewuste-zijn vrij kan ontsnappen!!!'
Ik zou erop toezien.

37

De masseuse was de laan uit gestuurd en moeder klaagde over kouwe benen. Lange wollen kousen hielpen niet en zelfs een derde deken bracht geen soelaas. Dan nog maar een schapenvel erbij. De vracht werd te zwaar om zelf nog op te schudden. Als ik 's morgens bij haar aanklopte, nadat ze gedoucht had (zonder enige hulp) en zich aangekleed (weer in een of ander juichpak) maakte ik haar bed op. Ik bukte om de dekens in te stoppen, maar ik was te stijf en ging op de knieën...

In mijn hoofd knielt een lenige jongen op Moederdag, in beide handen een dienblad met thee en beschuit, om het bordje ligt een krans van de eerste boterbloemen. We zijn alleen in huis, echt vieren doen we die dag allang niet meer, maar thee op bed is traditie. Ze beslaapt maar één kant van het bed, aan de andere kant zijn de dekens strak om de matras gestoken. Ik sta aan de lege kant. De dode kant. Zonder kussen. 'Niet daar,' bijt ze me toe. Ik houd het dienblad niet meer recht en zet het toch naast haar neer. Mijn moeder draait zich om. Haar schouders schokken. Ik druk mijn gezicht in de dekens en snuif de kilte op.

Mijn oude gezicht hing boven haar opengeslagen bed en verkende haar afwezigheid in geuren: eucalyptusolie, talkpoeder, schaap, zoete kruiden, slaapthee. Ik stopte de lakens in, de dekens, klopte het bontje op en wreef de sprei met de vlakke hand strak, voelde een bobbel, iets hards wat ik kon verschuiven. Ik trok het beddengoed laag voor laag weg en vond haar zilveren ketting met de handgesmede sleutel op een hoopje onder het bovenlaken.

   Ik legde hem op de batik van het nachtkastje, de geheime sleutel van haar geheime kist.

38

Haar geest bleef helder, maar het hongeren maakte mijn moeder ook een beetje grenzeloos. Boertjes, winden – zonder pardon. 'Ja, daar kan ik me niet druk meer over maken.' Ook een *nondeju* en een *godsalmeliefhebbe* schuwde ze niet – streektaal, een mensenleven weggeduwd, maar met het zwakker worden van de huig glipte dat krachtig repertoire brutaal naar boven.

In haar kleding hield ze al helemaal geen stand meer op: trainingsbroeken, fluorescerende streepkousen, bonte klittenbandstappers – de carnavalsaanbieding van het postorderbedrijf was goed bestudeerd. Op een morgen onder de koffie (met niks) toverde ze ineens een rieten hoedje van onder haar stoel. Ze zette het op, uit malligheid. Stond het niet leuk? Zo zag je haar plakhaar niet en het scheelde bezoeken aan de kapster. Het hoedje was bij een zoveelste opruimbeurt naar boven gekomen – een souvenir uit Sumatra... Ze deed het af en liet me het vlechtwerk zien: brede stroken, vergeeld en bros, type tropenhelm.

'Uit de kist?' vroeg ik.

Ze lachte geheimzinnig.

Zo raar, wat er niet bovenkomt in je eigen huis... Ze had nog een paar foto's gevonden. Totaal vergeten, ook uit Sumatra. 'Maar die heb ik pas later gekregen hoor.' Ze zweeg en fluisterde. 'Veel, veel later.'

Ze schoof me een foto toe van een groot wit houten gebouw – het hospitaal van de Duitse zending. Ze zag meer in de foto dan ik kon zien. Het hout aangevreten door de termieten, de zwartglimmende vloeren waar het witte uniform van de zusters zo mooi in spiegelde, de twee ijzeren leeuwen bij het hek. Het was ooit een verwaarloosde plantersvilla geweest en stond koel op een afgeplatte bult. Haar tweede dochter was er geboren en ze woonden er een uur te paard van af.

'Reed je daar paard?' vroeg ik verrast.

'Nee, de dokter, Carl' – een naam gevolgd door een zucht – 'het was er te woest voor een auto.' Carl haalde haar zondags wel eens op om mee naar de kerk te gaan. Hij wist dat ze vaak alleen was en zoveel blanken woonden er niet in het binnenland. Just moest weer veel op patrouille die tijd – 'verkenningstochten'. Haar ogen dwaalden even naar zijn gepoetst portret.

Na de dienst dronk ze *Kaffee mit Kuchen*, in de zendingstuin. Daar ontmoette ze Duitse planters en houthandelaars uit de omtrek, jonge mannen die na de Eerste Wereldoorlog hun land hadden verlaten omdat ze er geen toekomst meer zagen. Carl was ook een Sumatra-Duitser. Hij had een grote naam op de missie, nog voor ze hem ontmoette, hoorde ze al verhalen over zijn genezende handen. Zo zou hij een op de pasar neergestoken Chinees ter plaatse hebben behandeld door diens uitpuilende darmen terug in zijn buik te frommelen. Zieken kwamen van heinde en ver om zijn hulp in te roepen. De meisjes waren gek op hem, ze mochten rondjes rijden in zijn open koetsje.

Er was ook een foto van hen samen. Lachende moeder, lachende Carl – opgeschoren blond en slank. Ik vroeg wie hem genomen had.

'Just,' zei ze kil.

Carl was een huisvriend geworden. Just had hem als eerste uitgenodigd en stelde voor dat hij tijdens zijn afwezigheid een beetje op het jonge gezin zou letten. Hun huis lag op zijn doktersroute.

Al bij het tweede bezoek had hij haar gevraagd of ze niet eens een dag op de zending kon bijspringen. Er was een verpleegster met verlof en de hulppost zat dringend om assistentie verlegen. Het ging niet om ervaring maar om kracht. Ze moest bij kleine operaties zonder verdoving patiënten in toom houden. Een taak die haar lag, omdat ze goed tegen bloed kon en sterk was. Ze had een placenta uit een koe geschraapt en een bietenkar uit de modder geduwd.

Ja, ja, die verhalen kende ik.

Ze glimlachte.

Ik pakte haar geaderde rechterhand, de vingers vereelt door het steunen op stok en stuur. Ze verzette zich niet.

We keken elkaar even aan, lachten erom. Ze was de draad kwijt. Nondedoeme!

Carl was tenger, hij had pianovingers en kon met moeite zijn paard inspannen, maar als hij z'n hand op het voorhoofd van een zieke legde, kwam een van pijn vertrokken gezicht meteen tot rust. Patiënten voelden een schok als hij ze aanraakte. Hij wist vaak zonder een vraag te stellen wat hun mankeerde.

Ze reden ook de verre kampongs in, tochten waar Just niks van mocht weten – een blanke officiersvrouw had daar niets te zoeken: te gevaarlijk, te veel heethoofden. Zijn sadopaardje werd overal herkend. Vrouwen renden de weg op, zwaaiden naar hem, kinderen riepen zijn naam. Zijn handen waren voor hem uit gereisd. Iedereen wilde door hem worden aangeraakt. Hij kraste met zijn duimnagel een kruisje op het voorhoofd van de zieken – hielp beter dan pillen.

Ik kraste mijn duim over het vel van haar hand – zoals ze vroeger bij mij deed, na een angstdroom. Ze schrok. 'Heb je dat van hem?' vroeg ik.

'Ja, het is een beladen teken, ouder dan het christendom – maar hij was niet erg gelovig hoor.'

Ze liet me nog een foto zien. Carl te paard. 'Knappe vent, hè?' *Onze Duitse dokter*, stond er in potlood achterop.

'Heb je hem later nog ontmoet?'

Ze hoorde me niet, staarde naar die blonde kop. Ik herhaalde mijn vraag, maar ze keek niet op, negeerde me. En ik dacht aan het *deutsche Besuch – lange, lange her...*

Mijn moeder liep al dagen Duits te praten. Badgasten-Duits. Ze kreeg deutsche Besuch! Hohe Besuch. Het huis stond vol bloemen en er was een fles witte wijn gekocht, in de stopfles zaten zelfgebakken kaaskoekjes. 'Als er gebeld wordt, ga jij naar boven.' 'Waarom?' 'Daarom. Leg ik later nog wel eens uit. Het is belangrijk en ik moet dit alleen afhandelen. Heus.'

De auto reed voor, een dikke zwarte Mercedes-Benz. Ik rende naar boven, gluurde uit het raam en zag een man het tuinpad op wandelen, in een jasje met omzoomde revers en koperen knopen – rijk en Duits, kon je zo zien.

Mijn moeder wachtte hem op in de gang, ik hoorde haar lachen, zenuwachtig Duits praten, met gilletjes. *Ja, das ist lange her. Und wie geht's? Ja, ach Gott, Sumatra. Wie war die Reise? Ach ja, Sumatra, das war...* en toen ging de deur dicht.

Ik liep de trap af, sloop door de gang, langs de paraplustandaard en stootte tegen mijn daarin geplante hockeystick. Mijn moeder stoof naar buiten. 'Naar boven jij.' Ze drukte haar vinger op de lippen, maakte bezwerende gebaren. 'Ssst, ssst.' Ik trok me weer terug en zette een stoel voor het bovenraam om beter naar de auto te kunnen kijken.

De Mercedes had een Nederlandse nummerplaat, daarnaast zat een wit ovaal bordje met een rode rand, CD stond erop. Waar lag CD? Ik ging op bed liggen en keek verveeld naar het plafond, mijn lievelingsuitzicht, luisterend naar de geluiden in het huis. Doffe stemmen, een piepende kast, het slaan van een deur, en luid lachen, Duits geschater en gekir, dom gekir. Mijn moeder stelde zich aan.

Ik zette een plaatje op. Mozart (ja, ik was een getemd monster, popmuziek was voor nozems, maar Mozart kon ook lawaai maken). Ik zette de pick-up steeds harder, en harder. Mozart viel weg. Mijn moeder had beneden de stop eruit gedraaid. Dan maar afrukken. Een ander pistool had ik niet.

Na uren vertrok het bezoek. Ik stond weer boven aan de trap. Mijn moeder zoende haar gast vaarwel. Hij wees naar mijn slordig geparkeerde hockeystick. *'Spielst du Hockey?'*
'Nein, das gehört den Mädel.'
Mädel?
Ze gumde me uit tot meid!

De auto reed weg en ik stormde naar beneden. 'Wie was dat?'

'Later,' zei mijn moeder, 'nu niet.' Ze keek gepijnigd. 'Nu even niet, ik voel me te slecht. Laat me.' Haar vrolijke stem was op slag verdwenen. Ik durfde niet door te vragen. Hoofdpijn – het hing in de kamer. En mijn drift, maar die slikte ik in – te bang, te bang voor mijn waanzinnige lager zelf.

We ruimden de tafel op, de sporen van het Duits bezoek. Pas toen zag ik het: er lagen strobloemblaadjes op het kleed, de kist stond anders, de geheime kist, de batik lap lag verkeerd om, de gemberpot was verschoven. Die mof had in de kist mogen kijken. Een week later vochten we om de sleutel.

'Is die Carl bij ons thuis geweest?' schreeuwde ik.

Haar hoedje schoot scheef van de schrik. Waar had ik het over? Ze keek me wazig aan – ze liep nog onder de palmen.

'Ach, hij reed vaak bij ons langs, weet je, stinkend en doorweekt, was hij weer ergens in de modder blijven steken. De baboe spoelde dan snel zijn kleren en ik zette maar meteen een paar knopen aan of keerde een kraag.' Ze voelde zijn eenzaamheid in zijn hemden.

Eén keer liep hij brutaal in sarong over de waranda, de sarong van Just, met ontbloot bovenlijf – slank als een danser. Toevallig de middag dat Just van een tocht terugkeerde. Onverwacht. Geen kind, geen baboe hoorde hem aankomen.

Just groette niet, vroeg niks, negeerde vrouw en doch-

ters en rukte zijn sarong van Carls heupen. En daar stond de dokter, met één hand voor zijn naaktheid en de andere hand wijzend naar zijn dampende paard onder de boom. Zijn bewijs en excuus: hij was nog geen vijf minuten binnen.
 Ik keek nog eens naar zijn foto te paard. 'Aantrekkelijke vrijgezel,' zei ik.
 Ze bloosde.
 'Ik bedoel er niks mee.' Mijn gehuichel ontging haar.
 'Later is hij nog een dag of wat verhoord.' Ze draaide haar ringen recht – halfedelstenen uit de archipel. 'Hij had te veel sympathie voor de anti-Europese gevoelens op Sumatra. Misschien kwam het door zijn Duitse achtergrond, hij leed onder de vernedering van zijn land en herkende de geknakte trots van de inlander. Hij nam het meer dan eens op voor opstandelingen die niet naar het pijpen van 't gezag wilden dansen – vaak dezelfde heethoofden die Just in de gaten moest houden. Zijn patiënten verzamelden zich voor het politiebureau.'
 Ze legde Carl terug bij de andere foto's, wou er nog eentje laten zien. Mijn jonge moeder in het hospitaal met Carl, omringd door een groepje Sumatra-Duitsers.
 'Wat een koppen hè?' Ze wees me op een houthandelaar met een litteken op de wang. Een sabelhouw, een echte *Schmiß*. De foto was te klein, je moest het weten. 'Hun huizen roken naar hars en dennenolie, dat lieten ze uit het Schwarzwald naar Indië sturen. Uit heimwee.'
 Ik keek nog eens goed. 'Je draagt een kamerjas, was je ziek of zo?'
 'Ik had een miskraam.'
 Ze lachte een beetje.

39

De herinneringen aan Carl hadden haar weemoedig gemaakt – zachter. Haar weerstand leek verdwenen. Ze nam me in een vreemd vertrouwen, liet me toe tot haar fotoalbums, las voor uit brieven, stippelde haar eerste reizen uit in een ouwe atlas van tropisch Nederland en gaf haar eilanden namen, eindelijk, ook de gedroomde. In Nieuw-Guinea was ze nooit geweest, niet echt, maar Just wel, zijn verhalen werden de hare. Ze werd zowaar eerlijk. Maar wat moest ik nu met haar verzinsels? 'Die zijn ook waar,' zei ze. 'Ze gaan al zo lang mee. In het kamp reisde ik in mijn hoofd. Er waren geen boeken toen.'

Het kamp? Mocht ik eindelijk...

Nee, niet over het kamp. Ze wou verder reizen.

Haar wijsvinger schoot door de archipel, wees vulkanen aan, oude koninkrijken. In het vuur van het verhaal pufte er een theelepel over de kaart en voer ze een rivier op, laverend tussen rotsen en krokodillen. Dan weer stapte ze aan boord van een houten schoener en legde aan bij Ternate. Daar hoorde een loep bij en een kiekje: kijk, zo klein was het, vanaf de boot genomen, een berg in zee, je voer er in een halve dag omheen. En hoe vond ik deze? Mijn jonge moeder met hoed en handschoenen, naast de sultan.

De zon hing boven ons.

Het werd oorlog op de kaart. De Japanners rukten op. Troepen boden tegenstand, kruisers voeren uit – ik val aan, volg mij! – en in die zee, daar, op die breedtegraad, gingen ze ten onder. Oude verhalen, maar haar stem werd er jonger van. Ze had het allemaal meebeleefd, staand naast de militaire radio. Ze verhuisde van buitenpost naar kazerne en ook die plaats kreeg een naam: Fort de Kock. Onneembaar. Die naam stelde haar gerust.

Ze wees me de dodenspoorlijn aan waar mijn vader als krijgsgevangene werkte – na de oorlog zou ze hem in een Rode Kruiskamp leren kennen, en hoe! Maar één plaats werd omzeild. Het kamp waar ze met haar drie dochters opgesloten zat. Ze kon het maar niet vinden. Haar loep trilde boven bergen, laagland en riviermondingen. 'Ik weet het niet meer.'

Ze negeerde mijn vragen, sloeg jaren over. De atlas klapte dicht. Maar ik wou in Indië blijven. In het repatriantenhuis hadden we onder de afwas kampliedjes gezongen, ik kende de moppen, de sterke verhalen. God, wat hadden ze gelachen. En nu was het zoek op de kaart.

Toch had ze me de laatste maanden een paar keer over het hek laten kijken. Ik mocht het doodsbericht van haar slapie lezen, de vrouw met wie ze in haar barak drie jaar lang een paar planken deelde. Het kamp had haar wereld groter gemaakt. Ze hoorde er over de Bhagavad Gita en de denkkracht van grote yogi's. Ja, ze had er veel geleerd, vooral dat het beschavingsvernis van zoveel vrouwen op een kluitje dun is. 'En angst...' Haar stem haperde. 'Angst is een afgrond en soms moet je springen.'

Ze wou me niet uitleggen wat ze daarmee bedoelde.

Naast de sleur van keukencorvee, hout halen en latrines spoelen leerde ze handlezen achter dubbele klamboes en een oude ziel maakte haar wegwijs in de sterren. Veel toekomst toen in dat kamp. Maar terugkijken kon ze niet... Ze vond dat ze me al te veel had verteld. 'Het is voorbij. Laat maar.'

Voorbij?

Haar leven in de tropen had ook mij getekend. Ik werd er verwekt. De oorlog at jaren mee aan tafel. Omhoog die hefboom.

'Hoe ben je er beland?' vroeg ik.

Geen antwoord.

'Weet je de dag nog. Hoe lang duurde de reis?'

Ze plukte pluisjes van het tafelkleed.

Ik vroeg haar naar geuren, smaken, uitzicht. Misschien kon ik langs een omweg bij de poort uitkomen. Ik jende haar: 'Wie pakte, jij of je baboe? Hoeveel jurken nam je mee? Je kon makkelijk een hutkoffer vullen. Je werd gehaald en gebracht.'

'Eén koffertje, meer niet. Ik dacht dat het voor een paar dagen was.'

'En de meisjes?'

'Nog minder, die zagen het als een schoolreis. Toen we uit de gevangenis kwamen en na een lange treinreis in open vrachtwagens verder moesten, zagen we onderweg een truck met huisraad voorbijrijden. Oerdegelijke meubels, kasten, bultzakken en Hollandse potten en braadpannen. Geroofd uit onze huizen. De meeste vrouwen reageerden ontzet. Mij verbaasde het niks.'

'Hoe lang duurde die tocht?'

'Goh, dat ben ik vergeten. Een nacht en een dag. We hadden geen idee waarheen.'
'Stonden er mensen langs de weg?'
'In de dorpen wel, met gebogen hoofd, ze durfden ons niet aan te kijken. Ze schaamden zich voor ons, dat we ons zo lieten wegvoeren.'
'Niemand verzette zich.'
'Het kwam niet bij ons op,' zei ze. 'We reden dwars door de rimboe, de overhangende takken zwiepten tegen onze armen, pas in de avond stopten we aan de rand van een opengekapt gebied. We konden de Melkweg zien, eindelijk lucht.'
'En toen achter het prikkeldraad.'
'Nee, een bamboe schutting met scherpe punten. Ik heb drieënhalf jaar de zon niet zien ondergaan.' Ze verborg haar gezicht in haar handen.

Ging ik te ver? Geen traan natuurlijk, maar haar zuchten vertelden genoeg. Toch vroeg ik door. 'Neem me mee naar je barak, ga op je matje liggen. Wat zie je dan?'

Ze kneep haar ogen dicht. 'Een rat. Als je hem levend ving was hij een kwartje waard en moest je hem bij de kampdokteres in een teil verzuipen. Die maakte er rattenragout van voor de oedeempatiënten. Was best te eten.' Ze trok een vies gezicht.

Ik wilde meer vragen, maar ze stond op en schuifelde naar de wc. Ik hoorde haar kreunen. Waarom gunde ik haar niet haar geheimen?

'Wat zie je nog meer?' vroeg ik toen ze weer aanschoof.
'Laarzen, altijd laarzen. Ik lag op bed, al weken, kon niet meer, en op een ochtend, terwijl mijn blokgenoten

uit werken waren, zag ik door een kier die laarzen voorbijgaan, in het licht. Ze kwamen binnen, rukten de klamboes weg.' Ze schudde heftig haar hoofd.

Ik vulde haar zwijgen met welluidende zinnen. Ik keek met haar mee. Wat zochten de jappen? Sieraden, verstopte trouwringen, betaalmiddelen voor handel over het hek? De matjes van haar drie dochters waren onbeslapen – de zondagsschooljuf had zich over hen ontfermd. Ze was te zwak. Ik liet haar naar haar meisjes verlangen. Ze verlangde ook naar mij. Ik sprong naar het kamp, ver voor mijn tijd, en schoof dicht tegen haar aan. (We doen alles voor een beetje aandacht.) Een bange jongen naast zijn bange moeder. Maar die laatste zinnen streepte ik door.

Ik las haar mijn notities voor. 'Was het zo?'

'Zo had het kunnen zijn, ja. Maar je vergeet de kleur van de laarzen.'

Ze was uitgeput en wilde even rusten. Ik bracht haar naar de slaapkamer en wachtte aan tafel, bladerend in mijn aantekeningen. Naast haar atlas lag een stapeltje brieven, bijeengebonden met een verschoten blauw lint. Ik had ze nooit eerder gezien. Mijn vingers kropen ernaartoe – doe het niet, zei mijn binnenstem – maar ik knoopte het pakje toch open. Het waren ontboezemingen van kampvriendinnen. *Lief Rietje... Hallo houtsprokkelaar... Hoe gaat het met m'n ouwe slapie...* Ik las ze gulzig. De vriendinnen waren openhartiger dan zij.

Na een uur schuifelde mijn moeder weer de kamer in. Verward, lijkbleek. Ze speelde nerveus met de stenen ketting om haar nek. Toermalijn tegen de angst. 'Het stampt zo in mijn hoofd.'

'Je moet meer drinken, ontspan je.' Ik vulde een glas water in de keuken en sloeg mijn notitieblok open.
'Heb je niet genoeg?'
'Maar wat hebben ze met je gedaan?'
'Dram niet zo, je lijkt wel een jap. Natuurlijk kwam ik heelhuids terug. Ik leef toch nog.'

Beschaamd pakte ik mijn spullen. Bij het afscheid (zo tropenklam als haar hoofd toen voelde) schoof ze me een vergeeld briefje met haar maten toe. Borst, taille, heupen – allemaal dik onder de negentig. Genoteerd een dag na de bevrijding.

> Nee, wij praten niet over het kamp. Geen woord over de dag van de sirene, de dag dat de olievoorraden ontploften, de dag dat de bediendes wegbleven en kokkie je brutaal aankeek: nu zijn wij hier de baas. De dag van het huisarrest en het wachten. Weken wachten. De dag dat je een papier op je huis moest plakken met je naam erop. De dag dat je man zijn uniform in de tuin verbrandde en 's nachts het huis uit sloop. De dag dat de blanken koelies werden en de meesteres haar eigen koffer moest dragen. De dag dat je naar de inlandse gevangenis ging, met twaalf vrouwen in een cel, plus de kinderen, huilende kinderen. De dag van de wandluizen. De dag dat een Japanse officier tegen je zei: *Wake up, now you live in Japan*. De dagen van de geruchten. Het duurde nog maar even en dan was het voorbij. 1289 dagen lang. Geen woord.

In de vroege avond, toen de bejaarden uit het rusthuis met hun rollators de paden in de tuin betraden en ik de kartonnen hap van de pizzakoerier achter de kiezen had, klopte ik nog een keer op haar deur, uit ongerustheid. Was ik niet te dwingend geweest? Ze reageerde niet op onze code, ik belde, klepperde met de brievenbus. Een buurvrouw stak nieuwsgierig haar hoofd om de deur. Eindelijk licht. Een arm hoopje mens deed open. Gebroken. Alle kracht weg, ogen zonder glans, geen blos meer op de wangen.

Het rook naar eten in de keuken en het bewijs stond op het aanrecht: een halfvol pannetje soep.

'Hoe kan dat nou?' Ik nam een hap – kippensoep, met sliertjes en oogjes vet.

'Alleen maar een beetje,' zei ze schuldig. De kok bleek stiekem dagelijks een thermoskan soep af te geven, dat hadden ze samen zo afgesproken – buiten de directrice om. Onze hongerstaker belazerde de kluit.

'Ja, zo ga je niet dood,' zei ik, 'met dit dieet kan je nog jaren voort.'

Ze sputterde tegen, ze was immers afgevallen. Ze teerde op oud vet, heel langzaam, maar ze was onderweg, heus.

Ik liet me theatraal op de bank vallen. 'Alleen de goeden sterven jong.'

We warmden samen het restje op. 'Wat moet ik nu doen?' vroeg ze.

'Doorleven.'

De schrik sloeg in haar gezicht. Het klonk als een doodvonnis.

40

De volgende morgen deed mijn moeder zwijgend open en slofte zonder boe of bah meteen terug naar haar slaapkamer – ongewassen, tandeloos, half bloot, in een bevlekt nachthemd. Ze had geen oog dichtgedaan. 'Wat is er nog van me over?' mummelde ze op de rand van haar bed. Het antwoord zat tegenover haar in de spiegel: hangende schouders, waterzuchtige enkels, droog en korstig, verkalkte teennagels, opgezwollen aderen – ik durfde er nauwelijks naar te kijken. Ze kwijlde ook, trok met haar mond en leek verward. Het kwam door de duizelingen, zei ze, plotseling moest ze zich vasthouden bij het opstaan en als ze te snel uit de krant opkeek, tolden het kleed, de tafel, de kamer. Ze zat wijdbeens, schaamde zich daarvoor, maar zodra ze haar knieën bijeenbracht, klapten ze weer open, verlept en wit – een gore bloem. Ik zocht de zomer in haar benen, de dagen waarop ze bruin van de zon langs de perken kroop en zich krachtig onder de tuinslang schrobde. De klimrozen die woest over de hagen hingen, hadden haar armen en benen geschramd, rupssporen bloed spoelde ze af, en na het wassen oliede ze haar huid met eucalyptus om de krassen weg te wrijven – eucalyptus, een geur die ik verbond aan lenigheid, maar nu, hangend voor de spiegel, onder dat vuile roze hemd, rook ze vooral naar plas en waren haar armen en benen stijf.

Ze had het koud, ik vouwde een deken om haar benen en voelde de weerstand weer, die eeuwige weerstand, de schrik van nabijheid, het rillen om een aanraking, maar haar spieren waren te moe en dus liet ze het toe. Mijn voorhoofd raakte het hare, ze snikte, zo dichtbij, neus tegen neus: 'Niks doet het meer.'

Haar tong draaide in haar lege kaken, ze trok gekke bekken, haalde een hand door het ongekamde haar, blies een sliert voor haar ogen weg en trompetterde lucht uit haar bolle wangen. 'Als ik dood ben, mogen ze me niet mooi maken, geen poeder, geen lippenstift, ik wil eerlijk de oven in. Zal je daarvoor zorgen?'

Ik ging naast haar zitten, sloeg een arm om haar heen, haar ogen zochten me in de spiegel, bedelend om antwoord, maar ik staarde naar het versleten kleedje voor haar bed. 'Kijk dan toch, kijk alsjeblieft. Het is allemaal kapot.' Ze trok het hemd om haar buik strak en wiegde de vleesboom in haar schoot, de stuiterbal die haar naar voren deed hellen, alleen aan tafel kon ze hem bedwingen, geklemd tegen de rand, gesmoord in haar kussen. Het leefde daar binnen, ze voelde het groeien. 'Misschien kunnen we hem na mijn dood nog ergens planten. Het is zonde om hem te verbranden.'

Zo breekbaar als ze daar zat, zonder masker, zonder de schaamte waarmee ze ons had opgevoed, mijn lichaamsschuwe moeder. Ik stelde voor haar te helpen met douchen, maar ze sputterde tegen – 'wil ik niet wil ik niet' –, ze drukte zich aan mij op, sleepte zich naar de hoek van de slaapkamer en paradeerde voor me als een veilingstuk. Ze liet haar armen blubberen, bespotte haar kaalheid, toonde haar gebarsten nagelriemen, de levervlekken op haar handen, zo groot als stuivers: 'Weet je hoe ze dat vroeger noemden? *Fleurs de cimetière*.' En ook wat ik niet kon zien kreeg een naam: spataderen, hangbillen, scheerriemen (haar borsten), voor elk lichaamsdeel een misprijzend woord – een anatomische les onder een vuil hemd en toch was ze bloter dan ooit. Ze beschreef haar lichaam alsof het van een ander was, alsof ze in een verkleedpak het toneel op was gestuurd. Van wie waren die benen, die kalktenen? Kon ze er nog uit? Waar zat de rits? En al was ik ontzet, ook ik kon mijn fascinatie niet onderdrukken. Was dit wel haar rug? Mager en schonkig, iets gekromd bij de schouders, de rug die in de moestuin bukte, de aanrechtrug waar ik als kind tegen sprak als ik van school kwam, de zwijgende rug – mijn klaagmuur.

'Kom, ga je wassen.' Ik ging haar voor naar de badkamer, maar ze weigerde me te volgen. De straal van de douche deed te zeer. Ze wiebelde, haar ogen dwaalden af – een duizeling. Ze gaf de rollator een zet en liet zich op bed vallen. Moest ik de dokter bellen? Nee, nee, het was niets, het trok alweer bij. Ze keek glimlachend naar me op, de groengele glans van haar ogen was verdwenen – ik had het nog niet eerder opgemerkt. Ze pakte mijn hand. 'Ik wil niet naar het ziekenhuis.'

'We houden je thuis, verzorgen je tot je laatste snik...' Het klonk edelmoedig, maar ik dacht ook aan mijn agenda, die ik al weken niet had durven inkijken. Mijn uitgever zat me achterna, vrienden verwaarloosde ik en over drie weken werd ik in Parijs verwacht bij een literair festival. Ze moest of opschieten of haar dood nog een jaartje uitstellen. 'Hou vol,' zei ik, 'een beetje Van Dis haalt de volle honderd.'

Ze verwenste me binnensmonds, maar ik mocht haar toch bij de arm nemen en naar de douche leiden. Ik liet het water lang lopen tot de temperatuur haar beviel en draaide de kop zo dat de straal zachter werd, ze trok haar hemd over haar hoofd ('nee, doe ik zelf') en ik liet haar alleen, al bleef ik wel voor de badkamerdeur luisteren of het allemaal goed ging. Het water liep, een kruk werd verschoven, ze was erbij gaan zitten, de boiler zoemde, en ze gromde. Geruststellende geluiden.

Ik liep naar de zitkamer en hoorde een bonk. Een tel later stond ik in een dampende badkamer en knielde voor een naakte, kermende moeder. Uitgegleden. Ze huilde zachtjes. Ik betastte haar benen, heupen – alles boog en strekte naar behoren. Ik hees haar op, ze nam zelf het opstapje van de douche. Niks gebroken of kapot zo te zien, op een paar rode striemen op haar rug na. Alleen die duizelingen. Ze kokhalsde.

Ik belde de balie. Niemand nam op. Belde haar dokter. In gesprek. Na de derde poging kreeg ik een bandje dat me doorverwees naar de dokterscentrale. De dienstdoende verpleegkundige bleef ergerlijk kalm. Of ik maar eerst een aantal vragen wilde beantwoorden. Geboortedatum, naam van de huisarts en waar patiënt verzekerd was. Wist ik niet. 'Heeft ze koorts?' Wist ik ook niet.

'Zou u dat willen opnemen.'

'Mevrouw, ik zit hier met een zieke tijgerin, ze heeft geen thermometer.'

'Ja, zo kunnen we niks beginnen.'
'Ik zou maar eens actie ondernemen in plaats van administreren.' Ik vloekte.

Het mens hing op. Ze was getraind in agressieve bellers.

Mijn moeder wilde slapen. Ik wreef haar droog – ondanks haar verzet –, hielp haar in een schoon nachthemd en fatsoeneerde haar bed. De zon kwam achter de bomen vandaan, een plas licht vloeide over het balkon, de hortensia's hingen slap, de bakken stonden droog. Het raam moest dicht, de meeuwen maakten te veel lawaai, alles deed pijn, zei ze, het licht, het getoeter van een verre auto. Ik sloot de gordijnen, zij vocht met een laken en viel achterover in haar kussen. Slap. Ik tikte zachtjes tegen haar wang. Ze knipperde met haar ogen.

Ik belde opnieuw de dokterscentrale.

Weer die vrouw, weer die vragen. Veertig graden koorts gaf ik op, en kotsen, een flauwte. Ik blufte haar duizelingen tot spoedgeval.

Mijn moeder mompelde onverstaanbare zinnen. Ze kwijlde, blies spuug. Ik praatte op haar in, vroeg of ze dacht dat ze doodging, maar ze antwoordde niet en pufte zachtjes.

Misschien was het de deurbel, het instinct de rug te rechten bij bezoek, maar de komst van de arts gaf haar de kracht mij te vragen haar gebit aan te geven en snel een kam door haar haar te halen.

Het was een enigszins versleten dokter die ik binnenliet, afgetrapte hakken, vormeloos jasje, verweerde kop, maar vriendelijk en zonder poespas. De invaller, zo stelde hij zich voor. 'Ik ben te oud voor een ziekenhuis,' zei mijn moeder nog voor hij haar kon onderzoeken. Hij boog zich over haar heen, tuurde met een lampje in de ogen, voelde haar pols, vroeg haar een wijsvinger naar haar neus te brengen (een zwalkende die op het kussen belandde) en zei: 'U bent moe.' Sliep ze wel naar behoren?

Ze klaagde over slapeloze nachten. Heel overtuigend. Een pil zou haar helpen – hij schreef een dubbele dosis voor.

De dokter ging zijn handen wassen in de badkamer. Mijn moeder stootte me aan en sliste: 'Praat met hem, met deze kan je zakendoen.'

In de hall vroeg ik hem naar zijn bevindingen.

'Ze heeft een tia gehad, vermoedelijk een paar achter elkaar. Rustig laten liggen. Morgen kom ik weer.'

Ze praatte raar, kwam dat nog goed?

Hij filosofeerde over het leven – ongevraagd, met zijn hand op de deurkruk. Ook gezondheid was een imperfectie. We mochten er niet te veel van verwachten.

Tja.

Buiten op de gang ging zijn zaktelefoon. Hij nam op, zijn schouders trokken samen van een ruziënde stem. Ik keek hem lang na, verbaasd over zijn aanpak. Zijn schaduw slofte naast hem mee. Het leek me een man die naar rust verlangde.

Mijn moeder lag met haar gebit in haar hand toen ik weer voor haar bed stond. 'En? Doet hij het?'

'Die man kent je nauwelijks.'

'Je bent een slapjanus. Zet maar thee.'

Ik liep naar de keuken, maar toen ik met de kopjes binnenkwam, dommelde ze net weg.
Buiten op het balkon belde ik mijn halfzuster in Italië. Misschien moest ze toch maar overkomen.
Terug in de kamer hoorde ik haar zacht roepen. Ze klaagde over koude benen, ik had haar bed slecht opgemaakt, het laken zat te strak, ze kon haar linkerbeen niet meer optrekken.
De zon gleed naar de andere kant van de tuin, het werd donker in haar slaapkamer. Ze stompte op haar onwillige been en liet zich met een kreun achterovervallen. 'Ga alsjeblieft weg.'
Ik knipte een schemerlamp aan en ging naast haar bed het nieuws op mijn iPhone zitten lezen.
'Het kan me allemaal geen moer meer schelen,' sliste ze. 'Schrijf dat maar op.'
Ze stond erop dat ik vertrok. Ik ruimde af, gaf de hortensia's water, treuzelde. 'Ik blijf liever.'
'Ik wil dat je gaat. Je benauwt me.'

Ik liet de buitendeur op een kier en haastte me naar de directrice – het werd tijd dat iemand maatregelen nam. Ze zat nog achter haar bureau, met zicht op de ontvangstbalie en de koffiekamer, waar bewoners de hele dag konden aanschuiven. Geschrokken sprong ze op. 'Ach, is het zover?' – hoofd scheef en meelevend, om week van te worden. Het scheelde niet veel of ik begon te janken. 'Jullie laten haar barsten.'
'Wij kunnen niks doen, uw moeder heeft geen zorgindicatie, we mogen niks en ze wil ook niks. Wat verwacht u van ons?'

'Verplegen of vermoorden. Waarom doet haar huisarts niets?'

'Die weigert ze te ontvangen. Ik ga dagelijks even bij haar langs, maar het blijft lastig praten door een brievenbus. We hebben een sleutel als het moet, maar ze heeft een nachtknip op de deur laten zetten.'

Ik vroeg haar om een reservesleutel.

'Vertrouwt ze u ook al niet?' Haar gezicht betrok. 'Maar ik mag hem u niet zomaar geven – privacy –, daar heb ik een machtiging voor nodig.' Ze liep naar een stalen kast om mijn moeders dossier erbij te halen – het magerste van allemaal zo te zien, niet meer dan een paar velletjes. Ze sloeg de map open. 'Mmm, nog steeds een huurachterstand. Nee, ik zie geen formulier. U bent niet sleutelgemachtigd.'

'Dan vervals ik haar handtekening.'

'Ik kom u tegemoet,' zei ze zonder aarzeling. 'Zullen we dan ook maar meteen die nachtknip weg laten halen?' Al bladerend hield ze de flap van de map hoog en ik zag mijn moeder ondersteboven op een foto. In kleur. Mocht ik eens kijken? Het was een vakantiekiekje. 'Ja, geen pasfoto, zoals de anderen. Het is een ijdele tante hoor.'

Ik schrok van haar volle haar, de brede lach – kin omhoog, beetje hooghartig, alsof ze flirtte met de fotograaf. Misschien was het de gesteven blouse, wit, met opstaande kraag, een beetje stout. In welke tijd keek ze hier in de lens, zinnelijk, bruinverbrand, je voelde de zon op de foto, hij moest buiten zijn gemaakt, op een kade – plezierboten dobberden achter haar hoofd. Een vreemde keek me aan.

De directrice gaf me een sleutel en ik liep opgelucht de trap op.

De deur was dicht. Mijn sleutel kraste in het slot. Er piepte licht onder de slaapkamerdeur, maar ik liep eerst de zitkamer binnen. En daar stond ze, op het balkon, in d'r nachthemd. Ik stormde naar buiten: 'Wat doe je daar? Je vat kou.' Mijn moeder wankelde in de hortensia's, hing al half over de reling, kwijlend. Ik trok haar weg, maar ze greep zich vast aan een spijl, haar nachthemd zat onder de vegen. Ze vocht zich los, met een verbeten kracht, ik klemde mijn armen om haar heen, ontnam haar bijna de adem en sleepte haar naar binnen.

'Wat is dit voor onzin!'

Ik zette haar op de bank, maar ze sloeg me van zich af. Haar voeten waren vuil. De potgrond had haar tot dier geschminkt, zwartgeklauwd, angstig, aangeschoten. Ik aaide haar klamme huid, haar plakhaar, veegde de aarde uit haar neus. Tot ze rustig werd.

'Zal ik je wassen?'

Ze knikte.

Ik vulde een teiltje met lauw water en bette haar gezicht met de punt van een handdoek, rustig, fluisterend, al moest ik me bedwingen haar niet pijn te doen, ik waste haar knieën, nog altijd glad en rond, haar nek, en ik voelde haar strottenhoofd, haar hart klopte daar in mijn hand... En toch liet ik de zachtheid winnen. Ze viel zittend in slaap.

Ik bleef de hele avond bij haar. Ze was te uitgeput om op te staan. Ik bracht haar kussen en deken naar de bank, veegde het balkon aan, at een vette foeyonghai van de bezorgchinees en liet me opgeblazen op haar bed vallen. Mijn rug vocht met een worst van lakens. Ik kroop in haar die nacht en alles was oud en alles deed zeer.

41

Het kaartje dat bezorgers van maaltijden, brood en fruit van de deur moest houden was weggehaald, mijn moeder nam het etenskoffertje weer aan en stortte zich op de bakjes doorgekookte groentes met gebitsvriendelijke slavink. Ze knapte er zichtbaar van op, alleen haar linkermondhoek druppelde nog na.
 Verslagen schuifelde ze door haar flat. Of ik de fotoalbums van tafel wilde halen – Kan Weg. We moesten ze maar onderling verdelen. We vulden nog een doos of wat. kw. kw. Twee boeken bleven op tafel: de Bhagavad Gita en het Tibetaans Dodenboek. En verder koos ze voor 'het hier en nu', de kranten en het dagelijks nieuws.

Het was drukkend weer en het regende al dagen. De invaldokter was langs geweest en er werden medicijnen bezorgd – slaappillen en bloedverdunners, die ze weigerde in te nemen. Ik drong er ook niet op aan. We wachtten...
 Mijn opschrijfboek lag werkeloos op tafel en mijn moeder oreerde voor het raam over het klimaat: Nederland zou natter worden en warmer. Het bewijs groeide volgens haar in de tuin van het rusthuis: bamboe. De pol halmen die ze als lid van de tuincommissie jaren geleden zelf had uitgezet, woekerde metershoog, overal schoten bezemsteeldikke staken op. De tuinman ging ze met schop en

bijl te lijf. Aanvankelijk genoot ze van de wildgroei – in het wuivend bamboe klonk een tropisch landschap door, maar het prikte ook een verhaal open.

'We zijn in de moesson uit het kamp gehaald, een paar weken na de bevrijding, als een van de laatste groepen, het was een vreeslijke tocht, nat tot op het bot, een vrachtwagen over de kop, gewonden.'

Ze zei het terloops, alsof een oude draad werd opgepakt. Ik schroefde de dop van mijn vulpen, een woordloos signaal, waarop zij zo goed en zo kwaad als het ging haar hoge stoel beklom, kussen tegen de buik, leunend op een lege tafel, zonder boekenfort, kwetsbaar, al lag de kromme stok nog altijd binnen handbereik. Haar stem klonk vlakker dan gewoonlijk, ze sliste licht en nam lange stiltes die ik zwijgend voorbij liet gaan.

'We kwamen in een beschermde wijk terecht, ingericht als een soort evacuatiekamp, daar moesten we aansterken, later zouden we naar de haven worden gebracht, als er meer boten waren. De vrede was schijn. We mochten niet naar buiten, we werden opnieuw achter versperringen gezet. De nationalisten keerden zich tegen ons, de bevolking was opgestookt, sommige wegen werden gecontroleerd door pemoeda's – opgeschoten jongens met bamboe speren. Ze droegen de gestolen uniformen van onze mannen of liepen met witte doeken om hun kop. Onze nieuwe vijand zat nog op school en we waren banger dan ooit.

De geallieerde bevrijders konden er niets tegen doen, wat wil je, een paar Britten, Australiërs en een handjevol

Indiërs en Gurkha's. De jappen kregen opdracht ons te bewaken. Beschermd door de vijand, leg dat maar eens uit...' Ze knikte naar mijn notitieboekje.

'We kregen geen blubberpap meer, maar rijst en vlees en groente. Onze magen konden het slecht verdragen en toen werden we weer op rantsoen gesteld. De schok was te groot. Toch vraten sommigen zich barstensvol, schrokkend, buiten zichzelf, en dan kotsten ze het weer uit en gingen ze opnieuw naar de keuken of ze stonden uit de vuilnisbakken te schrapen. We waren nog niet echt bevrijd, maar de remmen schoten los.'

'Ook bij jou?' vroeg ik zonder op te kijken.

'Onze lichamen werden weer wakker. Schrijf dit maar niet op.' Ik legde mijn pen neer. 'Vertel het nooit aan je zuster.' Een zin die ik gauw opschreef. 'Ik werd verliefd op je vader. Toen al, nog maar nauwelijks hersteld. We zochten allebei naar onze echtgenoten – dat hij ook Just heette vonden we toen meer dan toeval.' Ze hijgde.

Ik keek haar spottend aan. 'En hier zit het product, ontstaan uit het zaad van verraad.'

Het grapje viel slecht. Ik excuseerde me.

Einde verhaal.

Maar een paar koppen thee later: 'Ach, het was zo'n idiote tijd. Ik heb totaal verwilderde mannen zien terugkomen, tja, en dan ontdek je dat je geliefde niet meer lijkt op het bidprentje in je geheugen. De oorlog had ons lelijker gemaakt, ook vanbinnen... Er zijn heel wat huwelijken gestrand die eerste maanden. En ik werd verliefd, ja, vraag me maar niet hoe dat kon.'

Ze trok zich op, greep haar rollator en sleepte zich naar de wc. De wieltjes hadden het kleed verrafeld – de oude pers waar de Franse tantes nog christelijk op hadden geknield – en terwijl ik zo rondkeek, zag ik toenemende sporen van verval, nog meer vlekken op het tafelkleed, een scheur in het behang, een vergeeld plafond, een verveloze vensterbank. Ook haar flat was levensmoe.

Ze kwam al pratend binnen en hield even stil voor het portret van haar enige wettige man (die na de entree van mijn verwekker Just 1 zou heten). 'Ach, ik voelde me zo schuldig. Waar was ie heen gevlucht? Zijn naam stond op geen enkele lijst, zelfs niet op die van de vermisten. Het was één grote chaos. Die stomme Hollanders op Java hadden doorgebriefd dat Just vermoedelijk een verrader was, net als al die andere goed opgeleide jongens die zich ineens Indonesiër noemden. Een Australiër van het Rode Kruis stelde me vervelende vragen. Waarom Just niet krijgsgevangen was gemaakt?

Ik kon alleen een foto in uniform overleggen, de enige die ik nog van hem had, hij met drie man op patrouille. Achterop had ik recepten geschreven: drie-in-de-pan, wentelteefjes... Hongergebedjes noemden we dat. De Australiër moest zijn bril afzetten om goed te kijken. Hij schoof de foto vol verachting van zich af.

We gingen elke dag naar de lijsten kijken en klampten iedereen aan die met nieuws van buiten kwam. Ik heb vrouwen gek zien worden na een doodsbericht, alsof er iets in hun hersenen brak. Maar niks weten is erger.

Een Chinese fruitverkoper wilde wel voor mij op onderzoek uitgaan – in ruil voor een schuldbekentenis: het zilver dat ik in de tuin van ons laatste huis begraven had. Na een paar weken nam hij me geheimzinnig apart. Het was heel onrustig toen en we mochten eigenlijk niet buiten de poort, toch lukte het hem me naar een verlaten rubberfabriek te brengen, nog geen tien minuten lopen van ons kampterrein. Hij keek voortdurend om zich heen want de pemoeda's joegen ook op Chinezen. We werden opgewacht door twee Ambonese soldaten, oud-KNIL'ers, die de hele oorlog uit de handen van de jap hadden weten te blijven en zich nu voor de pemoeda's moesten verstoppen. Geen Hollandse hond was veilig. Ze kenden Just, waren trots op zijn rang – ja, wie niet, maar weinigen hadden het zo ver geschopt –, een van hen diende onder hem op een eerdere post, een korporaal, een kettingroker met een vuil verband om zijn nek. Hij wist me te vertellen dat Just met een paar soldaten een verzetsgroep had opgericht, allemaal donkere jongens die dankzij de kleur van hun vel in de bevolking konden opgaan. Spioneren voor de geallieerden, wapensmokkel, bruggen opblazen, dat soort werk. Hij zou naar Java zijn gevlucht. Hoopvol nieuws, dacht ik. Maar zijn kameraad versprak zich: de groep was verraden. De Kempeitai heeft ze dagen gemarteld. En daarna? Ze wilden het niet zeggen, maar ik kon het raden.'

Haar rechterhand flitste langs haar strottenhoofd.

'Als troost kreeg ik een bordje rijst. De fruitverkoper wou weten waar hij het zilver kon opgraven. Je kent de Chinezen, het blijven handelaren.'

Ze had zich hernomen, sprak heel kalm – vermoeid, licht slepend met de tong – en in kale taal, alsof het verhaal dat jaren in de vouwen van haar geheugen had liggen woelen, nog naakt was, zonder de opsmuk die verhalen krijgen als je ze vaak vertelt.

Ik wilde die mannen beter kunnen zien en ook het gedrag van mijn moeder. Het was donker in die rubberloods, ik gaf haar wat licht, liet een van de mannen een vuurtje maken, hij warmde de rijst op, gooide nog wat houtjes bij. Kijk, ze trekt haar vale jurk recht, heel beheerst, ze heeft hem de dag daarvoor bij het Rode Kruis mogen uitkiezen, hij zit wat ruim en laat een beetje borst zien, voor zover ze na drie jaar honger nog borsten heeft, maar ze heeft de inkijk met een veiligheidsspeld weggestoken. De soldaten buigen voor haar en leggen hun rechterhand op hun hart. Ze kent het gebaar, maar ze buigt niet terug. De korporaal is een welopgevoed man, hij biedt haar een kist aan, slaat het stof weg. Bij het bukken verschuift het verband om zijn nek, een vers litteken komt bloot – de schampende speer van een pemoeda. Ze vraagt er niet naar, een paar sigaretten later is de wond weer in rook gehuld, maar de gezichten heeft ze zich voorgoed ingeprent: de scherpe kin van de korporaal en het spannen van zijn kaak voor hij begint te praten, en de mooie donkere krullen van zijn kameraad, vervilt van het stof – krullen als die van haar dochters.

Mijn moeder leunde voorover en volgde mijn pen op papier. 'Wat schrijf je toch langzaam.'

'Wat een doodsbericht,' zei ik haastig mijn zinnen afraffelend. 'Werd jij niet gek?'

'Nee, geen traan, niks. Raar hè? Ik was verdoofd weet je,

afgeknot, zo voelde het... de snoeischaar.'

Ze stond op en wielde zich naar haar uitkijkpost bij de vensterbank. De regen sloeg tegen het raam, ze wenkte me naast haar. We keken naar de huilende bamboe en de glanzende loten die uit het gras schoten. 'Denk niet dat ik kil of onverschillig was.' Ze sprak over haar verliefdheid toen – zo onbedoeld en verboden, maar haar lichaam wou het en heel haar geest. Het was een gevecht. Alleen al de schaamte tegenover haar oudste dochter Jana, een meisje van net veertien, die dacht dat bij de Rode Kruispost vaders werden uitgedeeld en zelf een nieuwe Just uit de rijen had geplukt om hem als een trofee aan haar moeder te laten zien, en nu werd ie ook nog voor haar ogen ingepikt.

In hun eerste dagen verkende ze met deze nieuwe Just de paadjes achter het Rode Kruisgebouwtje. Hij liep slecht, had een gebroken rug van het bielzen slepen aan de spoorlijn. Bij een hek werden ze aangesproken door een Chinese fotograaf. Foto? Foto? De man had zijn toestel jaren voor de jap weten te verbergen en wilde nu de vrijheid fotograferen. Hun zichtbare liefde hoorde bij die vrijheid. Ze stemden toe. Een dag of wat later stond hij met een afdruk te zwaaien. Stralend stonden ze erop, al schaamde ze zich voor haar opgeblazen armen en benen, de sporen van de honger wilden maar niet verdwijnen en zijn schedel zat onder de korsten. Vreemd, ze hadden eroverheen gekeken, voorbij de wonden, de losse tanden – ze hadden elkaars lelijkheid in verliefdheid uitgewist. Maar die foto was een pijnlijke spiegel... en toch konden ze erom lachen. Na een week vervaagden hun contouren en losten ze langzaam op – de chemicaliën van de fotograaf hadden de onderduik niet doorstaan.

42

Mijn moeder won aan kracht en ik leefde als een bejaarde: samen aan de ochtendkoffie, samen de krant, samen eten (ook ik kreeg een koffertje), samen de middagthee (lauw, zonder koekjes want haar tandvlees deed steeds meer pijn), samen naar de radio luisteren, samen lezen, televisiekijken.

Ik zette haar pantoffels klaar, verwarmde haar kruik en repareerde de rem op haar rollator. Haar wens was mijn bevel. Ze neusde in mijn aantekeningen, eiste verbeteringen en als ik protesteerde zette ze haar kwalen in. En hup, daar stroopte ze weer een steunkous af en oliede ik haar schilferbenen. Ik kromp tot knecht. Maar mijn hand verlangde naar een zweep.

's Nachts, alleen op mijn gastenkamer, als de kuil in de twijfelaar mij wakker hield, lag ik stil aan mijn moeder te denken. Nee, eerlijk zijn: ik lag haar hardop te haten. Soms kookte ik van drift, wilde gillen en dan stond ik op om mijn rug te strekken in de tuin. Ik was niet de enige slapeloze, ik zag een verwarde man die buitengesloten was op het balkon – hij riep om hulp –, hoog achter huilde een vrouw. Wanhopige bejaarden. Lichten sprongen aan. Verzorgsters renden over de gangen. Rusthuis, wie verzint zo'n naam? 's Nachts hoor je het gerammel in de kooien. Hoeveel gemengde berichten had ik al niet uit de kranten geknipt: 'Man wurgt bejaarde echtgenote.' 'Vrouw slaat man dood met koekenpan na huwelijk van 63 jaar.' Waar bleven de zonen?

Wij spraken zacht, mijn moeder en ik, wij maakten geen ruzie meer en schikten ons ijzig in het zelfopgelegde ritme, bang om een verkeerd woord te zeggen. En als mijn ongeduld me dwarszat en ik een vloek inslikte, schuifelde ze naar de vensterbank en las me de les in monologen.

'Jij wilt dingen snappen, in zinnen persen, maar zo loopt het tedere gevaar. Het gaat niet om de directe lijn, maar om de spiraal, om het aftasten. Je moet verkennen, niet openbreken. Het raadsel is belangrijker dan het antwoord. Ik begrijp wat er gebeurd is zelf niet.'

'We zijn vonken uit het universum, uit sterrenstof ontstaan. Net als ons nageslacht, het hoort ons niet toe. Kinderen zijn gedaanteverwisselingen, toegewezen door het lot. Hechten heeft geen zin.'

'Aan het leven hangen is een dubbele vergissing. 1 – Je vergalt het leven van je kinderen. 2 – Loslaten is ook beter voor je volgend leven. Ik heb al te veel opgesoupeerd... Nu te veel, later te weinig. Je moet het verdelen, net als in de tuin: kap een boom en je krijgt meer zon en sterkere planten. Harmonie, daar gaat het om, maar het blijft modderen.'

Ze reeg de ene gedachte aan de andere, vaag, of diepzinnig, dan weer plat en nuchter – lenend van de boeren en van Boeddha. Soms leek het of ze al associërend ook zichzelf verraste. 'Hoe kan je nou loslaten terwijl het al zo moeilijk is om vast te houden?' 'En hoe leer je "niets" te worden als je jezelf nooit wat vond? Misschien is het beter elke dag een beetje te minderen.'

Het hardop denken leek haar kracht te geven. Haar hoofd hing minder en de lach in haar stem kwam terug. Het raam was haar theater en al stond ze met haar rug naar me toe, ze verwachtte niet anders dan mijn aandacht. Soms draaide ze zich triomfantelijk om. Schreef ik het wel op? En als mijn pen dan over het papier kraste, klonk haar dat als applaus.

'Ik heb al eens eerder willen springen, toen je vader een vriendin had, je weet wel, die zwakzinnigenverpleegster. Hij had haar foto in ons album geplakt. We waren met vakantie in de Ardennen, hij was nog zwak, maar in al zijn afhankelijkheid had hij wel het lef met haar te telefoneren. We ruzieden veel toen, ik dwong hem te kiezen, wat hij weigerde. Bij een waterval hield ik het niet meer. We stonden op een houten brug en keken in de diepte naar de rotsen en de stroomversnellingen – het was maar één stap. Hij zag mijn aarzeling en trok me weg. Op de terugreis vatte hij kou. Een week later was hij dood, toen hoefde niemand meer te kiezen...'

'Mildheid is een leugen. Het is een manier om je woede te verbergen. Diep vanbinnen zijn we woedend om wat ons is afgenomen, onze dromen, een landschap, je minnaar, je dochters. De boosheid om dat verlies neemt alleen maar toe.'

'Al sinds mijn vroegste kinderjaren heb ik vernederde mannen gezien. De soldaten op het fort lieten de jonge boerenknechten door een hoepel brandend hooi kruipen. De officieren keken lachend toe. Later zag ik die spelletjes op een kazerne in Fort de Kock en op feestjes bij planters. Inlanders voor de lol bang maken. Je weet waar dat toe leidt.'

'En toch zijn die militairen altijd blijven trekken. Het was kiezen tussen kiel en uniform. Soldaten bukten niet. Ik koos voor eentje van verder dan ver, maar hij kende de pesterijen van de blanken nog niet en hun vlegelmanieren. En die andere soldaat zou je vader worden, *ach erm*, hij was op zijn zestiende uit het weeshuis het leger in gestuurd en kwam getergd uit de oorlog. Ik wilde trots op ze zijn. Het mochten geen schoften worden en ze moesten hun rug recht houden. Raar hè?'

'Voor mij was mijn donkere Just Indië en ik voor hem Holland. Zo simpel was het, en tegelijk zo gecompliceerd. Ik kon niet voorzien dat hij een ander zou worden in zijn eigen land en ik ook. Nieuwe grond – niet elke plant kan ertegen.'

Buiten stookte de tuinman een vuurtje van snoeisel en dorre bladeren.

'Vuur schroeit herinneringen weg. Er was een man die het kamp niet uit wou. Toen de geallieerden de krijgsgevangenen kwamen ophalen, rende hij de rimboe in. Later is hij teruggeslopen en heeft hij in zijn eentje maanden in dat verlaten kamp gewoond, tot een patrouille hem bij toeval ontdekte. Vel over been, ondervoed, hij was niet over te halen mee te gaan, kon niet geloven dat de oorlog voorbij was. Ze moesten hem geboeid afvoeren – wild van waanzin. Voor zijn ogen hebben ze het kamp in brand gestoken, pas toen alles in de as lag kwam hij tot rust. Het kwaad moest uitgebrand.'

De radio meldde oorlogsleed.
'Zal ik je eens iets schandelijks zeggen: soms mis ik het. Als je te lang met je handen in ruwe vlasvezels roert, voel je het zachte niet meer. Zoiets, je raakt gehecht aan ellende. Je vader had het ook, hij droeg de oorlog in zich en kon hem niet loslaten.'

'De eerste keer dat ik de meisjes meenam naar de familie, liep de halve polder uit. Alsof we van het circus waren. "Kunnen ze ons verstaan?" vroeg een knecht. "Indo komt van indolent," had de dominee ergens gelezen. En bij het afhalen van de bedden van de meisjes zag ik de meid lang aan de lakens snuiven.'

De schaar viel uit haar hand – het snoeien van de hoge geraniums lukte niet meer, de bladeren hingen slap en de schimmel sloeg uit de potten. Het maakte haar verdrietig en woedend tegelijk, ook de verwijdering van de nachtknip aan de voordeur greep haar aan, haar rollator bleef steken in de scheuren van het kleed. Het gevoel haar huis niet meer de baas te kunnen werd sterker. Een machteloosheid die steeds meer haar verhalen kleurde.

'Soms gaan de dingen met je op de loop, zoals die dag dat ik een Gurkha zo gek kreeg om me naar ons oude huis in Fort de Kock te brengen – hij moest daar toch bij de kazerne zijn. Ik was vastbesloten me niet langer op te laten sluiten en af te wachten. Ik moest opkomen voor de meisjes en hun vaders onschuld bewijzen. Misschien kon ik in ons oude huis nog papieren van hem vinden, zijn bevorderingen, onderscheidingen, bewijzen van zijn trouw. We hadden voor de jap binnenviel zijn paperassen in een holte naast de schuifdeur verstopt.

Het huis bleek al jaren in andere handen. Totaal uitgewoond, verveloos. De schuifdeur was gesloopt, de tuin omgeploegd en waar we het zilver hadden begraven, gaapte een kuil. Ik had niet anders verwacht. Gestolen of ingeruild voor een zak rijst, of misschien was de Chinees al langs geweest. Alleen mijn boeken waren er nog, niet in een kast, maar bijeengegooid in een theekist. Zo raar, alsof ze daar op me lagen te wachten. De bewoonster zei me dat een onderwijzer ze in de oorlog was komen ophalen, hij wilde de plaatjesboeken voor school gebruiken. Na de capitulatie werden ze weer keurig teruggebracht. Mijn enige plaatjesboeken waren de geïllustreerde feuilletons van Dickens, die kocht je destijds los om ze later in te laten binden. Ze zaten onder de krassen, de zilvervisjes hadden gangetjes door de pagina's gegeten, dwars door de tekeningen.

De bewoonster moest dringend naar een zieke, pas toen ik haar ervan kon overtuigen dat ik het huis niet kwam opeisen, mocht ik blijven. En daar zat ik met A *Tale of Two Cities* op mijn knieën, alleen in dat vertrouwde licht alsof ik er nooit was weg geweest, zo raar...

Plotseling hing er een sterke zweetgeur in de kamer, ik draaide me om en zag vier jongens in de deuropening staan, met witte hoofdband en bamboe speer. Ze moeten onze jeep hebben gezien. De voorste liep op me af en rukte het boek uit mijn hand. Nederlandse boeken waren verboden. "Dickens is Engels," zei ik. Was ook verboden. We spraken Maleis hè, vergeet dat niet. Die jongen smeet het boek op de grond en veegde zijn voeten eraan af.'

Haar verhaal stokte. Ze draaide haar rollator om en liep terug naar haar stoel. Ik moest het vervolg uit haar trekken – flard voor flard.

Ze had die pemoeda een klap willen geven, maar haar arm weigerde. Zijn haat sloeg haar lam – een haat voor boeken, voor kennis, westerse kennis, westerse waarden, zo vanzelfsprekend opgelegd en ten voorbeeld gesteld, en die jongen vertrapte ze met een grijns.

'En op dat moment wist ik het: Indië is voorbij. Voorgoed. Na hun vader verliezen de meisjes ook hun land. Waar horen ze straks nog thuis? Donker, maar ook westers – onzuiver in de ogen van fanatici.'

Dickens moest er bladzij na bladzij aan geloven – de kamer lag vol gescheurd papier. De boekvertrapper kreeg het er nog warmer van, zijn kameraden voetbalden met de proppen en renden de tuin in, maar hij was geen speler, het was hem ernst... Hij liep op de theekist af, hurkte voor de andere boeken en liet ze een voor een door zijn handen gaan... de titels, de namen. Het was een mooie jongen, trots en sluw tegelijk, slank – air van een generaal.

Eenzaam voelde ze zich – te groot, te lang, te lomp, te wit in zijn nabijheid. Ze liep naar het raam, keek naar de baldadige pemoeda's in haar oude omgewoelde tuin. Zijn ogen volgden haar. Brutaal. Hij riep haar terug. Moest ze omkeren, met hem praten? Hij was zo jong, zo hooghartig.

We zagen hem voor ons, zo scherp beschreef ze hem... Jukbeen, heupen. Haar ogen knipperden. Ze had hem voorgelezen, zomaar een bladzij uit een willekeurig boek. Hij, de leider, was erbij gaan zitten en zij naast hem en hij leunde tegen haar aan. Ze voelde de woede uit zijn lichaam trekken. Ze knoopte zijn hoofdband los, vouwde hem op en wiste er zijn zweet mee af.

Ze schaamde zich toen ze het vertelde, ze vroeg me of ik het begreep.

'Ja, ja,' zei ik. En ik probeerde het.

De middagzon trok over de vensterbank. Ze draaide zich uitgeput naar het licht en veranderde in een brede rug.

'Overleven is een smerig gedoe hoor. De Gurkha die mij had afgezet, kwam me niet meer ophalen, er was een handgranaat in zijn broekzak afgegaan. Ik heb nog naast hem gezeten in het hospitaal. Hij lag met één been in het ijs. De ene fles bloedplasma na de andere werd toegediend. Kleurloos, maar zijn matras werd knalrood. En dan zit je met je hand in het ijs te roeren. Om in godsnaam iets te voelen. Een Engelse peloton-arts probeerde het nog met me aan te leggen.'

43

Moeder en dochter stonden tegenover elkaar. Ze hadden elkaar een jaar niet gezien, maar Saskia was te geschrokken om haar te kunnen omhelzen. Zo mager en die dikke buik, dat idiote trainingspak. 'Zorg je wel goed voor haar?' En die klitten in haar nek? Ik had de flat niet schoongehouden, er lag vingerdik stof in de boekenkast, en waarom had ik niet eerder gewaarschuwd? Door de telefoon klonk mammie zoveel flinker.

We kibbelden, als vroeger. Moeder suste, als vroeger. Ze zette ons ieder aan één kant van de tafel, schoof koppen thee toe, redderend, knoeiend en bevelend. 'Pak een doek, gauw.' 'Haal de appeltrommel uit de keukenkast.' Gedroogde appelschijfjes... eeuwen niet meer op tafel gezien – na schooltijd de verplichte versnapering bij de thee. Koekjes bedierven je gebit. We vervloekten die trommel en nu leek ons niks lekkerder dan die antroposofische taaitaai. Alleen, het deksel was vastgeroest en we moesten ons troosten met het geluid van rammelende appeltjes.

Heel vertrouwd zaten we daar – twee kinderen rond hun bazige moeder. We voelden ons kleiner worden, trapten elkaar onder tafel, ginnegapten, wisselden blikken uit die zij niet zag en voerden gesprekken die ze maar half volgde. Het ging haar te snel, dus maakte ze ons nóg jonger en voor we het wisten zaten we aan de gemeenschappelijke rijsttafels in het repatriantenhuis, en hadden we het over winters aan zee, bloemen op je slaapkamerraam, bevroren tandenborstels, zand in je bed en de korstige dekens van het Australische Rode Kruis.

We krabden de roest van het deksel. De vingers van mijn bruine halfzus waren donkerder geworden – de Italiaanse zon had haar een gouden glans teruggegeven. *Kulit langsep* – de kleur van een Indische huid. Mijn moeder legde haar hand naast de hare, boerinnenhand zoekt tropenhand, maar tot een aanraking kwam het niet. De storm van een Hollandse winter werd een oosterse wind die andere sensaties aanjoeg, een zon door tere bladeren die dansende spikkels op je huid tekende, het nagloeien van een zinken dak, de smaak van schaafijs – Saskia's eerste herinneringen. Moeder en dochter zwoeren samen... ze deelden het gebonk op de gang van een libertyschip, de vuurspuwende Etna op weg naar het land van te veel kleren. Het werd zowaar gezellig en daar werden ze beiden zo zenuwachtig van – vooral om wat ze vermeden (het kamp, de jap) – dat ze wiebelden op hun stoelen en onvindbare zaken in hun tassen zochten en een voor een moesten plassen. Eerst mijn moeder, die weer elke hulp afsloeg. Voetje voor voetje ('kan ik zelf kan ik zelf') naar de wc. Deur open.

'Hoe lang denk je nog?' vroeg ik Saskia fluisterend.

'O, dit kan maanden duren.'

'Nee toch, dat breng ik niet op.'

Ze had ervaring met stervende mensen, was verpleegster geweest en had haar eigen man zien lijden. 'Wacht maar, ik ga dit anders aanpakken.'

En Saskia was nog niet weg of mijn moeder leunde voorover: 'Ze draagt wel erg veel juwelen.'

'Heeft ze van jou.'

'Je had haar niet moeten laten overkomen.'

'Ze is toch blij je te zien?'

'Ja, nu moet ik zeker haast maken.'

Van de weeromstuit trok ik me ook maar even terug – gespitst op hun gefluister – maar toen ik op de bril zat en mijn laatste mail doornam hoorde ik stappen in de hall en rollatorgekras.

Ze stonden in de slaapkamer, voor de klerenkasten, bijna alles was opgeruimd en weggegooid, er waren nog maar een paar hangers en planken te gaan. Plastic hoezen werden op bed gelegd, stroeve ritsen opengetrokken. Elk kledingstuk kreeg een verhaal. De blauw-witte vogeltjesrok: 'Die droeg ik op een cruise in de Middellandse Zee.' Kan Weg. En een glimmende mintgroene broek: 'Canada, die had ik aan naar de Niagara Falls.' KW. Veel roze kwam voorbij en lichtblauw, kleuren die haar nooit stonden. KW. En dan, verstopt onder een peignoir, een terracotta mantelpak. Tweed. Een creatie van de dames Haring. Ze had er haar twee dochters in begraven. 'Is dat niks voor jou?' vroeg ze aan Saskia.

'Waar zie je me voor aan?'

Nee? Nou, dan ging ze er zelf mee de kist in.

Saskia legde het plechtig opzij.

Mijn halfzuster was altijd een slechte stilzitter geweest. Nog geen ochtend in de flat of ze pakte de stofzuiger, dweilde de keukenvloer en lapte de ramen. Ook onze moeder moest aan haar nijvere hand geloven. Hoe had ik haar zo kunnen laten vervuilen! Ze had makkelijk praten, zelfs met de verzorgsters uit het rusthuis kreeg ik haar niet onder de douche. Ze blafte ze af en verjoeg ze met het Dodenboek: 'Tibetanen wassen zich ook niet voor hun sterven.'

Saskia koos voor de harde hand: 'Blouse uit, hemd uit, gebit uit. Kijk toch, zo zwart is je kraag.' Ze sprak verpleegsterstaal en liet zich niet vermurwen door gejammer. 'Je body doet pijn omdat je niet beweegt.' Onze moeder bedekte snikkend haar borsten onder haar armen. 'En nu de broek, die verdomde steunkousen.' (Ook niet echt schoon.) Ze stroopte haar bloot en waste haar zonder één troostend woord. Mijn moeder kwam tanden en adem tekort. Bij het afdrogen klaagde ze over stekende vingers, haar ringen deden zo'n pijn – twee aan elke hand. Saskia masseerde ze los met eucalyptusolie. De kracht van mineralen was uitgewerkt: geen amethist meer die de buik kalmeerde, lapis lazuli om beter waar te kunnen nemen of turquoise en agaat tegen de stijfheid.

Ik vertrok naar mijn huis in het oosten. Saskia zou de verzorging voor een dag of vijf overnemen. Ze kreeg de sleutel van mijn gastenkamer en de reservesleutel van de flat, al raadde ik haar aan voorlopig beleefd te blijven kloppen. Onze moeder kon het nog steeds niet verkroppen dat de nachtknip was weggehaald en dat 'personeel' nu zomaar kon binnenlopen.

Personeel... we kenden onze plaats.

44

De moestuin stond er treurig bij. De naober had gaas over de sla gegooid, maar de slakken bleven koning. Hun glinstersporen schreven letters op het straatje tussen de bedden. Ik las de W van wees... maar toen ik omkeek was het meer een M. Slijmerds. Om de zonnebloemen en de lage appelbomen stonden sporen van reeënhoefjes in de aarde. Er viel niets meer te plukken.

De telefonades begonnen weer. Mijn moeder belde vanuit de keuken – hand om de hoorn: 'Zeg, ze is echt bezig me te vermoorden, ze praat over sedatie. Ik moest het woord opzoeken.'

Dan hing ze weer kreunend achter een kastdeur, als een gegijzelde in eigen huis. 'Ze wil mijn trainingspak weggooien.'

En zo een paar keer per dag.

'De geraniums zijn gesnoeid. Nou ik nog. Ze prakt slaappillen door m'n eten.'

'Maar die wou je toch?'

'Nog niet, nog niet,' fluisterde ze.

Mijn moeder kon wel over de dood lezen, er hardop naar verlangen en heel bewust haar bloedverdunners niet innemen ('allemaal gif'), maar nu de dood onontkoombaar werd, deinsde ze weer terug. Ging het niet te snel? Had ze niet bij de Tibetanen gelezen dat een stervende eerst zijn geest diende te reinigen? Ze moest zich losmaken van de liefde, de haat, van alles wat je aan de aarde vasthield. Ze had meer tijd nodig: 'Ons boek, hoe moet dat dan met ons boek?'

'Je hebt me al zoveel verteld.'

'Niet alles... Ik wil leeg en opgelucht vertrekken. Een dode moet licht reizen.'

'Maar ik ga geen zweefverhalen meer opschrijven.'

'Het komt zoals het gaat, mijn herinneringen zweven ook alle kanten op. Al sta je nog zo met beide benen op de grond, je geheugen zit vol rafels. Je weet hoe het afliep, maar niet hoe het begon en ineens besef je dat je iets belangrijks bent vergeten, een opmerking, een gebeurtenis die een heel ander licht op de zaak werpt en dan klopt je verhaal niet meer, en alles wat je eerder zei ook niet. Voor je het weet vertel je hetzelfde drie keer anders.'

'En daar mag ik structuur in aanbrengen.'

'Nee, zo moet je het ook opschrijven, zoals een mens een verhaal vertelt, soms vooruit, soms achteruit, dan is het pas echt.'

Ook Saskia belde met regelmaat om verslag te doen: 'Wat een vreeslijk mens! Nou, het is haar gelukt hoor. Mammie heeft me vroeger altijd toegebeten dat ik een oorlogskind was: onhandelbaar, hondsbrutaal. Ik had lak aan gezag, hield me niet aan de klok, pikte eten en wist niet wat een huis was. De wc doortrekken durfde ik niet, een stofzuiger vond ik eng. Ja, vind je het gek, die dingen kenden wij niet in het kamp. Als ik mijn bed niet goed opmaakte riep

ze me altijd na: "Ik ben je baboe niet."
Nu weet ik heel goed wat huishouden is: gratis fitness. Mijn kleinkinderen leer ik hun kamer op te ruimen. Ik ben je baboe niet – die uitdrukking kennen zij ook.
Toch blijf ik voor mammie wie ik was. Toen gisteren het eten werd gebracht, kieperde ik meteen dat mierzoete toetje in de pedaalemmer. Eerst dacht ze dat ik het gestolen had. Ik zei: "Je wilt toch minderen?" En kwaad dat ze werd: "Wie doet zoiets nou? Je hebt de oorlog toch meegemaakt. We gooien hier geen eten weg." Ze heeft het eruit gevist en voor mijn ogen opgeschrokt. Wie is er nou onhandelbaar? En als ik haar tegenspreek ben ik hondsbrutaal. We draaien weer in dezelfde cirkel.'

De dag voor ik haar kwam aflossen, belde Saskia opnieuw. 'Luister, we moeten even ernstig met elkaar praten. Heb je wel eens van het aardbeiendieet gehoord? Het klinkt modieus, maar het is een oude manier van versterven, in Italië doen ze het veel op het platteland. Je begint met een kommetje aardbeien per dag en bouwt langzaam af. Het lijkt me het beste als jij haar morgen de eerste portie geeft. Het is makkelijk, lekker en ze merkt er niks van. Als het serieus wordt neem ik het over.' Het klonk voortvarend, enthousiast bijna.

'Maar, maar wil ze wel echt,' sputterde ik tegen. 'Ik heb uren met haar gepraat en ze spreekt zichzelf voortdurend tegen.'

'Luister, ík praat óók veel met d'r. En langer dan jij. Wij hebben het hier al maanden over door de telefoon. Ik heb er ervaring mee, ze vertrouwt me volledig. Laat het nu maar aan mij over.'

Jaloezie. Nog altijd. Twee kinderen die om hun moeder vechten en zich door haar uiteen laten drijven.

De band tussen 'de meisjes' en hun moeder was hecht – gesmeed door tropen en jappenkamp. De meisjes hadden gezien hoe volwassenen vernederd werden, hoe ze logen, voordrongen, eten stalen, soms van hun eigen kinderen. Ze troostten vrouwen die geslagen werden, sleepten hun zieke moeder naar het washok, een gebroken moeder, die ze voerden, verzorgden – lang niet zo dapper als ze zich zo graag voordeed.
Saskia was te jong om zich dat kwijnende wrak te herinneren, maar haar oudere zusters hadden haar veel verteld. 'Ze was zo zwak, we hielden d'r in leven door een deel van ons eten af te staan.'
Een pijnlijk geheim. Een gedeelde schaamte. Kom er maar eens tussen.
En nu was het Saskia's beurt, eindelijk. De kordate jongste dochter zou haar moeder helpen naar een volgend leven over te gaan. Hap voor hap. Ook zij was een redder. Noem het revanche.

Diezelfde avond belde ze weer: 'Mammie staat er helemaal achter. Ze wil alleen dat jij de aardbeien meebrengt, die harde van de groenteboer lust ze niet. Heb jij nog lekkere in de tuin?'
Nee, er was wel een tweede oogst opgekomen – maar de merels hadden zich er tegoed aan gedaan. Voor aardbeien moest ik naar de kweker achter de heuvel, die liet ze broeien onder stro en netten. Hij bewaakte zijn bedden met een

knallend geweer. Ik mocht zelf plukken... proevend, tastend. Elke aardbei woog als lood. Met stro aan mijn broek reed ik naar het rusthuis – tuinjongen van de dood.

De flat rook fris. Mijn moeder dampte schoon gewassen in haar stoel, nagels geboend, haar in de krul, een witte blouse en de vogeltjesrok – door Saskia uit de KW-zak gered en met de hand uitgelegd. 'Ik heb weer een vrouw van mammie gemaakt,' zei ze.

Maar mammie zat er anders beteuterd bij, rok tot aan de enkels, kussen tegen de gespannen knoopjes op haar buik. Ze klaagde over kouwe benen.

Saskia ging voor een paar dagen naar vrienden. Moeders grillen hadden haar uitgeput: 'Gisteren heeft ze haar mantelpak van het balkon gegooid en nu wil ze ineens in haar trainingspak begraven worden.'

In de keuken kreeg ik de dieetinstructies: aardbei, aardbei en water. Geen vast voedsel meer, laat staan krachtige soep. Als de pitjes pijn deden: prakken ('en als je toch bezig bent, roer er dan voor het slapen twee opgeloste slaappillen doorheen'). En die liters thee moesten we ook afbouwen. De huisarts stemde er ook mee in: 'Hij volgt mijn rapportage, heel collegiaal.'

We namen alles nog eens met onze moeder door: dit wou ze toch? Ze reageerde niet. Saskia schudde aan haar schouder. 'Je hebt me erom gesmeekt.' Het hoeft niet, zeiden we nog. Maar ze knikte braaf ja.

Een wispelturig doodsverlangen bracht ons zowaar tot elkaar. We lieten geen wig meer tussen ons drijven – dat beloofden we in een omhelzing... Ze was mijn enige zus, en ik haar enige broer. Heel voortaan, niet half. Maar moederlief had haar dochter nog niet uitgezwaaid of ze begon weer te stoken: 'Saskia vertrouwt je niet, ze zegt dat je het boerenzilver hebt ingepikt. Ze vroeg me waar de sieraden zijn en ze eist volledige inzage... ze is bang dat je mijn bankrekening leegrooft.'

Verdeel en heers – bang de macht over haar twee kinderen te verliezen –, we kenden het spel. Ja, soms was het een oprecht slecht mens.

45

De aardbeien wonden haar op. Het dieet maakte haar licht in het hoofd. Na de tweede dag smeekte ze om een extra portie. 'Mijn mond doet pijn van hun geur.' Ik zwichtte en liet haar zoveel eten als ze wou.

Ze likte haar korstige lippen af. De smaak van zoveel aardbei riep een naam bij haar op: Lady Mountbatten. 'Heb ik je ooit over haar verteld? Ze heeft ons kamp bezocht, een week of wat na de capitulatie. Ik lag in de ziekenboeg, met zwaar oedeem, bruin van de vlekken. Ze liep in haar kaki mantelpak langs de bedden. Ik sloeg snel mijn klamboe dicht, zo schaamde ik me voor mijn lelijkheid, maar dat trok juist haar aandacht. Ze ging voor mijn voeteneind staan en zei: *"Don't be ashamed, next year you will be as beautiful as ever."* Die aristocratische stem... ik krijg weer tranen in mijn ogen als ik eraan denk.'

Beautiful was een woord uit andere tijden. Wat en wie was er nog beautiful in een ziekenboeg waar het rook naar rottend vlees? Maar in het gefilterde zonlicht, tussen de zacht waaiende lappen die de stervenden van de herstellenden moesten scheiden, kreeg het opnieuw betekenis. Beautiful droeg een mantelpak. Beautiful was lippenstift. Beautiful had mooie benen. Benen die met Fred Astaire hadden gedanst en die thuis waren op paleistrappen, en nu liepen ze door de tropenregens, langs barakken met uitgeteerde vrouwen, en volgden ze haar zegevierende lord, de opperbevelhebber van de geallieerde strijdkrachten in Zuidoost-Azië. De kampen waren haar party.

'We fluisterden wat, ze sprak een beetje Nederlands. Of ik al bericht had van mijn man. Keurige clichés. *I like your lipstick*, zei ik. Ze ging naast mijn bed zitten, deed haar tas open en heeft toen mijn lippen gekleurd.'

Mijn moeder schikte haar rok in haar sterfstoel, probeerde haar benen over elkaar te slaan – het ging niet meer, maar ze kon als een filmster verzuchten: 'Lady Mountbatten was mijn reddingsboei.'

46

Ik bleef haar verhalen opschrijven, maar ze associeerde steeds woester en haar stemmingen wisselden – van angstig naar vredig, van opstandig naar gelaten. Het ene moment zwoer ze bij de Tibetanen, dan weer hadden ze afgedaan. Of ze raakte in paniek: waren die aardbeien wel onbespoten, vergiftigden we haar geheugen niet? Ze kon zich niet goed meer concentreren. 'Dan houden we er nu mee op,' zei ik. 'Nee, nee,' zei ze, 'we moeten door, nog een paar dingen. Laat ze maar wachten.' Ze sliep zo diep de laatste nachten, had verre stemmen gehoord. Mensen om haar bed gezien. Haar vriend de zendingsarts was komen spoken.

Nee, Carl was niet uit haar leven verdwenen. Geen dag, al had Justs jaloezie hen uit elkaar gedreven. Het bleef bij zo nu en dan een briefje, besprenkeld met dennengeur. Maar door de oorlog in Europa hield dat op. Na de bezetting van Nederland was Duitsland ook in Indië een vijand. Alle Sumatra-Duitsers werden geïnterneerd, fout en goed. Carls medische ervaring was ineens staatsgevaarlijk.

Ze had nog naar de gouverneur geschreven en hem vrijgepleit. Een antwoord kon er niet af. Na ruim twee jaar werd Carl door de jappen bevrijd en in zijn functie hersteld. Hij kreeg zijn hospitaal terug, maar lang mocht het niet duren, de jappen hadden hem nodig aan hun spoorlijn. De hitte en de moerassen eisten ook aan de bevelende kant hun tol. Een paar weken later werd hij doorgestuurd naar de ziekenboeg voor de geïnterneerden. Er stierven er te veel, het werk schoot niet op. Alleen mocht hij zijn instrumentarium niet aan hen vuilmaken en medicijnen waren uitsluitend bestemd voor de jap.

Het wantrouwen onder de Hollanders was groot, maar de cholera hielp hem minder mof te worden. Hij was *tüchtig* en inventief, sneed wonden met een scherpe lepel uit, knutselde katheters uit bamboe om een blaas mee te ontlasten, de bacteriën weg te laten vloeien, en maakte infusen, fijn als een veerpen, om zout water toe te dienen. Primitief, maar het hielp. Niet elke cholerapatiënt eindigde als lijk op de brandstapel.

Mijn moeder greep naar haar tas, de tovertas die ze nog altijd met zich meesleepte, ook al kreeg ze hem nauwelijks uit de mand van haar rollator. Ze zocht iets, wilde me iets geven, maar dwaalde weer af.

Na de oorlog had ze hem teruggezien, in de haven, hij stond in dezelfde rij voor het evacuatiekantoor als zij. Hij fluisterde haar naam, ze schrok toen ze zich omdraaide en hem recht in de ogen keek. Carl? Was dit de man die ze in de rimboe mocht assisteren? Haar sarongdanser, de verleider? Ze had hem aan zijn Duits accent moeten herkennen, zo melodieus en zacht als dat vroeger had geklonken, maar zijn stem was veranderd, een ontstoken tong zat hem dwars, zijn lippen waren gebarsten. Hij had het apenhoofd van de stervenden, zijn jukbeenderen staken uit en zijn ogen lagen hol en diep. Carl wilde haar aanraken, maar ze deinsde terug van de schrik: die prachtige genezende handen waarmee hij koortsige boslopers kon kalmeren en zieke kinderen troosten, waren door een tropenschimmel aangetast – al zijn nagels weggerot.

Ze haalde een envelop uit haar tas, opgerold in elastiek, er zat een brief in, haar overhandigd door Carl voor ze naar Nederland vertrok: een verslag van zijn laatste weken aan de dodenspoorlijn. In het Duits geschreven – getekende letters met beheerste lussen zonder een enkele doorhaling.

Het dunne papier krulde in mijn handen.

'Ich sollte Dir das nicht schreiben, aber ich muß es loswerden, wirf den Brief nach dem Lesen weg, verbrenn ihn und wer weiß, vielleicht verbrennt damit auch der Schmerz all dieser Menschen. Du mußt Dir das vorstellen, Hunderte von Männern, die durch den Schlamm waten... in schoenen zonder veters, met versleten zolen, hun voeten dik van de beriberi, halfnaakt, uitgemergeld, elke dag kilometers naar de lijn, soms vallen ze om, met hun gezicht in de modder, en worden ze getrapt, staan ze weer op, vallen, keer op keer, tot ze niet meer kunnen opstaan en door hun kameraden naar de ziekenboeg worden gesleept, waar wij ze mogen oplappen, grote kerels, tot op het bot vermagerd, op de rand van de dood. Als ze blijven vallen en de commandant er zin in heeft, houwt hij hier en daar een hoofd af. Men moet een voorbeeld stellen. De omvallers hebben veelal cholera. We krijgen ze met stront tussen hun benen binnen. Hun anus klopt en als je niet oppast spuiten ze je onder. Stront, ik heb jaren in een par-

fumerie gewerkt. De geur van rottend vlees, gangreen en open zweren kan ik niet beschrijven. Een jap die wij de Krokodil noemden, een gluiperd die ons uren met een zweep achter zijn rug begluurde, had in zijn drift een bielzensleper zo getrapt en geslagen dat zijn darmen tussen zijn benen bungelden, een jonge kerel nog. Ook cholera. Hij rook al naar de dood. Ik kon niks anders voor hem doen dan zijn darmen naar binnen vouwen. En daarna het vuur, het reinigend vuur. We verbrandden alle choleriekers met hun deken en hun persoonlijke spullen: foto's, brieven, schoenen en soms een bijbel.
De commandant beschuldigde mij ervan dat ik met de dodencijfers sjoemelde, ik zou arbeiders achterhouden en onnodig ziek verklaren. Nipponezen tellen de hele dag, het telraam is hun gebedsmolen. Quota. Elke dag zoveel meter spoor om de keizer te eren. Ik moest slaven leveren en als ik ze niet aanwees zou hij het doen; om het te bewijzen rukte hij infusen los of gooide een bed om, een bamboe vlonder, beter hadden we niet. Het was schaamtevol om ziek te zijn, waarom begreep ik dat niet. Hij wilde dat ik verband losmaakte om te inspecteren of de wonden wel echt waren en als het hem te langzaam ging deed hij het zelf. Ik moest me beheersen om hem niet met mijn scalpel te lijf te gaan. Sterven aan het spoor was eervoller dan sterven in een bed, zei hij. Eer. Schaamte.
Ik kan die woorden niet meer horen. Was het ook een eer of was het beschamend dat de Krokodil twee schurftige honden in de ziekenboeg losliet, midden in de nacht toen wij allemaal sliepen? Ik werd wakker van het brullen van de patiënten. De honden hadden hun verbanden wegge-

krabd, likten aan zweren en wonden die toch al niet wilden genezen, maar die nacht deden hondentongen zich tegoed aan lekkende amputatiewonden of krabden ze met hun nagels hechtingen open, er liep een bloedspoor tot in de modder, we vonden een stuk darm bij de operatiehut.'

Ik las de brief hardop voor, sommige zinnen in de aangezette toon van een Duits oorlogsjournaal, om de goorheid van de details van me af te schreeuwen. Het deed haar pijn, ik zag het en toch ging ik door en bleef misselijke grapjes maken: *Na da haben wir den totalen Krieg...*

De laatste weken was er geen verband meer, plasma kwam al maanden niet meer binnen, matrassen rotten weg, zoals alle textiel en leer en het rubbertje in de injectienaald, de tropen vreten alles op. De praktijk van de naaktlopers kwam me hier goed te pas, met palmbladeren en liaan kan je een behoorlijk drukverband maken en met wat verwarmde hars en een scherpe bamboe verricht je wonderen.
Maar aan de wonden van de geest kon ik nooit wat doen, de gemartelden die in het donker schreeuwden, tot rafels getrokken, zonder een nagel aan hun lijf, ijlend, tellend om hun waanzin te beheersen [...] de meeste zag ik onder mijn ogen wegglijden [...] *Außerdem hielt ich Sterbenden die Hand, mein Arm wurde ihr Klagebaum. Während meiner ganzen Zeit im Lager war mein Arm grün und blau.*

Ik gooide de brief zwijgend op tafel.

'Hij had een reden het zo precies te beschrijven,' zei mijn moeder toen ze na een lange stilte de brief weer oprolde. Ze rook er even aan.

'Waarom heb je hem niet verscheurd – dat vroeg ie toch?'

'Om Just, om je vader, Carl wilde dat ik wist wat mijn mannen hadden meegemaakt. Ik moest voort.'

'Rare minnaar,' fluisterde ik.

'Als je vader thuis weer eens in het donker lag te gillen, las ik die brief, dan begreep ik hem beter.' Ze speelde met het elastiekje dat Carls brief jaren had gekneveld. 'Ik had hem je eerder moeten laten lezen, maar ik kon het niet, ik kon het niet.'

Ze keek weg, als een slechte actrice.

'Overspel,' zei ik ijzig.

'Ik heb niemand in de steek gelaten.'

'Die Carl ben je gewoon blijven zien, met zijn dikke Mercedes. Je stuurde mij naar boven en zat met hem beneden te kirren in de kamer.'

'Nee, dat was zijn broer, een diplomaat die toen op de ambassade in Den Haag werkte. We hadden elkaar ontmoet op een Sumatraherdenking en hielden sindsdien contact. Hij had nog foto's, al voor de oorlog opgestuurd naar zijn ouders. Hij begreep dingen niet.'

'Ik ook niet.'

'Carl heeft de boot naar Europa niet gehaald.'

Om drie uur in de nacht – het uur waarop ik altijd wakker word – drong de brief van Carl pas werkelijk tot mij door.

Ik hoorde zijn woorden opnieuw. Mijn stem. Zijn stem. De schreeuw van mijn vader in Hoogduits verwoord. Arme moeder, deze gruwelen verdoofden het tellen in de nacht, de echo van zijn razernij, haar uren waken op een stretcher in de gang – het was haar prevelbrief, haar gebed... Ze kende zijn verzwegen verhaal. De feiten die niet werden doorgegeven. En ik maar stompen en trappen en schreeuwen. Wou weten en nu ik wist, wist ik niet wat het met me deed. Ja, geraakt door zijn oorlog, haar oorlog... Niks nieuws behalve dat het nooit meer weg zou gaan. Niet met begrip. Niet als ik erkende van mijn moeder te houden. Niet door haar verhalen te stelen.

Ik vocht mijn eigen oorlog. Altijd al. Kwartiertje in de ochtend, kwartiertje in de middag en 's nachts om drie uur een kwartiertje. Als miljoenen wakker liggen. Alleen.

> Moeder heeft een vals gebit en kan door het kamp slecht bijten, schuld van de jap, pijnlijke lach – oorlogje, oorlogje, elke dag. Bij vader zit een steekje los, hij telt in het donker zijn doden, zesduizend man in één slag – oorlogje, oorlogje, elke dag. Sporen van moffen in het duin, bunkers en roestige mijnen, Sperrgebiet und Bombenkrach – oorlogje, oorlogje, elke dag. En de Joden van de Elzenlaan dragen 'n nummer op hun arm, iets waar je nooit naar vragen mag – oorlogje, oorlogje, elke dag. Ook voor dat joch om de hoek, wiens foute vader aan het Oostfront lag – oorlogje, oorlogje, elke dag. In razende dennen hoor ik Russische tanks, en ik pis de angst in mijn bed – oorlogje, oorlogje, elke dag – held van het kleuterverzet.

47

De derde dag van het aardbeiendieet klampte ze zich vast aan de Bhagavad Gita – de kaft zat onder de rode vlekken.
Zeker is de dood voor hen die geboren worden en zeker de geboorte voor de doden, daarom moeten wij niet treuren over het onvermijdelijke.
De twee helden in het verhaal gaf ze ieder een eigen stem, hoe zwak ook: een hoge aan Krishna – het goddelijke in onszelf –, de wagenmenner die de teugels van ons denken in handen heeft, een lage aan Arjoena – onze menselijke kant –, de waarheidszoeker en de strijder. Om de bladzij een slokje water, om de schorheid te verjagen. Voor haar was de Bhagavad Gita meer dan een naverteld samenspraak over goed en kwaad, ze las hem als een les in sterven.
Zoals een mens oude kleren wegwerpt en nieuwe aantrekt, zo trekt de bewoner van het versleten lichaam een nieuw lichaam aan.
Mijn moeder oefende voor een volgend leven. Karma. Je kon je lot nu eenmaal niet ontlopen. Even had ze op het Heldere Licht gehoopt, om schoongebrand te worden en op te gaan in het Niets. Klaar met al die levens hier beneden, maar ze moest toch door naar een volgende ronde, ze voorvoelde het. Dit leven had haar bedonderd (haar woorden), of ze had zichzelf bedonderd – daar was ze nog niet

helemaal uit, maar nu ze alles op een rijtje zette, de verhalen van de leugens scheidde en zag dat het er eigenlijk niet zoveel toe deed omdat je leugens nodig hebt om het leven aan te kunnen, probeerde ze op de valreep toch nog haar Hoger Zelf aan te spreken – in aangestreepte citaten van Krishna: *De mensen zijn vrij in hun denken, maar de god in de mens heeft de teugels in handen. Laat je leiden door het goddelijke in jezelf.*

In haar nieuwe leven moest ze een stapje hoger zien te komen. De Gita was haar reisgids. Sterren, stenen, met kaarten in de toekomst gluren – het lag achter haar. Ze kende nu haar toekomst: een laatste adem, een tabee, en daarna een helend verblijf in een kosmische tuin, de tussenwereld waar gestorvenen hun karma lieten bijstellen voor ze weer op aarde werden uitgezet.

Ze zou onzichtbaar worden, haar schaduw zou verdwijnen. Maar voor het zover was, moest ze het hoofd koel houden, een muur vormen tegen stemmen en verschijningen. (Hoopte ze, hoopte ze, want er trokken nu al doden aan haar stoel.) Meditatie kon haar helpen om sterk en ferm te blijven, tenminste, als ze de demonen wist te ontwijken en zich doof hield voor geesten die haar de verkeerde kant op wilden sturen. Hallucinaties – ze hoorde het me denken, maar een stervend brein kon het als werkelijkheid ervaren.

En hoe lang zou ze in die kosmische tuin verblijven? Geen idee. Weken, jaren, tot in een andere tijd misschien, opgelost in wolken licht, in mest, in rook, in dauw, in nacht, in een hemelwereld, maar eens zou haar onbewuste-zijn worden uitgezaaid. En waar zou ze dan welkom zijn, in welk land, op welke grond, aan welke baarmoeder moest ze voorbijgaan, in welke zich nestelen? Vragen die ze zich hardop stelde.

Ik kon haar geen antwoord geven, ik probeerde haar te volgen, noteerde haar gedachten en rende zo nu en dan naar de keuken voor een aardbei en een glaasje water. Haar mond was zo droog.

Ze knipte haar tas open, diepte een kleine handspiegel op en keek naar haar mond. Verbaasd tastte ze haar gebarsten lippen af. Ze pakte haar lippenstift. Wuft rood – na weken van grauwheid. Haar mond werd een rood wieltje. 'Verdraag het,' fluisterde ze in zichzelf, 'als hitte, als kou, verdriet, genot. Het is van voorbijgaande aard.'

Ze haalde nog iets uit haar tas, een doosje met een zegelring. 'Hier, neem mee, die is nog van je grootvader.' Mijn moeder ketende mij aan haar familie. Ik vast. Zij los – als een vlam van de rook. Zo wou de Gita het: *Licht gaan, vrij van verlangen, bezit en hartstocht.* Hart-s-tocht – een struikelwoord. Haar gebit zwom. De kaak kromp, maar haar taal groeide: *Beteugel het rusteloze denken, sluit de poorten van het lichaam, neem afscheid van het verlangen van ogen, oren, neus, mond en maak het denken stil.*

Ze sloot haar ogen en mediteerde. Lippen stijf op elkaar. Wiebelend in haar strijdwagen. De teugels ferm in handen.

48

Saskia kwam een dag eerder terug – mijn berichten hadden haar verontrust. Moeder klaagde over verschrikkelijke pijn in haar benen, lopen ging nauwelijks nog, de wc haalde ze niet meer. Haar jurk hing weer in de kast, broeken lieten zich makkelijker wassen.

De dood tekende haar gezicht, maar ze ging er niet bij liggen. Ze wilde rechtop vertrekken. (Een Tibetaanse tip.) Maar het zitten lukte ook steeds minder. Haar billen slonken, de botten prikten in haar vel. Saskia dwong haar in bed te blijven. Maar dan huilde ze droge tranen en spuugde ze aardbei in ons gezicht. 'Stoel. Stoel.'

Zitten is beter dan liggen. Stoel is beleefder dan bed. Je kan toch niet liggend ontvangen. Hoog kan je zitten, alles overzien. Je kunt erin preken en kakken en sterven – elektrisch als het moet – of erop ploffen, onder de stoelendans. Soms dient hij tot trap. Zoveel zinnen, zoveel stoelen. Toch is zitten zijn doel, al heeft hij vier benen. Hij wil nergens heen. Zijn leuningen zijn open armen, ze geven steun, maar trekken ook twee grenzen. Ik hier. Jij daar. Stoelen zoeken gezelschap en zijn zelden alleen, maar van die van mijn moeder bestaat er geen tweede. Het is een boerenstoel. Suikeradel zat erop, het hout kwam uit

de tropen. Als ik hem aanraak voel ik het waaien in de nerven, de onrust van de reis, toch heeft hij geduldig billen gedragen. Het leven van slavenhout is hard. Hij ging van vader op dochter. Mijn moeder bezat hem een halve eeuw. Ze waren dik met elkaar. Al draaide ze hem de rug toe, ze streelde hem meer dan haar kinderen. Het was haar leesstoel, praatstoel, theestoel. Hij gaf haar een houding, een trots. Ook als zij er niet in zat, hield ze hem bezet. Loop eromheen. Buig. Sidder. Respect man.
De fik erin.

49

We deelden de flat met ons drieën en liepen op onze kousen. Alle geluiden deden pijn. Ik opende nog meer weggestopte post (waaronder een aantal torenhoge telefoonrekeningen) en sorteerde pensioen- en verzekeringszaken. Voor ieders ogen. Saskia had de sleutel van de secretaire los weten te praten, maar mijn moeder veegde de papieren telkens opzij. Geld, wat deed het er nog toe.

Saskia was nu de baas in huis en had besloten dat er een bed met antidoorligmatras moest komen. Liefst met een hek eromheen. Zij belde, regelde en liep veel bij de directrice binnen. Ik vluchtte in het uitwerken van mijn aantekeningen en las hele stukken aan mijn moeder voor. ('Nee, zo was het niet, hoe kom je erbij, daar was ik nooit.') We verbeterden en vulden aan. Zodra Saskia binnenkwam hielden we op, al zaten we midden in een verhaal. Het wordt 'ons boek', zei mijn moeder samenzweerderig.

50

Het hoge bed werd bezorgd. Een sterfbed op wielen. Saskia liet het in de zitkamer plaatsen, voor het raam, kon mammie nog wat met de geraniums praten en de tuin in kijken. De grote tafel verhuisde naar de slaapkamer, de televisie kreeg een andere plaats en de oude pers moest weg – de wieltjes van het bed bleven erin steken en we struikelden over de scheuren. Ik rolde hem op. Je kon er de moeten in voelen, de slijtplekken onder de stoel – het ongeduld van een lezer. De rollatorpaadjes. Het was alsof ik ons tafelleven smoorde: de geesten van het ouijabord, wichelende toverdames, bietensap, vlokken biergist, duizenden koppen thee, appelspelttaart, krulamandel, drift en woede, ingehouden woede. Ons laatste huis kreunde in dat kleed. Ik kneedde het met mijn knieën en stompte het in het gareel. Schouders eronder, de kamer uit. Maar mijn moeder riep me terug. Ze wilde het kleed aaien. Het kreeg een klopje. Een dank je. Ze omhelsde het.

51

Saskia sliep op de bank naast mijn moeder en ik op haar bed in de slaapkamer. Mijn benen in de kramp. Empathie kan ook pijn doen. En ik was bang – banger voor haar dood dan zij zelf. Ik wilde haar niet zien sterven, niet die rochel horen, niet de verslappende hand vasthouden en op een lijk terugleggen. Ik had mijn onderwijszus zien sterven, een strijd die dagen duurde, haar lichaam had het al opgegeven maar haar hart tikte door. Ik kon haar grimas niet uitwissen. Eén zo'n herinnering was genoeg.

Het hoge bed bracht mijn moeder geen rust. Het pufte, liet rollende winden van hoofd tot voeteneind en zij woelde, trapte, rammelde aan het valhek en rolde het laken tot een strop. 'Het gaat zo snel. Ik zie zoveel.' Ze draaide nerveus met haar duimen. 'Wat een film.'

Ik blies haar koelte toe. De haartjes aan haar slaap wuifden met mijn adem mee.

'Ik ruik de dennen.'

De tuin verloor zijn bladeren en er was geen den te zien. Ze rook Carl. Zijn nabijheid, de bosgeur die hem omringde. In zijn behandelkamer sprenkelde hij dennenappelolie – om zijn verstand koel te houden. Duitse dennen. Ze zag hem voor zich staan. Ziek, doodmager. 'Wat moest ik doen? Bij hem blijven? En Just dan? Het was een onmogelijke keuze.'

Haar ogen traanden.

'Ik heb zijn graf bezocht. Drie keer. Het nummer ligt in de la van mijn secretaire. Dat graf moet blijven.'

Ik knikte ja, al begreep ik niet goed wat ik beloofde. De paar keer dat ze met een van haar dochters naar Indonesië terugkeerde om het oorlogsgraf van hun onthoofde vader te bezoeken, reisde ze ook door naar het graf van Carl om daar een dennenappel neer te leggen. '"Zendingsarts" heb ik op zijn steen laten zetten. In het Nederlands. De eerste keer probeerde ik een dennenappel te planten en kwam de tuinman op me af. Het mocht niet. Hij wees me een andere plek. We hebben hem toen samen geplant. "Voor uw man," zei hij.'

Ze glimlachte. 'Het moet nu een boom zijn. Vergeet die tuinman niet wat te geven.'

Ontrouw tot in de dood.

En voor ik haar alleen liet: 'Je hebt geen idee hoe zacht je vader kon zijn.' Ze haalde even diep adem. 'Zoals hij mijn blouses streek, de zorg, de aandacht voor het kleinste plooitje.'

Ik wou het niet horen.

'Hij was een goede minnaar.'

Ze flapte het er zomaar uit. Ik bloosde. Mijn vader als minnaar. Een soldaat die blouses streek.

'Genoeg,' zei ik. 'Nu geen verhalen meer.'

52

Ze sprong door de tijd, niet als een verteller die herinneringen opriep, nee, de herinneringen namen bezit van háár. Ze verloor de zeggenschap, was niet meer de baas van haar verstand en voelde zich overgeleverd aan de chemie onder haar schedel. Saskia en ik zaten naast haar. Ik schreef geen woord meer op. We maakten haar lippen nat. Ze dronk nauwelijks, alleen een enkele aardbei smeerde nog haar keel. Ze voelde stroomstoten, zo ervoer ze het, geesten klopten bij haar aan, wachters misschien of engelen die haar naar de andere kant zouden brengen. Wanen – ze wist het.

Maar die stroomstoten bleken toch te kloppen. Toen Saskia die avond met een 'bevriend neuroloog' belde, wuifde hij moeders wanen niet helemaal weg. 'Het menselijk brein genereert stroom, wel twaalf watt, genoeg om een zaklamp te laten branden. Als een kleine krachtcentrale stuwt het elektrische impulsen door de draden van ons zenuwstelsel, zo worden onze spieren gestimuleerd en onze gedachten. Gelukkig beseffen we dat niet, alleen als er iets misgaat, bij epilepsie of parkinson. Met extra stroomstoten kunnen we het brein allerlei sensaties laten ervaren – fantoomeffecten die door de patiënt vaak als bovennatuurlijk worden uitgelegd.'

Dank u dokter.

We troostten onze moeder met die wetenschap.
'Niks nieuws,' zei ze, 'wisten de Tibetanen al voor de uitvinding van de hersenscan. Maar vraag die man eens: wie heeft ons ooit onder stroom gezet?'

53

Ze hoorde een hond blaffen, een hond aan de ketting, en ze rook verbrand hout. De soldaten stookten grote vuren op het fort. Ze riep om Nellie. Haar stem was hees, ze voelde de kou van een meid in de winter, van Nellie moest alles blinken, de emmers, de stoep, de koperen bel. 'Pa hield van vrouwen om zich heen.'
We dekten haar toe.
O, al die boeren in de kamer. Zwart... 'Daar vliegt een engel.' (Vreemde stem.) Ze hoestte, rochelde. Saskia hees haar rechtop en sloeg het slijm los. Een taai verhaal kwam boven: Nellie en de kleine Marie mochten elkaar graag lijen, maar de huishoudster stond hun vriendschap niet toe – een meid hoorde bij de knechten. De soldaten floten haar na. Toen ze zwanger bleek, was er geen plaats meer voor haar. (Kalm.) 'Ik heb nog nooit iemand zo horen janken... Een vrouw van de kerk zou haar komen halen, die wist een tehuis. Da wou ze nie. Nellie had niemand nie. Ze verstopte zich op zolder.'
De matras roffelde. Moeder deinde. 'Nee, nee!' (Maaiend met haar armen.) 'Ik dee niks.' (Drie keer.) 'De droogzolder...' (Naar het plafond wijzend.) 'Blijf daar! Zwieperdezwiep, bloep kladderdebloep.' (Tandeloos.) 'We hoorden de klap in de keuken.'
'Wanen,' zei Saskia. 'IJlkoortsen.'

We wiegden haar gloeiende lichaam in slaap.

Buiten blafte een hond. Een echte. In de verte kringelde rook uit de schoorstenen, de eerste open haarden werden aangestoken.

Saskia rook de dood in haar luier.

54

Haar doodgaan nam de tijd. Keer op keer zei ze: 'Deze nacht zal het gebeuren.' Saskia en ik weken niet van haar bed, maar elke morgen keek onze stervende weer hologig om zich heen. Hunkerend naar aardbei. Helder, zonder dubbele tong.

Afscheid nemen lukte me niet meer, wat moest ik nog zeggen? Ik had haar Tibetaanse adviezen in het oor gefluisterd, uit de Gita voorgelezen, kruisjes op haar voorhoofd gekrast en telkens weer een goede reis gewenst. Maar ze bleef. 'Ik ben niet dood te krijgen.'

Saskia groeide in haar rol van verpleegster. Ze waste, verschoonde, masseerde, toegewijd. Liefst deed ze het helemaal alleen. Ze ontzag me, stuurde me 's nachts naar de gastenkamer: 'Ga nu maar, ik waak wel, ik ben het gewend.'

En ik liep er graag voor weg. Aan haar de eer van de laatste reutel.

Ik belde veelvuldig met mijn vriendin. Ze leefde mee met mijn 'moederproject', maar ik liet haar niet toe. We zagen elkaar dan ook nauwelijks. 'Blijf veel bij haar, dat is goed voor jullie.' Ze vond dat ik klaagde. 'Het gaat nu om haar en niet om jou.'

We spraken over het literaire festival in Parijs. Ons ho-

tel was al weken geleden geboekt. Gingen we nog?
Het leek haar ongepast.
'Saskia vindt dat ik moet gaan, het kan nog dagen duren, ze is ongelooflijk taai.'
'Straks heb je spijt,' zei mijn vriendin. 'Mij krijg je niet mee, ik wil later niet naar mijn hoofd geslingerd krijgen dat ik je van het sterfbed van je moeder heb weggehouden.'
Ik boekte een retourtje Parijs – in het volle besef van mijn lafhartigheid.

Ik nam nog een keer afscheid van mijn moeder, met een zoen die klonk als een scheet (van die klotematras). Ditmaal wenste zij mij goede reis. 'Je hebt gelijk, ik zou hem ook zijn gesmeerd.' Ze stak haar hand uit en bedankte me plechtig: 'Je was een goede zoon.'
'Ja, ja, pas maar op.' Ik liet haar mijn verraderlijke aantekeningen zien. Drie boekjes alleen al over haar stervensweken, van haar lippen gepikte regels, opgetekend door een schrijvende gier.
'Ik lees over je schouders mee.'
Verdomd krachtig klonk ze weer.

55

De tweede avond van het festival stuurde Saskia me een sms dat ik mijn mail moest lezen.

'Even een kort verslag van hoe het hier gaat. Wat doen ze in Nederland toch ingewikkeld over de dood, in Italië, waar officieel niks mag, zijn ze veel soepeler. Omdat het zo lang duurde en ze het niet meer uithield van de pijn, heb ik de huisarts toch maar om morfine gevraagd. Mammie wilde het ook graag. Hij bood aan een technisch team te sturen. Er kwam één verpleegkundige. Niet eens een arts. Ik ben lang weg uit Nederland, maar een team bestaat toch niet uit één persoon?
Om 18.45 zette de zuster een naaldje onder de huid in de rechterbovenarm, daar spoot ze morfine in en in haar linkerarm een slaapvloeistof. Ze stelde beide kastjes in met de hoeveelheid die landelijk wordt gehanteerd. Om 19.30 kwam de dokter de zaak controleren. Na een paar minuten ging hij weer weg. Zijn vrouw was jarig. "Veel plezier," zei mammie, meer had ze niet met hem te bespreken. De vloeistof zou pas na twee uur gaan werken. Maar voor het zover was, wou ze graag het journaal zien! De kabinetsformatie. "Interesseert je dat nog?" "Ja," zei ze. Ja! Ik kon haar er niet van weerhouden. De televisie moest aan. Ze had op alle politici wat aan te merken,

vooral de katholieken natuurlijk, zoals jullie minister van Economische Zaken: "Hoe is het mogelijk, wat weet die tuthola van economie? Ze was onderwijzeres!" En van de leider (?) van de confessionelen, een man met een bril, ene Maxime Verhagen, moest ze nog minder hebben. Ook na het journaal bleef ze klaarwakker. Ik belde de zuster. Om kwart voor tien kwam ze de dosis verhogen, daarna werd mammie eindelijk wat kalmer. Ze slaapt nu. Polsslag blijft krachtig. Heb je het leuk daar? Interessante schrijvers? Ik mail of bel wel weer.'

Midden in de nacht ging de telefoon: 'Mammie is dood.' Even voor drieën was ze uit haar sluimer ontwaakt en had de hand van haar dochter gezocht. 'Ze kneep me zachtjes en probeerde uit het kussen op te komen om nog iets te zeggen: "Maxime Verhagen is een vreeslijke druiloor." En toen viel ze achterover.'

Ik was klaarwakker. De boulevard ook. Ik kleedde me aan, pakte mijn koffer en ging naar buiten. De eerste trein naar Nederland zou om zes uur vertrekken. Misschien moest ik me gaan bedrinken in hotel Terminus tegenover het Gare du Nord.
Ma mère est morte. Champagne!
En daar liep ik met mijn rolkoffer op zoek naar een taxi, niet treurig, niet opgelucht maar aardig op weg naar niets. Niets denken. Niets voelen. De goten werden al gespoeld, een Senegalees met een felgroene straatbezem lachte me toe. Er zaten twee dichters op het verwarmde terras van La Rotonde – een ouwe Pool en een jonge Roe-

meen, deelnemers aan het festival. Ze wenkten me. Grijnzend liep ik op hen af. We kenden elkaar nauwelijks – wisselden een woord op de openingsavond, zaten aan het diner, lazen elkaars wapenfeiten in het festivalkrantje misschien –, om hun geheugen op te frissen noemde ik de naam van mijn land – *Pays-Bas* –, altijd goed voor een glimlach en vriendelijk medelijden. Met een dooie moeder kun je beter aankomen. Ja, voor hen stond een kersverse wees, net uit bed gebeld. Arme man – *pitoyable frère*. De ober werd geroepen, een nieuwe fles besteld, een koele rode, en we klonken op mijn moeder – met de blik omhoog. De Pool kneep in mijn knieën, de Roemeen sloeg me op de schouder. De wijn koekte in hun mondhoeken.

Wat voor vrouw het was? Ik wou dichterlijk zijn en zei: 'Als een verwilderde tuin. Een moeder voor alle seizoenen. Vol onkruid en distels en dahlia's en rozen met doornen.' De Pool keek teleurgesteld. Ik excuseerde me voor mijn clichés. 'Een heks, *sorcière*...' probeerde ik opnieuw. 'En kon ze ook vliegen?' vroeg de Roemeen – hij had een eihoofd en een snor waar zijn Frans in bleef hangen (een paar glazen later bleek het een hazenlip).

De Pool stak zijn vinger op. *Chut*... hoorden we niet het geritsel van een bezem? Hij trok een stoel aan, liet een glas aanrukken. We hielden even onze adem in... maar niks landde.

De Pool vulde de glazen, ook het lege. 'Mijn moeder dronk niet,' zei ik, 'één keer per jaar hooguit, en dan riep ze na één glas: "O jee, ik ben teut."'

Na die bekentenis hadden de dichters pas echt met me te doen. Was ze soms ziekelijk? Gelovig? Zij waren beiden groot geworden op het platteland en hadden moeders die uit appels en pruimen alcohol stookten – in de schuur achter het huis. De Roemeen bezong het schort van zijn moeder dat elk najaar naar *tuică* rook – als kind snoof hij zich dronken aan haar schoot. 'Wat je onthoudt is de sensatie,' zei de Pool. 'Opgetild worden, onder haar rok kruipen. Aroma's, geluiden, een net niet droog laken, dat blijft hangen, niet wat ze zei.'

De Roemeen knikte: 'De neus is voor zoogdieren het belangrijkste zintuig.' En na het achterovergieten van het zoveelste glas: 'Je moet je eerst legen, leeg worden als een kind, pas dan ruik je je moeder weer.' Ze spraken in citaten van andere dichters – namen die ik vergeten ben. Eén regel dreunde na: '*Chez-toi c'est l'ennemi le plus faible*' – thuis is de zwakste vijand –, maar de strijd tegen thuis is de langste mars.

Dronkenmanspraat, maar poëtisch. De Pool peuterde een portefeuille uit de zak van zijn leren vest (dat hij naar eigen zeggen al jaren elke dag droeg – het glom en rook vet). Hij liet ons een foto van zijn dochter zien, een bloeiende vrouw al. Volgens zijn vader spookte zijn moeder in dat gezicht – als jong meisje. De dichter kende alleen maar een verkreukelde moeder: vol lijnen en krassen waarin hij bombardementen, honger en exil kon aflezen. Zijn ouders zaten gevangen, Hitler en Stalin maakten ze dakloos. De Oorlog. Ik was er niet mee begonnen.

De Roemeen had een moeder die echt kon vliegen. Hanggliding. 'Ze springt van de berg achter ons dorp, in een wit skipak. Mijn moeder is een meeuw.' De Pool: 'Het maagzuur van een meeuw kan een spijker laten smelten.'

We goten ons vol. Staken sigaretten op. Krabden ons achter de oren en wreven onze schedels warm, maar we waren te dronken om op behoorlijke gedachten te komen. 'Hoe verteer je een moeder?' vroeg ik mijn nieuwe vrienden. 'Een moeder die, als je weigerde je eeuwige met biergistvlokken bestrooide rauwkost op te eten, naar buiten keek en een verhaal afstak over het heelal. "Achter de wolken gloeien de sterren, miljoenen, suizend in onze Melkweg, een zee van licht en toch is de Melkweg maar een steeg, een stip, en de aarde een stofje in het universum. We zitten ergens aan de rand van de ruimte en die ruimte dijt uit, vloeiend en kloppend naar het niets, samen met miljoenen andere zonnestelsels. Waarbinnen weer miljoenen planeten als onze aarde, lichtjaren van elkaar verwijderd. Sta daar eens bij stil, laat het op je inwerken – heb je het? En jij wil je bord niet leegeten."'

'Geef mij zo'n moeder,' riep de Pool, 'een vrouw van de grote lijn, geen erwtenteller.'

'Een filosoof,' sliste de Roemeen.

We verdeelden het volle onaangeroerde glas, keken omhoog, verkenden de lucht boven Parijs – geen ster te zien, maar wel de leegte, de afstand.

Genoeg gehad. Een heel pakje opgerookt. De metro in. Weg van de glorende zon. Geen tranenfanfare, maar halte voor halte naar mijn dode moeder.

56

Het deksel zat er al op. Saskia wist van aanpakken. De begrafenisondernemer was langs geweest, de kist uitgekozen, het drukwerk geregeld en mammie afgevoerd naar een cel in het mortuarium. Lag het hoofd vrij? En droeg ze haar rode trainingspak? Nee, toch maar het terracotta tweed en de barnsteenketting. (Voor de reis.) 'Vertrouw me, ze ziet er prachtig uit.' Ik geloofde het graag.

We waren de regel voor boven aan de rouwkaart vergeten. Het werd: *De dood is een vernieuwing* – Jiddu Krishnamurti. Een lastige naam om door te bellen. De kaarten bleken niet in de door onze moeder geadresseerde enveloppen te passen – het gerecycled papier scheurde en bovendien vroeg haar handschrift om een loep. We schreven nieuwe, en omdat we niet in een lege aula wilden zitten (hoeveel kwieke kennissen heeft een honderdjarige nog?) plunderden we ook maar ons eigen adressenbestand.

Saskia barstte ineens in huilen uit. 'Ze heeft niemand van mijn familie uitgenodigd, er leeft nog een zusje van mijn vader, waarom zitten mijn neven en nichten er niet bij?' Haar tranen vlekten de enveloppen. Saskia noemde namen waar ik nog nooit van had gehoord – weggehouden familie. Ook voor mij.

We liepen de genoteerde wensen van de dode na. Koekjes van Huize van Laack. Oké. Maar dan ook *lemper* voor de

Indische neven en nichten. En dahlia's. Mevrouw wenste rode dahlia's op haar kist. Prima, honderd stuks. Alles moest op. Maar de winter zat al in mijn tuin, ik had niks plukbaars meer en de bloemist kon nergens rode krijgen, ook na lang rondbellen niet. Toch lag daar dat dienstbevel, lang voor haar dood in blokletters geschreven: dieprode pioendahlia's.

Boerenbloemen voor een boerendochter. Ze bloeiden op de klei van haar jeugd (de koeien waren er gek op) en bij ons huis aan zee, waar we met stoffer en blik de drollen van de reddingspaarden moesten opvegen om de zanderige grond te verrijken. In 't Gooi deden ze het beter – met hulp van de sofen. We maakten jam van de bloemblaadjes en zalf van de stelen. In de winter lag de kelder vol knollen verschrompeld scrotum, om in het late voorjaar, na de nachtvorst, bij vollemaan, weer vier duim diep en dwars te worden uitgezet.

Haar laatste kat werd op een winterdag in het dahliaperk begraven. Als eerbetoon. Ze bloeiden en bloedden er heviger dan ooit. Geen beter mest dan lijk.

De bloemist liet uiteindelijk een boeket uit de kassen van Rome komen. We vroegen om rood en kregen roze. Een ode aan een kleurenblinde.

De aula zat vol. Drie werelden verzamelden zich om haar kist, in gepaste maar gespeelde rouw: boerenfamilie, de Indische tak en een allegaartje van aanhang en kennissen. Een enkele theosofische dame schoof nog aan, maar de echte zwevers waren kennelijk uit het zicht verdwenen.

Saskia sprak over haar moeder als oma in de verte en ik

over haar bizarre kanten. We lieten oerwoudgeluiden horen (haar wens): kletterende rivieren, moessonregens, bandjirs, kikkers uit Borneo – juichend in de nacht –, gapende orang-oetans in de morgen, tochtige olifanten, angstig geklapwiek en een tropenorkest van papegaaien, kaketoes, tokehs en gekko's. De dahlia's trilden ervan. Een zangeres zong Maleise liederen.

Na afloop schudde ik de hand van oude en nieuwe familie – wit en bruin. Ik maakte een praatje met twee gepensioneerde militairen van de oorlogsgravenstichting ('uw moeder was een ruimhartig donateur') en herkende met moeite de zestig jaar ouder geworden jongens en meisjes uit ons repatriantenhuis. De belastingconsulent stond ook in de rij: 'U heeft vergeten te melden dat u van uw moeder op uw eenentwintigste een nieuwe auto heeft gekregen. Een beetje meer dankbaarheid graag.'

Mijn oude schoolvriendin, de psycholoog, was de hekkensluiter. 'Wat aardig van je om te komen,' zei ik.

'Ik heb meer aan je moeder te danken dan je weet. Ze heeft mijn abortus betaald toen ik zwanger was, in de vijfde. Ja, zonder haar zou ik niet hebben kunnen studeren. Ze dacht eerst dat jij de vader was... Bangeschijter.'

Ik bloosde tot diep in mijn nek.

57

Onze moeder was tot as verbrand en wij zaten uitgeblust aan tafel. De theekopjes kletterden als vanouds, de tuit van de pot lekte aandoenlijk – na een eeuw familiedienst was ook hij verweesd.

We kwamen bij van een grote zoektocht: Saskia had de lades uitgemest, dozen en koffers onder het bed vandaan getrokken, ik had geprobeerd de reiskist met een schroevendraaier open te wrikken – tevergeefs, en de sleutel bleef onvindbaar. De kist voelde leeg en licht, maar als ik hem heen en weer schoof, hoorde ik een vaag geritsel. We zochten naar bankpassen, bewijzen van geld en beleggingen, naar de pensioen- en verzekeringspapieren die ik zelf nog in aanwezigheid van mijn moeder had geordend, maar alles was verdwenen.

Een telefoontje met de belastingconsulent maakte veel duidelijk. Onze moeder had geen rooie cent. Het geërfde kapitaal was al bijna twee jaar opgesoupeerd. Ze bezat geen enkel aandeel meer, geen sliertje boerengrond. Niets. Haar pensioen was net voldoende om schuldeisers aan het lijntje te houden en de schande te bedekken. Nu begrepen we waarom de werkster, de masseuse en de kapster waren opgezegd, en waarom elke hulp en zorg werd afgehouden. Om het geld. Ze moest bezuinigen. Daarom wilde ze dood. Onze moeder stierf uit trots.

We verruilden de theepot voor de drank en bogen ons over de volgeschreven achterkanten van oude enveloppen – aantekeningen vol doorhalingen, blauw van de inktvlekken. Esoterische oprispingen. Saskia kon haar handschrift het best ontcijferen en las er een voor. 'We leven meer levens tegelijk, telkens als we een keuze maken, laten we een andere mogelijkheid voorbijgaan. Wat zou er gebeurd zijn als Just niet was onthoofd? Als ik boerin was geworden? Die andere levens leid ik ook. Al ben ik me er niet van bewust.'

Haar brieven vroegen om forensische expertise – zelfs Saskia kwam er niet uit. Brieven aan geleerden, politici en schrijvers uit de hele wereld. We herkenden de namen van Borges, Upton Sinclair en Dick Francis – haar favoriete thrillerschrijver. De meeste waren gericht aan wat zij zo graag 'die sukkels uit de Tweede Kamer' noemde – geen van alle ooit verstuurd. (Maar goed dat mijn moeder niet twitterde, ze had er beslist het temperament voor.)

De brief aan Fanny Blankers-Koen (viervoudig olympisch kampioene hardlopen in 1948) ontcijferden we samen. Na de tweede fles wijn.

'Enige kanttekeningen bij uw oproep aan de jeugd om meer te gaan rennen. Is dat wel zo'n goed idee? Rennen is primitief. Meer iets voor jagers die met een speer achter hun prooi aan zitten. Als wij vandaag rennen lijkt het wel of we op de vlucht zijn of iets gestolen hebben. Rennen voor je leven, maar toch niet voor je plezier? Rennen is een instinct dat ons terugwerpt in de beschaving. De fiets rent nu voor ons, de brommer, trein, auto, zoals vroeger het paard. Ik heb gevangenen zien rennen, op bevel van hun bewakers, die ze dan in hun rug schoten: gedood in de vlucht, heet dat. Neen, rennen heeft voor mij een nare klank, met wandelen kom je veel verder. De beschaving vraagt om andere vormen van beweging. Heeft u wel eens aan eurythmie gedacht? Dat is pas een stap voorwaarts: lichamelijk uiting geven aan de gevoelens. Zo kan men medeklinkers stampen en klinkers laten trippelen. Of een lied verbeelden, een gedicht, al naar het gevoel ingeeft. Wat men zo kweekt is een lichamelijk bewustzijn en liefde voor taal. Gehoorzaamheid aan het gevoel is beter dan je spieren verzuren.'

Tweede vel ontbrak, goddank.

De tas stond onder de boerenstoel, schuldig achter een poot, verstopt leek het wel – we hadden hem over het hoofd gezien. Niemand die hem even op schoot had genomen of mee naar de wc. Ik aaide zijn ouwe leren huid, bekrabd door het leven, maar ook zacht en uitgelubberd moe. Hoe zwaar zou ie zijn? De badkamerweegschaal gaf bijna zes kilo aan, en dat sleepte ze altijd met zich mee. Hij rammelde, de bodem zakte door. We durfden hem nauwelijks open te maken. Verboden terrein. Saskia stortte de inhoud uit op tafel – stenen bonkten op het kleed. Brokken kwarts, jaspis, jade, agaat, bloedkoraal, git en wat niet al, om demonen af te weren, kracht te geven, een muur van gezondheid mee op te bouwen. In een plastic zak kleefde een stuk Sunlightzeep aan een roestig blikje Nivea. We veegden een flesje alcohol schoon, ijzergaren, naalden, brandglas, veter, een Zwitsers zakmes. Haar survivalkit. De vluchtkoffer teruggebracht tot tas.

Ik maakte er een foto van – een mooier portret van mijn moeder heb ik niet.

In een verborgen zijvak vonden we de sleutel van de kist – ruw gesmeed aan een zilveren ketting. Eindelijk, daar was ie dan. We wogen hem ieder in onze hand. Het ontroerde ons meer dan die hele crematie. En nu was het aan mij om in te breken... Ik knielde, trok de batik lap weg, stak de sleutel in het roestig slot, tastend, tot ijzer in ijzer gleed en ik het deksel omhoog kon duwen – ik streelde de barsten, de sporen van een bijl en mijn hele lichaam trilde. Een lege kist gaapte ons aan, of bijna leeg: in een hoek lag een mousselinen zakje, er zaten twee lange kanten handschoenen in – we herkenden ze van ons moeders trouwfoto. En ook een sepia portret van een jonge bruid, met traditionele boerenkap en juwelen. Lijntje. Moeder en dochter leken op elkaar. Ze droeg de handschoenen waarmee haar Marie later aan het boerenleven zou ontsnappen.

58

Het sterfbed was opgehaald – er is een grote vraag naar blaasmatras. We zetten alle meubels terug op hun oude plaats, de tas stond weer naast haar stoel en we raakten niks meer aan: de kruk in de douche, de theepot op het aanrecht, de kopjes naast de waterkoker. Alles bleef negen dagen onaangeroerd – zoals opgedragen. De geest van mijn moeder zou zich nergens aan stoten. Ze kon zo gaan zitten. Haar stoel liet ruimte voor haar buik. Het vieze kussen wachtte.

Saskia verliet de kamer. Ik ging aan tafel zitten en beschreef de dingen om mij heen: de klok van de Franse tantes, de lichte vlekken op het behang waar haar schilderijen hadden gehangen, de vrijwel lege boekenkast, de foto's van haar dode dochters en militaire mannen, de verbleekte glimlach van de swami, haar knoestige wandelstok, de gesnoeide geraniums in de vensterbank.

De balkondeur zwaaide open, mijn moeder kwam binnen, lenig en rijzig. Ze droeg tuinkleren, haar knieën glommen van het gras. Ze liep naar haar stoel, vouwde haar zuilen van benen over elkaar, griste mijn aantekenboekje weg en las de eerste bladzij...

'We stonden tegenover elkaar, mijn moeder en ik.'
Ze knikte.

DISCLAIMER

De suikerstreek en de Van Dissen zette ik naar mijn hand. Mijn tropenatlas klopt niet altijd, slechts de kaarten van mijn moeder vertellen de waarheid.
En mijn moeder? Lijkt ze op de vrouw zoals anderen haar hebben gekend? Ik schrijf over de *indruk* die zij op mij heeft achtergelaten. Hetzelfde geldt voor haar kinderen.
Voor wie belang stelt in mijn bronnen en de geraadpleegde werken uit mijn moeders esoterische bibliotheek, zie mijn website: adriaanvandis.nl

BOEKEN VAN ADRIAAN VAN DIS

Nathan Sid. Novelle

Casablanca. Schetsen en verhalen

Een barbaar in China. Reisverhaal

Zilver of het verlies van de onschuld. Roman

Tropenjaren & Een uur in de wind. Toneel

Het beloofde land. Reisroman

In Afrika. Reisroman

Indische duinen. Roman

Palmwijn. Novelle

Dubbelliefde. Roman

Op oorlogspad in Japan. Reisverhaal

Familieziek. Roman

Onder het zink. Un abécédaire de Paris. Essays en verhalen

De wandelaar. Roman

Leeftocht. Veertig jaar onderweg. Verhalen, essays en schetsen

Tikkop. Roman

Stadsliefde. Verhalen en essays

De Indië boeken

Ik kom terug. Roman